KB055412

타자들의 시공간을 열다

타자들의 시공간을 열다

초판1쇄 인쇄 2019년 7월 5일
초판1쇄 발행 2019년 7월 12일

지은이 황지영
펴낸이 김성민
편집 김성민
표지디자인 노성일
내지디자인 최건호

펴낸곳 도서출판 짓다
출판등록 제 633-96-00050호
주소 (08740) 서울특별시 관악구 남부순환로233길, 39. 401호
전화 031-907-3927
팩스 031-905-3927
홈페이지 www.jidda.co.kr
이메일 jiddabooks@gmail.com
ISBN 979-11-956118-4-3 (03800)

짓다 (도서출판 짓다) 밥을 짓고 시를 짓고 집을 짓듯 이야기를 짓다.
짓:다 - 나의 짓, 너의 짓, 우리의 짓

타자들의 시공간을 열다

식민지 소설과 공감의 상상력

황지영 지음

짓다

목차

프롤로그 : 식민지 소설과 타자들 7

1부. 근대라는 시공간

1장. 접속의 기술이 만드는 새로운 세상 27
2장. 근대인! 규율공간 안에 거하라 51
3장. 악마와 지식 73

2부. 다채로운 일상의 풍경

4장. 여우 목도리와 낙타털 코트 93
5장. 배고픔의 비극과 '맛'이라는 문화자본 111
6장. 골목, 교화와 배척의 이중공간 131

3부. 삶과 죽음의 길항

7장. 죽지도 못하는 남자 151
8장. 이상(李箱)과 나비의 춤 175
9장. 삶의 정치? 죽음의 정치! 193

4부. 순응의 외피, 이면의 저항

10장. 비웃음을 당하는 자여, 침을 뱉어라! 213
11장. 겁쟁이 남편과 수다스러운 아내 233
12장. 무엇을 어떻게 쓸 것인가? 251

에필로그 : 말들의 잔치와 타자의 정치 269

참고 문헌 283

작가 및 작품 정리 289

색인 311

프롤로그
식민지 소설과 타자들

문학의 무/유용성

건강하게 생계를 이어갈 수 있게 만드는 안전한 먹거리, 인간으로서의 존엄을 훼손당하지 않는 노동 환경, 지친 삶을 공유하고 서로에게 위로를 건넬 수 있는 마음 따뜻한 사람들. 이런 기본적인 삶의 요소들마저 보장되지 못한 삶을 사는 시대에 전달하려는 메시지를 빙글빙글 돌려서 말하는 소설, 그 중에서도 식민지 시기에 창작한 소설을 살펴보는 일이 어떤 의미를 지닐 수 있을까? 이야기를 시작하기 위해 1935년에 발표된 주요섭의 대표적인 단편소설 「사랑손님과 어머니」(1935)의 한 장면을 살펴보자.

> 하루는 밤에 아저씨 방에서 놀다가 졸려서 안방으로 들어오려고 일어서니까 아저씨가 하-얀 봉투를 서랍에서 꺼내어 내게 주었습니다.

"옥희, 이것 갖다가 엄마 드리고 지나간 달 밥값이라구, 응."

나는 그 봉투를 갖다가 어머니께 드렸습니다. 어머니는 그 봉투를 받아 들자 갑자기 얼굴이 파랗게 질리었습니다. 그 전날 달밤에 마루에 앉았을 때보다도 더 쌔하얗다고 생각되었습니다. 어머니는 그 봉투를 들고 어쩔 줄을 모르는 듯이 초조한 빛이 나타났습니다. 나는

"그거 지나간 달 밥값이래."

하고 말을 하니까 어머니는 갑자기 잠자다 깨나는 사람처럼

"응?"

하고 놀라더니 또 금시에 백지장같이 쌔하얗든 얼굴이 발갛게 물들었습니다. 봉투 속으로 들어갔든 어머니의 파들파들 떨리는 손가락이 지전을 몇 장 끌고 나왔습니다. 어머니는 입술에 약간 웃음을 띠면서 후 하고 한숨을 내쉬었습니다. 그러나 그것도 잠깐, 다시 어머니는 무엇에 놀랐는지 흠칫하더니 금시에 얼굴이 다시 쌔하얘지고 입술이 바르르 떨었습니다. 어머니의 손을 바라다보니 거기에는 지전 몇 장 외에 네모로 접은 하-얀 종이가 한 장 잡혀 있는 것이었습니다.[1]

인용문의 내용을 한 줄로 요약하면 "어머니가 사랑손님의 편지를 받고 당황하였다."가 될 것이다. 문학을 싫어하는 사람들은 한 문장으로 이야기할 수 있는 것을 한 문단 혹은 한 편의 글로 써나가는 문학의 서

1. 주요섭, 「사랑손님과 어머니」, 『20세기 한국소설 09』, 창비, 2005, 33~34쪽.

술들을 군더더기라고 느낀다. 반면에 문학을 좋아하는 사람들은 짧게 표현할 수 있는 내용에 살을 붙이고 입김을 불어넣어, 독자의 머릿속에 하나의 무대를 만들어내는 문학의 구성력에 매료된다.

위의 인용문도 마찬가지다. 옥희가 사랑손님이 준 봉투를 어머니에게 건네자 어머니는 처음에는 긴장하였다가, 옥희가 "그거 지나간 달 밥값이래."라고 말하자 안도의 한숨을 내쉰다. 하지만 밥값 봉투 속에 돈 외에 '편지'로 추정되는 하얀 종이가 있음을 발견한 어머니의 얼굴은 금세 하얘지고, 입술은 바르르 떨린다. 옥희의 눈에 비친 어머니의 모습은 아픈 것처럼 보이지만 독자들은 옥희 어머니가 아저씨의 편지를 받고 당황한 것임을 알고 있다.

이 소설은 여섯 살인 옥희의 시점으로 전개되기 때문에, 그 편지의 내용이 무엇인지 구체적으로 제시되지는 않는다. 옥희가 어려서 어머니와 사랑손님 사이의 감정선을 제대로 이해하지 못하는 데다가, 옥희 어머니 또한 자신의 감정을 솔직하게 표출하지 못하기 때문이다. 하지만 독자들은 기존의 정황들을 조합하여 그 편지에 사랑손님이 옥희의 어머니에게 보내는 사랑의 고백이 담겨 있고, 이로 인해 어머니의 내적 갈등이 심화됨을 어렵지 않게 짐작할 수 있다. 아저씨에게 호감을 가지고 있지만 과부의 재가를 부정적으로 바라보던 당대의 통념 때문에 옥희 어머니는 결국 아저씨를 집에서 내보내고 만다.

이처럼 문학은 간단히 사실만 전달하면 될 것을 주변 상황과 등장인물의 심리에 대한 독자들의 추측을 유도하는 방식으로 서술되기도 한다. 그러면 정보는 빠르게 전달되지 못하고 독자들의 정보 처리 속도는 지연된다. 문학은 사실적 정보를 처리하기에 적당한 장르가 아니다. 대신 문학은 서술의 시간을 길게 확보하여 하나의 현상을 둘러싸고 벌어지는 다양한 측면들을 포착한다. 그리고 그렇게 만들어진 문학은 언제나 어떤 여운이나 정서를 동반한다.

김현은 「문학은 무엇을 할 수 있는가」[2]에서 문학의 힘은 '무용함'에서 나온다고 말했다. 문학이 먹고 사는 문제와 직결된다면 권력자들은 가장 먼저 문학을 장악할 것이고, 문학을 창작하는 작가든 그 글을 읽는 독자든 권력자의 시선으로부터 자유로울 수 없을 것이다. 그러나 실제로 크게 돈이 되지 않는 문학은 현실 속에서 "배고픈 거지를 구하지 못한다." 그래서 물질적 가치가 중요하다고 생각하는 사람들은 문학을 무용하다고 평가한다. 하지만 문학은 세상 속에 배고픈 거지가 존재한다는 사실을 하나의 '추문'으로 만들 수 있는 힘을 지니고 있다. 때로는 문학이 실어 나른 그 추문들이 세상을 바꾸는 하나의 도화선이 되기도 한다.

오랜 시간을 들여 자료 조사를 하고 피해자들을 만나 인터뷰를 한 내용에 작가의 상상력이 더해져 세상에 나온 공지영 작가의 『도가니』가 이를 단적으로 보여주는 예이다. 광주의 인화학교라는 실재의 공간을 무진의 자애학원이라는 가상의 공간으로 대체하고 있긴 하지만, 이 소설이 발표되고 영화로도 제작되면서 일명 '도가니법'이 만들어졌다. 사학권력이 연루되어 있어서 본격적인 조사조차 이루어지지 않았던 영역에 대중의 관심이 몰리게 되었고, 이로 인해 수사는 급진전되었다. 이 작품을 통해 장애아동들이 성적, 육체적 폭력과 학대를 당했다는 사

2. 김현, 「문학은 무엇을 할 수 있는가」, 『한국 문학의 위상』, 문학과지성사, 1977.

실이 세상에 알려지면서 사람들은 격노했고 그 분노는 결국 세상을 바꾸는 동력이 되었다. 문학이 만들어낸 '추문'이 쉽게 바뀔 것 같지 않던 법과 제도를 바꾸고, 음지에 숨겨져 있던 타자들의 고통을 세상이라는 무대 위로 끌어올렸다.

외면 받는 식민지 소설들

그렇다면 이 책에서는 왜 식민지 시기에 창작된 소설에 주목하는가? 조선시대에도 문학이라고 부를 만한 글들이 다수 존재하긴 했었지만, 현대인들의 감수성에 부합하는 문학들이 본격적으로 창작되기 시작한 것은 식민지 시기였다. 신체시를 개척한 최남선과 『무정』을 통해 근대소설의 문을 연 이광수가 등장하면서, 문학 영역에서 근대라는 새로운 시공간이 열리고 민족적 고난에 대응할 수 있는 정신적 가치를 탐구하는 문학도 출현하였다. 그러므로 식민지 시기에 등장한 문학 작품들, 그 중에서도 소설들에 관심을 기울이는 것은 수많은 추문들을 만들어냈던 한국현대문학의 기원을 탐색하는 작업과 맞닿아 있다.

우리들은 식민지 소설 속에서 오늘날과 유사한 삶의 모습들과 수많은 타자들의 삶을 발견할 수 있다. 또한 중층의 억압이 존재했던 이 시기의 소설들을 통해 새로운 삶의 가능성과 접속할 수도 있다. 그럼에도 우리는 왜 이 시기와 이 시기에 창작된 소설들에 대한 심리적 거리감을 좁히지 못하는 것일까? 그 거리감의 근원을 사유하는 일은 앞으로 이 책이 나아가야 할 방향을 설정하는 일과 밀접하게 연결된다.

사람들이 식민지 시기에 창작된 소설에 대해 거리감을 느끼는 가장 큰 이유는 70~100여 년의 시간차가 만들어내는 이질감 때문일 것이다. 이 시기 동안 한국의 근현대사는 식민지 시기가 막을 내렸고, 해방을 맞이했으며, 전쟁을 겪었고, 독재 정치의 억압을 견뎌냈다. 그 후에도 산업화와 자본주의화, 최근의 신자유주의까지 수많은 역사적 사건을 겪었고 세대가 몇 차례 바뀌었다. 이처럼 격변의 세월을 지나오는 동안 사람들의 감각과 인식 역시 급격한 변화를 겪게 되었다. 그리고 새로운 것에 대한 동경과 속도감을 동반한 변화는 낡은 것에 대한 거부감을 가져왔다.

그 다음으로 지적할 수 있는 원인은 식민지 시기가 뿜어내는 '어둠의 아우라'이다. 최근에 일본어 자료를 읽어낼 수 있는 연구자들이 늘어나면서, 식민지 말기에 창작된 (조선인 작가가 일본어로 쓴) 문학 작품에 대해서도 학계에서는 연구가 활발히 진행되고 있다. 하지만 이 시기에 많은 작품들이 창작되었음에도 불구하고, 오랫동안 한국문학사에서는 식민지 말기를 중심으로 식민지 시기는 '암흑기'라는 인식이 자리잡혀 있었다.

일제의 식민권력이 행한 강압적인 검열 작업으로 인해서 의식 있는 작가들은 절필을 하였고, 매문으로 생활을 이어가야 했던 작가들은 통속소설에 안주했으며, 친일적 성향의 작가들은 제국주의를 긍정하며 대중을 선동하는 작품을 창작하였다. 이 시기에 대한 평가가 계속 이런 식으로만 진행될 경우, 한국문학사에 대한 기본적인 지식을 가지고 있는 독자들조차도 식민지 시기의 작품들을 굳이 찾아 읽어야 할 이유를 찾기 어려울 것이다.

식민지 시기는 당대 최고의 엘리트들이 '문필가'라는 직함을 내걸고 사회적 삶을 영위하던 시기였다. 문맹률이 높은 조선인들을 계몽해야 한다고 생각했던 이광수나 인간의 본원적 욕망을 표출하기 위해 애썼던 김동인, 당대의 현실을 사실적으로 그려내기 위해 결단을 내리기보다는 머뭇거리는 주인공을 전면에 내세웠던 염상섭까지 식민지 초기의 작가들은 다양한 각도에서 식민지인들의 공적인 삶과 사적인 삶을 그려내기 위해 분투했다. 그리고 이와 동시에 소설을 매개로 하여 억압과 통제로 점철된 듯 보이는 삶 속에 필연적으로 내포되어 있는 긍정적 힘에 대한 천착이 이루어졌다.

뿐만 아니라 다방면에서 옥죄어 오는 검열의 압박을 피하기 위해 직설적인 말하기 대신에 반어적 혹은 역설적 말하기, 알레고리, 과잉 의도의 오류 등을 창작 기법으로 선택하여 다양한 문학 표현의 기법들을 개발해 나갔다. 채만식의 「치숙」은 부정적인 화자가 비판하는 아저씨가 화자보다 긍정적으로 읽힐 수 있기 때문에 반어적이고 역설적인 말하기의 예라고 할 수 있다. 그리고 김남천의 「맥」에는 사회주의자의 전향을 설명하기 위해 빨간 잉크에 담그면 빨간 꽃을 피우고, 파란 잉크에 담그면 파란 꽃을 피우는 '수국'의 알레고리가 등장한다. 또한 김사량은 「풀 속 깊이」에서 일제의 요구에 과잉 충성하는 친일적 인물이 얼마나 우스꽝스러운지를 재치 있게 그려냈다.

그럼에도 이 시기 소설에 대한 거부감이 잦아들지 않는 또 다른 원인은 초중고의 정규 교육 과정 안에 편성된 식민지 소설을 다루는 문제와 관계가 깊다. 어떤 나라에서든 국어 혹은 문학 교과서에 실리는 작품은 그 나라 안에서 정전의 반열에 오른다. 그래서 교과서에 실을 작품을 선정하는 작업은 신중히 이루어질 수밖에 없다. 권위 있는 국문학 연구자들이 국어/문학 교과서 집필 작업에 참여하는 이유 역시 이 때문이다. 교과서에 들어간 작품은 접근성이 상당히 높아지기 때문에 이 작품들에 대한 생각이나 감정이 문학 작품 전반에 대한 사람들의 인식에 결정적인 영향을 끼친다.

그런데 문제는 교과서에 실을 작품을 선정하는 작업보다는 그 작품들에 접근하는 교육 방식에 있다. 식민지 시기에 창작된 문학 작품들 중에는 미래를 제시하지 못한 채 전망 부재의 상태에서 끝나는 작품도 있고, 시대적 배경과 무관하게 사람들의 소소한 일상을 다룬 작품들도 있다. 그럼에도 이 시기에 창작된 작품에 대해 중고등 학교에서 배울 때는 거의 모든 작품을 어두운 시대적 배경과 연결하여 독해한다. 작품 속에 시대성이 잘 드러나지 않아 내재적 독해가 가능한 작품들조차도 '일제의 억압'이라는 대전제 아래 분석하는 교육을 받는다. 그러다 보니 교과서에 실린 이 시기 작품들의 주제는 대부분 "식민지 시기 ○○○의 고난/비애/비극" 등으로 규격화된다. 이런 독해 방식은 다채로운 작품들을 하나의 기준으로 재단함으로써 작품을 화석화시키는 결과를 낳는다.

그래서 이 책에서는 식민지 시기 소설에서 삶의 보편적인 양상을 찾기 위해 노력하고, 그 모습들을 현재를 사는 우리들의 생활과 연결시켜 생각해 보려고 한다. 또한 암울함으로 규정되는 식민지 시기에도 수많은 사람들이 다양한 감정을 느끼고 자신의 욕망에 충실한 삶을 살았다는 이야기를 해볼 것이다. 그 삶 속에는 고통과 억압만이 아니라, 강요 속에서 뒤틀린 '웃음', 그리고 삶의 근원적 요소인 '생동감'과 '긍정성'

등이 담겨 있었다.

식민지 소설에서 오늘을 읽다

앞에서 살펴본 이유들 때문에 많은 사람들이 식민지 시기에 발표된 소설들을 제대로 읽어 보지도 않고 재미가 없을 것이라고 섣불리 판단한다. 그럼에도 이 책에서 식민지 소설에 주목하는 이유는 식민지 시기에 지금과 유사한 사유의 체계가 만들어지기 시작했기 때문이다. 이것은 단순히 식민지 시기와 오늘날의 상황이 유사하다는 것만을 의미하지 않는다. 그보다는 지금은 당연하다고 여겨지는 방식, 즉 나와 타자의 공간을 구획짓고, 질서를 기반으로 한 사고와 제도를 수용하며, 이성과 관찰을 통해서 확인할 수 있는 것만을 믿으려는 태도들이 이때부터 형성되었다는 사실이 중요하다. 식민지 시기와 오늘날이 공유하고 있는 이 방식들이 전혀 달라 보이는 두 시기를 연속선상에서 사유할 수 있게 만든다.

식민지 시기에 발표된 소설에서뿐 아니라 오늘날의 삶의 현장에서도 자신들이 살고 있는 현실 (국가) 공간을 부정하는 모습은 자주 눈에 띈다. 안정된 직장을 구하지 못한 채 계속해서 생계의 문제와 직면해야 하는 사람들의 삶이 퇴행을 거듭하면서 이러한 문제들이 본격적으로 가시화되었다. 이 과정 속에서 많은 사람들이 자신과 다르다고 판단되는 자들에게 타자의 자리를 부여한 후, 그들에게 혐오의 감정을 투사하는 것 역시 두 시기가 크게 다르지 않다. 21세기 대한민국을 설명하는

'헬(지옥)+조선'이라는 언어의 조합은 최근에 등장한 것이지만, 우리가 살고 있는 이 나라를 '지옥'과 같다고 느낀 사람들은 식민지 소설 속에도 등장한다. 내가 발 디디고 있는 공간이 삶의 공간이 아니라 죽음의 공간이라는 인식, 그리고 그러한 공간과 그 속에서 살고 있는 사람들에게 보내는 '냉소'는 예나 지금이나 존재한다.

염상섭은 「만세전」(1924)에서 식민지 조선을 구더기가 득시글득시글 끓는 '공동묘지'라고 표현한 바 있다. 이 작품의 원래 제목은 죽음의 공간성에 중점을 둔 「묘지」(1922)였는데, 작가는 이 작품을 『시대일본』에 연재하면서 제목을 혁명의 시간성이 두드러지는 「만세전」이라고 수정하였다. 1919년 3월 1일의 전국적인 만세 운동이 있기 바로 전, 다시 말해 1918년을 작품의 배경으로 설정하여 당대의 암울함을 형상화한다.

> 젊은 사람들의 얼굴까지 시들은 배춧잎 같고 주눅이 들어서 멀거니 안왔거나, 그렇지 않으면 빌붙는 듯한 천한 웃음이나 '헤헤'하고 싱겁게 웃는 그 표정을 보면 가엾기도 하고, 분이 치밀어 올라와서 소리라도 버럭 질렀으면 시원할 것 같다.
>
> '이것이 산다는 꼴인가? 모두 뒈져 버려라!'
>
> 찻간 안으로 들어오며 나는 혼자 속으로 외쳤다.
>
> '무덤이다. 구더기가 끓는 무덤이다!' (…)
>
> '공동묘지다! 공동묘지 속에서 살면서 죽어서 공동묘지에 갈까봐 애가 말라하는 갸륵한 백성들이다.'

하고 혼자 코웃음을 쳤다.[3]

인용문에서도 확인할 수 있듯이 식민지 조선이 '무덤' 혹은 '공동묘지'로 표현될 수 있는 이유는 젊은 사람들의 얼굴이 "시들은 배춧잎 같고" 이들이 자신들의 존엄을 짓밟는 일본인 앞에서 저항의 몸짓을 보이는 것이 아니라 "빌붙는 듯한 천한 웃음"을 짓거나 "싱겁게 웃"기 때문이다. 작품 속에서는 일본인들이 조선으로 건너와 순진한 시골 사람들을 팔아넘기고, 조선인들이 일본인인 체 하는 모습 등이 그려진다. 이런 세상 속에서 헌병에게 꼬투리가 잡힐까봐 비굴한 태도로 일관하는 조선의 젊은이들에게서 진취적으로 자신의 삶을 개척해 나가려는 의지와 긍정성은 발견되지 않는다. 뿐만 아니라 권력자들에게 보여주는 이들의 거짓된 미소는 식민지 조선에서는 새로운 가능성이 싹트기 어려울 것임을 짐작케 한다. 이러한 모습은 21세기 한국의 문화지형학을 '파국론'[4]으로 읽어내려는 문제의식과 별반 다르지 않다.

「만세전」의 이인화가 식민지 조선의 현실을 '공동묘지'라고 인식하게 된 원인은 개인들의 차원에 국한되어 제시되는 것이 아니라 식민지라고 하는 사회적 · 역사적 · 정치적 배경과 더불어 논의해야 한다. 이러한 문제의식은 채만식의 「명일」(1936)에서 보다 구체화된다. 「만세전」은 일본에서 경성까지 이동하면서 이인화가 관찰한 것들을 중심으로 식민지 조선의 문제를 진단한 반면, 「명일(明日)」에서는 지식인 범수의 상황과 내면이 어우러지면서 지식인의 만성적인 '실업'이라는 당

3. 염상섭, 「만세전」, 『20세기 한국소설 02』, 창비, 2005, 163~164쪽.
4. 문강형준, 『파국의 지형학』, 자음과모음, 2011.

대 사회의 문제와 그 원인, 그리고 이에 대한 대응 방식의 차이 등을 확인할 수 있다.

「명일」의 주인공인 범수는 대학까지 졸업한 지식인이지만 직업을 구하지 못했기 때문에, 그의 아내가 삯바느질을 해서 가족의 생계를 이어가는 중이다. 작품은 명수가 놓인 개인적인 차원에 대한 서술들 위주로 짜여 있다. 그러나 지식인이 직업을 얻지 못하는 원인을 규명하는 과정에서 범수와 아내는 의견이 갈라진다. 범수는 자신에게 직업이 없는 이유는 공부를 해도 그것을 펼칠 수 있는 기회가 없는 조선의 현실, 즉 식민지 조선의 사회적이고 구조적인 문제에 주목한다. 반면에 아내 영주는 범수가 직업이 없는 것은 남편 개인의 문제, 다시 말해 범수의 성미가 유별나서 세상과 융화를 못하기 때문이라고 생각한다.

똑같은 상황 속에서 현실에 대한 진단이 다를 경우, 그에 대한 해결책 역시 다르게 나올 수밖에 없다. 범수는 자식들을 자기처럼 만들지 않기 위해 기술을 가르치려 하지만 영주는 아이들이 고등교육을 받아야 직업을 가질 수 있다고 믿는다. 그래서 범수는 큰 아들을 자동차 서비스 공장으로 보내고, 아내는 둘째 아들을 학교에 입학시킨다. 작품은 범수가 누가 옳은지 두고 보자고 벼르는 데에서 끝이 난다.

작품의 제목인 '명일'이라는 말에서도 짐작할 수 있듯이 범수와 영주가 현재에 어떤 선택을 하는 이유는 '자식'들의 '명일=내일'이라고 하는 미래의 시간을 준비해야 하기 때문이다. 작품 이후의 시간을 토대로 평가한다면 범수와 영주의 선택 중 옳았던 것은 범수 쪽이다. 이 둘의 선택이 있고 나서, 몇 년 뒤 식민지 조선에서 각광 받는 것은 지식인보다는 기술자였다. 일본이 참여한 전쟁이 장기화되면서 기술자 부족 현상은 사회문제가 되었고, 기술자들에 대한 평가는 제고되었다. 이와 달리 학문을 연구했던 지식인들은 최고 엘리트라고 하더라도 식민지인이라는 한계 때문에 제국대학의 강사 자리도 얻지 못하는 지경에 이른다.

식민지 시기와 오늘날의 유사성은 '실업'의 문제 외에 타자에 대한 '혐오'에서도 찾을 수 있다. 어느 시기에나 희망을 노래하는 것이 불가능하다고 느껴질 때면, 사람들은 특정 계층을 희생양으로 삼음으로써 그 사회가 존속되기를 기원한다. 최근 한국에서 가장 문제가 되는 현상으로 '혐오'가 이야기되는 것처럼, 현진건이 「B사감과 러브레터」(1925)에서 B사감에 대해 묘사하는 장면에서도 신여성에 대한 '혐오'를 읽을 수 있다. 마흔 가까운 노처녀에 '딱장대'요 지독한 '야수교도'인 B사감에 대한 악의적인 서술은 전체 분량 중 상당 부분을 차지한다. 적은 숱을 묶은 머리는 '염소똥'에 빗대어지고, 주근깨가 많은 그녀의 얼굴은 '곰팡 슬은 굴비' 같다고 묘사된다.

할머니가 되었어야 할 나이에 아직 결혼이라는 사회 제도에 안착하지 못한 여성, 자그마한 체구와 오밀조밀한 이목구비가 미인의 전형으로 평가되던 시기에 커다란 체구를 지닌 여성, 게다가 유교적 가부장제가 아직은 사회를 장악하고 있을 때 서구에서 유입된 기독교를 믿는 여성. 작가는 이러한 B사감이 귀엽고 발랄한 여학생들의 연애를 엄격하게 통제하면서도, 역설적으로 학생들의 연애편지를 일인이역으로 낭독하며 사랑을 갈구하는 모습을 소설 속에 제시한다. 그래서 이 작품은 아이러니한 결말과 B사감의 외형묘사를 통해 인물의 성격을 탁월하게 창조했다는 평가를 받는다.

하지만 타자성이라는 문제틀을 중심으로 이 작품을 다시 읽을 경우

기존의 논의와는 다른 이야기들이 가능해진다. 왜 B사감은 혐오의 대상이 되었는가, 학교라고 하는 근대의 공적 제도 속에서 학생들을 가르치는 직업을 지닌 여성이 왜 사적 영역인 가정을 이룰 수는 없었을까. 집안이 여성의 영역이라고 규정되던 시대에 B사감이야말로 기존 세계에는 없던 새로운 삶의 양식을 향해 선구적인 발걸음을 옮긴 자는 아닐까. 어쩌면 B사감에 대한 혹독한 서술은 너무 빨리 근대라는 외부를 경험한 여성에 대한 작가의 회초리였는지도 모른다.

염상섭이나 채만식, 현진건의 작품들에서 그려지는 모습은 21세기를 살아가는 우리들의 모습과 큰 차이가 없어 보인다. 식민지 소설 속에서 오늘날의 부정성을 미리 발견하는 일은 '뒤틀린 기시감'을 경험하는 것이기도 하다. 인간 삶의 보편적인 요소들은 다양한 시간층 속에 공존한다. 과거와 현재의 연속성뿐 아니라 현재와 미래, 과거와 미래의 시간은 문학을 매개로 해서 서로 만나고, 충돌하고, 교차하고, 침투한다. 그리고 그 안에는 아직 우리가 발견하지 못한 수많은 의미들이 숨어 있다.

만남을 위한 발걸음

이 책에서는 문학의 여러 기능 중에서도 '타자의 고통에 다가가기'라는 점에 무게를 두고 식민지 시기의 소설들에 대해 이야기할 것이다. '타자'의 사전적 의미는 "자기 외의 다른 사람. 또는 다른 것"이지만, 현실 속에서 타자는 상대적인 개념이다. 인종, 성별, 학력, 경제력, 건강

등 어떤 기준에 대해서든 열위를 차지하는 사람들은 타자가 될 수밖에 없다. 문학은 이렇게 만들어진 타자들의 형상과 타자들의 삶이 나의 삶과 무관하지 않음을 보여준다. 그러므로 우리는 문학 작품을 읽으면서 한편으로는 나와 다르면서 다른 한편으로는 나와 유사한 타자들의 삶에 조금씩 다가갈 수 있다.

이러한 의도를 담고 있는 이 책은 크게 네 부분으로 구성된다. 우선 첫 번째 장에서는 '근대라는 시공간'의 성격을 규명하기 위해 철도, 우편, 전화, 라디오 등 교통과 통신의 발달을 중심으로 근대라는 시공간이 어떻게 구성될 수 있었는지를 살펴볼 것이다. 그리고 규율공간에서 근대인 만들기 프로젝트가 진행되는 방식을 탐구하기 위해 나혜석의 「경희」(1918)와 염상섭의 「E선생」(1922)을 분석할 예정이다. 또한 박태원의 「악마」(1936)를 통해 자신과 타자를 구분 짓는 타자화의 방식 속에 숨겨져 있는 '악마성'에 대해 이야기해 보려고 한다.

두 번째 장에서는 '다채로운 일상의 풍경'이라는 제목 아래, 김남천 소설 속에서 상류층의 소비와 남녀 주인공들에게 패션이 갖는 의미가 어떻게 다른지를 검토할 것이다. 또한 강경애의 「소금」(1934), 박영희의 「지옥순례」(1926), 최서해의 「탈출기」(1925)를 통해서 가난한 자들의 '배고픔'에 담겨져 있는 사회적 의미를 생각해 보고, 김남천의 『사랑의 수족관』(1939~1940)과 박태원의 『여인성장』(1940~1942)을 매개로 부유한 자들이 향유하는 문화자본으로서의 '맛'을 대비해서 분석해 보려고 한다. 그리고 박태원의 『애경』(1940)을 중심으로 가부장제 사회와 전시 국가라는 상황이 겹쳐지면서 여성에게 부여된 이분법, 즉 사치스럽고 문란한 여성과 근면하게 가정과 일을 병행하는 여성의 대비를 골목 안에 위치한 그녀들의 집을 통해 고찰할 것이다.

세 번째 장인 '삶과 죽음의 길항'에서는 염상섭의 『진주는 주었으나』(1925~1926)를 분석하여 강자의 부당한 행위에 대항하다가 사회적 삶을 박탈당한 자가 자신이 원하는 대로 죽지도 못하는 상황의 의미를 고찰할 것이다. 그 후에 이상의 「날개」(1936), 「동해」(1937), 「공포의 기록」(1937), 「김유정」(1939) 등에 나타나는 곡선적인 생명의 감각과 직선적인 죽음의 감각을 대조하여 살펴보고, 거기에 담겨 있는 이상의 욕망을 추적해 보려 한다. 그리고 한설야의 「술집」(1939)과 「종두」(1939)를 통해 식민지 시기에 식민권력이 조선인들에게 표방했던 삶의 정치가 허구임을 밝히고 그 이면에 도사리고 있는 죽음의 정치에 대해서도 논의를 진행할 것이다.

마지막 장에서는 근대적인 삶의 방식이 확산되고 다층적인 타자화의 방식이 만연해지며 삶과 죽음이 끊임없이 전도되는 현실 속에서 '순응의 외피'를 쓰고 이루어지는 '이면의 저항' 행위들에 대해 이야기해 보려 한다. 염상섭의 「지선생」(1930)에 나오는 인물은 현실에 대한 부정의 정신을 침을 뱉는 직접적이고 구체적인 행위를 통해서 드러낸다. 그리고 한설야의 「이녕」(1939), 김남천의 「춤추는 남편」(1937), 채만식의 「소망」(1938)에서는 겁쟁이 남편과 살고 있는 아내들이 수다라는 언어적 행위로 현실에 대한 부정적 인식을 표출한다. 그리고 이기영의 『인간수업』(1936)과 김남천의 「길 우에서」(1941), 「경영」(1940), 「맥」(1941)에 등장하는 것처럼 어떤 사람들은 책을 읽고 글을 씀으로써 자신이 처한 현실에 저항할 수 있는 방법을 모색했다.

문학이 타자의 고통에 공명하고 새로운 삶의 가능성을 탐색하는 길을 제공한다면, 어느 시대의 문학이든 우리가 지닌 사유의 지평을 넓혀 주고, 공감 능력을 확장시키는 데 기여할 수 있을 것이다. 그럼에도 이 책에서 식민지 소설에 주목하는 이유는 식민지 시기에 현대적 삶의 시공간이 만들어지고, 타자화의 방식이 본격적으로 진행되었기 때문이다. 이 시기에는 민족 · 세대 · 계급 · 경제 · 성 등 다양한 기준들이 중층적으로 작동하면서 수많은 타자들이 만들어졌다. 그렇기 때문에 식민지 소설에 등장하는 시공간들과 사람들, 그리고 그들의 행위에 담겨 있는 의미를 풀어보는 작업은 우리 주변의 타자들에게 좀 더 다가가기 위한 노력의 일환이 될 것이다.

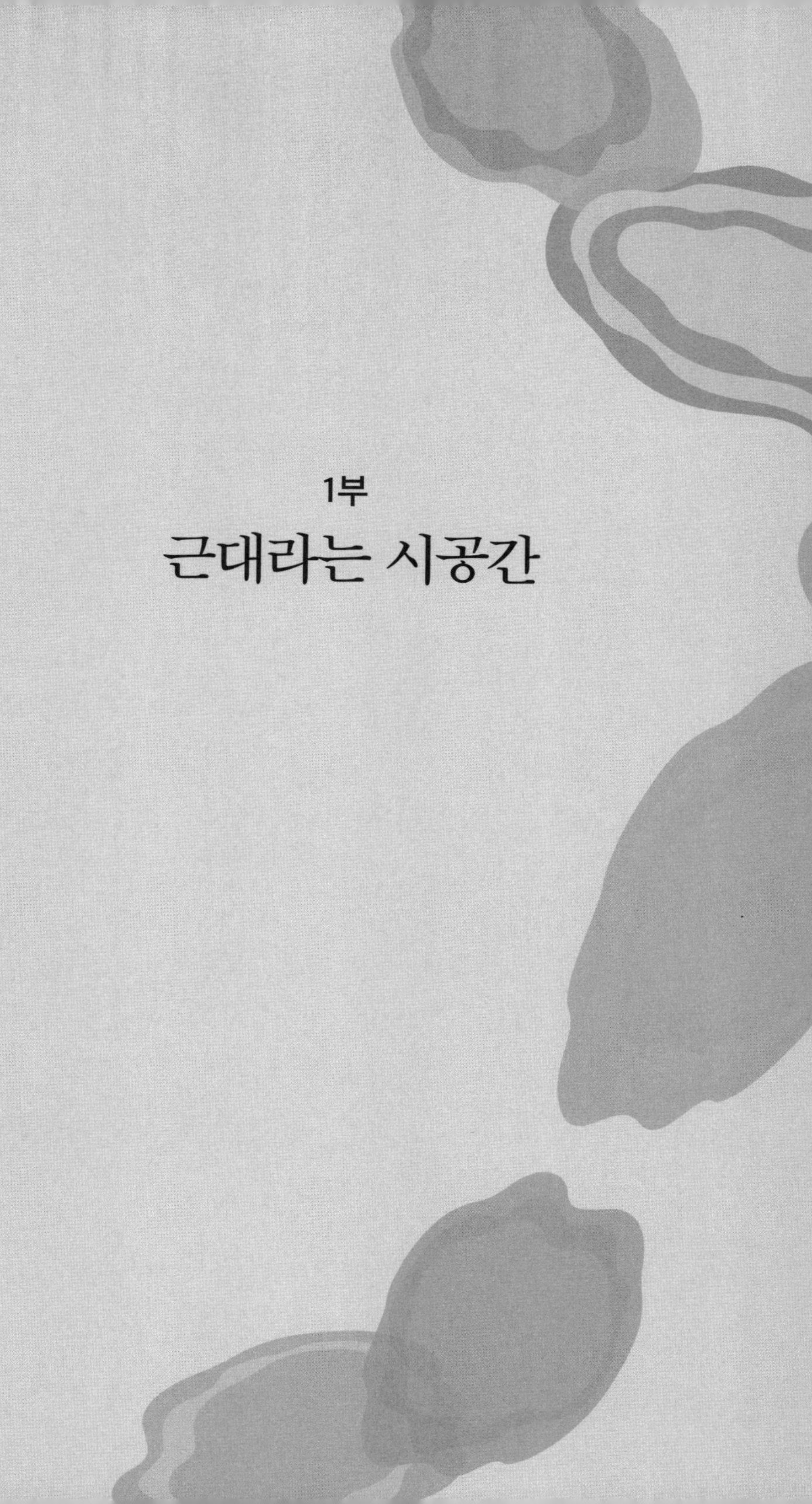

1부

근대라는 시공간

1장
접속의 기술이 만드는 새로운 세상

균질공간의 제도화

20세기 초반 교통과 통신 기술이 본격적으로 발달하면서 전 세계의 시공간이 재편되었는데, 식민지 조선 역시 이 흐름 안에서 접속의 테크놀로지가 만들어내는 새로운 차원들을 경험하기 시작하였다. 몇몇 가정에 시계가 보급되면서 근대 이전에 삶을 좌우했던 자연의 시간 대신에 근대적 삶의 지표인 기계적 시간이 대중들에게 전파되었다. 그리고 기차가 등장하면서 기차를 이용하려는 사람들은 국가 안에서 통용되는 공통의 시간을 따라야만 했다. 또한 인간이 직접 찾아가는 것보다 빠르게 정보를 전달할 수 있는 우편, 전화, 라디오 등의 발명은 사람들이 기존과는 다른 삶을 살아가도록 만들었다.

근대에는 다양한 기술의 발전으로 인해서 물리적인 시공간이 압축되었고, 그 안에서 생활하는 사람들 사이의 접속도 보다 쉽고 빠르게 이루어졌다. 이미 만들어진 철로를 타고 많은 사람들과 물자가 이동했고, 통신 매체를 통해서 발신자 한 명이 다수의 수신자에게 정보를 전달할 수 있게 되었다. 이러한 과정은 개인적 차원에서 이루어진 것이 아니라 사회적, 더 나아가 국가적 차원에서 진행되고 관리되었다.

이기영의 『신개지』(『동아일보』, 1938.1.19.~9.8.)에서는 식민권력이 통치의 합리성과 효율성을 높이기 위해 식민지 조선을 관리하기 편리한 격자화된 공간, 즉 균질공간으로 재편하려는 움직임이 등장한다. 그리고 이러한 움직임은 매순간마다 이루어지는 것이 아니라, 하나의 제도로 정착되어 민중들의 삶을 총체적으로 통제한다. 이와 같은 모습은 이 작품의 첫 번째 장인 '장터'에서 구체적으로 확인할 수 있다.

이 작품의 도입부는 "기차가 개통된 뒤로부터는 읍내가 대처로 발전하는 반면에 달내장터는 차차 쇠잔해" 가는 모습을 상세히 묘사하고 있다. 작품의 제목이기도 한 '신개지'는 식민지 조선의 시골 마을에 기차가 통과하게 되면서 열리는 새로운 세상을 의미한다. 기차가 수송해 온 문명을 기반으로 전통적 삶의 공간이자 자연적 공간의 성격이 농후하던 '달내골'은 이제 분절화된 시공간성을 지닌 균질공간으로 다시 태어난다.

이때의 '균질공간'이란 '시계'와 '철도'에 의해 구축되는, 제국주의가 확장된 공간이라고 할 수 있다. 시계가 등장했음에도 지역마다 상이한 방식으로 분절화되었던 시간을 철도의 운행표가 통일시키면서 지역별 시간의 격차는 해소되었다. 달리 말하면 철도 시간표가 각 지역의 고유한 시간을 빼앗아 초지역적이고 통일적인 시간을 제작하고, 더불어 균질공간으로 재편된 지역들을 통제하고 제어해야 한다는 사회적 요청이 등장한 것이다. 이것은 제국주의의 권역 안에서 문화적 일원화가 이루어질 수 있는 물적 토대를 제공하였다.

식민지의 농촌을 균질공간으로 재구성하는 방식은 일상의 공간들을 격자화하는 것으로 재현되는데, 이 작품에서는 시장에서 품목마다 일정한 위치를 정해서 지저분해 보이는 나무와 숯 등은 시장의 제일 변두리에 위치시키는 장면을 통해 확인할 수 있다. '문명화'의 이름으로 장터에까지 침투한 식민권력이 시장을 '청결과 위생'을 추구하는 규격화된 공간으로 재구성하기 위해 '시장규칙'과 '시장감독', 그리고 '경찰'을 이용하는 모습은 균질공간을 제도화하려는 식민권력의 의도를 짐작케 한다.

> 전에는 아무데나 받쳐놓고 팔던 나뭇짐을 최근에는 취체를 심하게 하고, 시장규칙이 개정되어서 무슨 장사든지 일정한 좌치를 지정해주었다. 그래 삼거리에서 내려오는 신작로로 통한 동편말은 - 지금은 욱정으로 됐지마는 - 초입에서부터 나무장을 서게 한 것인데 먼저 소바리 나무를, 그 담에 지게나무 숯 장작짐 차례로 받쳐놓게 한 것이다. 그것은 소바리 나무나 솔가지를 짊어진 나뭇짐은 거리를 더럽히기 때문에 나무장을 서게 한 이 길목에서도 그들을 제일 변두리로 내몰아서 시가의 청결과 위생을 도모하자는 것이었다. 그래서 만일 그전처럼 장 가운데로 나무를 끌고 다니면 시장감독은 물론 경찰서에서도 엄중한 취체를 하므로 그들은 제자리를 꼼짝달싹도 못한다.[1]

1. 이기영, 『신개지』, 풀빛, 1989, 16~17쪽.

아래의 인용문에서도 확인할 수 있듯이, 시장을 격자화하는 방식과 더불어 미곡검사소 사무실 앞에서 '가마니'의 품질을 평가받기 위해 부산한 농민들은 '검사'를 통해 일상 속 소품인 '가마니'마저도 표준화하려는 규율적 시선 아래 놓이게 된다. 사무원들은 눈코 뜰 새 없이 바쁘고, 농민들은 '불자(不字)'를 받지 않기 위해 전전긍긍한다. 이 작품에서 소극적이고 무기력한 농민으로 등장하는 김선여는 이처럼 "모든 점에 깨끗한 것만 취하"려 하는 식민권력 때문에 문명화된 현실 속에서 "세상일이 점점 까다로워지는 것"을 느낀다. 능동적으로 균질공간을 구성하는 데 참여하기보다는 이미 설계된 이 공간 안에서 적응해야 하는 농민의 입장에서 볼 때, 이 모든 일들은 식민권력의 출현 이후에 등장한 번거롭고 까다로운 일일 뿐이다.

> 미곡검사소 사무실 앞 광장에는 가마니가 들이밀리고 한편에서는 검사를 맡느라고 부산하다.
>
> 검사를 마친 놈은 꼬리표를 달아서 한옆으로 쌓아놓는다. 전표(傳票)를 탄 사람들은 사무실 창구로 몰려가서 현금과 바꾸느라고 또 북새를 놓는다. 그러는 대로 사무원들은 눈코 뜰 새 없이 갈팡질팡한다.
>
> 한낮이 가까워서야 선여는 자기의 번이 돌아와서 간신히 검사를 마쳤다. 검사료를 제하고 가마니값을 찾았다. 그러나 거의 한 죽은 불자(不字)를 맡기 때문에 그것은 할 수 없이 도로 짊어지고 나왔다.[2]

---

2. 이기영(1989), 앞의 책, 17쪽.

농민들의 직접적인 생산양식이 '농업'이었다면 장터에서 이루어지는 농민들의 상행위는 자급자족의 경제생활을 보조하는 방식이었다. 그러나 이것은 달내골의 세 마을사람들이 농사를 짓는 한편 직접 간접으로 이 장터를 뜯어먹고 살던 시절의 이야기이다. 서술자는 이 시절의 이야기를 "~했다 한다"라는 간접 인용의 회상방식으로 전달하여 그 시간과의 거리를 확보하려는 태도를 보인다. 장터의 시간은 서술자의 기억에서조차 존재할 수 없는 것이기에 서술자는 타인의 기억에 의존하는 방식, 즉 간접 인용의 기법으로 균질화가 진행되던 장터의 모습을 재현한다.

전근대와 근대의 공존

식민권력이 등장하고 문명화가 진행되면서 식민지 조선의 농촌은 더 이상 자연성만을 지닌 공간이 아니게 된다. 이곳에는 자연뿐 아니라 이식된 문명화의 산물들이 함께 자리하고 있었다. 그리고 이로 인해서 식민권력이 의도했던 '균질공간의 제도화'에는 균열이 발생한다. 제국 일본의 행정명령을 대행하는 식민권력의 목표는 조선의 농촌에서도 균질적으로 분화된 공간을 설계하는 것이었다. 그러나 이 시기 '자연성'이 압도하는 농촌에 '문명'의 요소들이 더해지면서 이 공간은 균질적이기보다는 이질적인 것들이 중첩된 공간이 된다. 이러한 모습은 작품 속에서 자연과 풍경에 대한 농민들의 인식 변화와 지배층의 변화라는 두 가지 현상을 통해서 확인할 수 있다.

우선 이질적 공간의 중층성이 농촌의 풍경을 둘러싼 인식에 변화를 가져왔음을, 자연과 풍경에 대한 농민들의 인식 변화를 통해 살펴보자. 본래 근대적 풍경이란 단순히 감각을 통해 지각된 물리적이고 공간적인 대상이 아니라 어디까지나 지각하는 인간의 '인상'이라는 자발적 심상 혹은 표상과 관계된 것이다. 그렇기 때문에 '풍경'은 우리 외부에 실재하는 것이라기보다는 우리 의식에서 만들어진 역사적 산물이고, 우리 외부에 존재하는 것이 아니라 우리의 심상에 의해 선택되어 온 것이라고 할 수 있다.

그러므로 달내강만 흐르던 곳에 철도가 통과하게 되면서 달내골을 둘러싼 공간의 성격은 물론 공간에 대한 사람들의 인식도 바뀌게 되는 것은 이상한 일이 아니다. 달내강과 철도, 그리고 제방이 어우러져 만들어지는 공간을 사람들은 소여로서의 '자연'이 아니라 새로운 '명승지'로 인식하기 시작한다. 또한 이러한 의식의 연장선상에서 농민들이 이상향을 상상하는 방식에도 변화가 생겨난다. 이제 그들은 자연만으로 구성된 이상향이 아니라 자연에 기술문명이 더해진 공간에서 새로운 이상향의 가능성을 탐색한다.

> 읍내가 대처로 변해서 화장을 하는 통에 달내강마저 그의 긴 치맛자락이 반달형으로 읍내를 싸고도는 곡선을 방파제로 높이 쌓아 올리고 그 위에는 산보길을 내는 동시에 삼거리 능수버들을 듬성듬성 심을 작정이다. 묻노니 이 공사가 준공이 다 되어서 사꾸라꽃 사이로 실버들가지가 늘어져서 봄바람에 나부낄 때 쪽빛 같은 푸른 물결 위로 화방(畵舫)을 띄워 노는 재자가인을 생각한다면 그 얼마

나 진진한 춘흥을 자아낼 것이냐? 그래서 미상불 읍내의 유지 신사들 중에는 하루바삐 어서 그날이 돌아오길 손꼽아 기다리는 사람이 많았다.

자연의 신이시여!

신개지에 당신의 모든 미를 베푸옵소서…….[3]

인용문에 등장하는 '신개지'는 분명히 '금광'과 '철도', 그리고 '제방공사'를 통해서 새롭게 태어난 문명의 공간이다. 그런데 이러한 문명의 공간 '신개지'에 '자연의 신'이 강림하기를 소망하는 방식은 이 작품에서 제시되고 있는 이상적 공간이 자연과 기술문명의 제휴를 통해 구성되는 것임을 암시한다. 달내강의 제방공사 축하연에서 이 공사로 말미암아 "명승지가 생긴 것"을 기뻐하는 사람들의 모습, 그리고 높이 쌓아올린 "원둑 신작로가에다가 수양버들을 심어서 숲"을 만들면 달내강의 경치가 더욱 돋보일 것이라는 농민들의 생각은 이질적인 것들의 결합과 그 생성물 속에서 공존의 미학을 발견하려는 태도로 읽을 수 있다.

다음으로 식민지 농촌이 전근대와 근대가 공존하는 공간임은 문벌중심의 유구성 집안이 몰락한 반면, 장사 이치에 통달한 하감역 집안이 세력을 얻게 되는 예를 통해 확인할 수 있다. 이 두 집안의 이야기는 달내골을 지배하던 가치가 '반상의 논리'에서 '자본의 논리'로 이행하는 중임을 보여준다. 이행이 끝난 상태가 아니라 여전히 진행 중이라는 사실은 두 개의 논리가 착종되고 있음을 짐작케 한다. 그리고 시간이 지

3. 이기영(1989), 앞의 책, 74쪽.

나면서 반상간의 차별이 없어진 대신에 신분보다 행세의 유무가 중시되고, 식민지 농촌에 상업자본이 침투하면서 새로운 위계가 발생한다. 상하 귀천의 표준이 오직 금전의 유무로 위치를 바꾸게 되었고 "돈이 즉 양반"인 시대가 열린 것이다.

최고의 문벌을 자랑하던 유경준은 자신의 몰락 원인을 '읍내가 대처로 발전'한 것에서 찾는다. 읍내가 대처로 바뀌지 않았다면 자신의 몰락 속도가 그렇게 빠르지는 않았을 것이라고 생각하는 경준은 읍내에 들어선 은행에 토지를 저당 잡히고 방탕을 일삼으면서도, "시대의 첨단으로 뛰어나가서 사회적으로 무슨 활동을 한다거나 새로운 생활을 개척"하지는 못하였다. 그는 "어지중간한 시대에 태어나서 지나간 시대를 지키지도 못하고 새 시대를 맞을 준비도 없었기 때문에" 결국 시대의 낙오자로 자리매김 되고, "모순에 가득 찬 자기 분열을 느끼면서" 초조와 불안 속에서 사는 것으로 형상화된다.

그런데 여기서 주목해야 할 것은 '읍내'가 '대처'로 바뀌었다는 사실로 인해 달내골의 지배논리뿐 아니라 유경준이라는 개인의 삶의 양식까지 변화했다는 사실이다. '자기 분열'이라는 표현을 통해서도 알 수 있듯이 경준은 친숙했던 '읍내'가 낯선 '대처'로 변화하는 과정 속에서 중심을 잡지 못하는데, 어쩌면 이것은 전근대와 근대가 중첩되는 현장에서 살고 있는 대부분의 사람들이 보이는 일반적인 반응일지도 모른다.

> 초가집 틈에 기와집이 들어앉고 바락크와 벽돌집이 그 사이로 점철(點綴)한 것은 마치 조각보를 주워모은 것처럼 빛깔조차 얼쑹덜쑹하다.

> 붉고 희고 검고 푸르고 누런 지붕을 뒤덮고 섰는 집들이 뚝닦거리는 건축장과 하천정리의 제방공사와 또는 거기로 노동자떼 하며 그리고 그들을 생계로 하는 촌갈보 술집들의 난가게가 한데 엄불린데다가 하루에 몇 차례씩 발착(發着)하는 기적 소리의 뒤를 이어 물화(物貨)가 집산되는 대로 상공업은 흥왕하고 인구는 불어간다.[4]

그러나 대부분의 사람들은 "시골읍내의 낡은 전통 밑에서 한가히 백일몽"에 젖어 있었다. 이 지방에 읍제가 실시되면서 "근대적 도시의 면목을 일신하기" 위한 움직임이 발생한다. 이제 달내골에는 하루에 몇 차례씩 기적 소리가 들리고, 상공업이 흥하는 만큼 인구도 불어간다. 위의 인용문에서 여러 형태의 집들이 모여 있는 모습을 '조각보'에 빗대어 표현한 것처럼 달내골은 전근대와 근대, 다시 말해 이질적인 것이 공존하는 공간으로 재구성된 것이다. 그리고 사회적 시설이 빨리 발전하는 "이 지방은 어느 곳이나 신개지(新開地)에는 공통된 현상으로 볼 수 있는 신흥 기분에 들떠 있다."

그러나 소설 속 상황과 거리를 두면서 비판적으로 상황을 진단하는 서술자는 기술과 자연의 공존에 대한 농민들의 안일한 상상력과 시대적 변화에 추수적인 태도를 보이는 사람들에게 일침을 가한다. '신개지'의 분위기를 "건강성보다 퇴폐성이 더 많고, 영구적이 아니라 일시적인 부황한 경기에 휩쓸려서 부질없이 졸속주의를 모방하기에 여념이 없는 것"이라고 표현하는 것이다. 서술자의 이러한 태도는 문명화로 인

4. 이기영, 『신개지』, 풀빛, 1989, 49쪽.

한 자연의 개발과 풍경의 변화에 대해서 긍정적이기보다는 부정적인 쪽으로 기울어져 있다.

자연과 기술의 제휴에서 이상향을 상상하는 농민의 입장과 이것을 졸속주의와 퇴폐성으로 읽는 (지식인) 서술자의 입장은 분명히 구별된다. 식민권력이 침투하여 변질되고 왜곡된 '진보의 역사'를 부정적으로 바라보는 지식인의 입장과 생활의 편리와 풍경의 변화를 긍정적으로 바라보는 농민의 입장이 대치되는 것이다. 이러한 대립은 재현의 주체인 지식인 작가가 놓인 자리와 재현의 대상인 농민들의 입장 역시 이질적임을 짐작케 한다.

지금까지 신개지에서 식민권력이 철도와 사법 제도를 통해서 효율적으로 통치할 수 있는 균질공간을 제도화하고, 식민자본이 침투하여 '반상'이라는 기존의 위계를 전복시키고 '금전'을 서열의 척도로 삼는 방식이 유포되는 모습을 확인할 수 있었다. 그러나 식민지 조선이 이렇게 규격화되는 과정에서는 필연적으로 잉여가 산출될 수밖에 없었다. 식민지를 제국의 권역으로 온전하게 포섭하기 위해 이 공간을 새롭게 설계하는 방식은 식민지 농촌에서 이질적인 시공간들이 중첩되는 현상으로 나타났고, 그 임계에서는 기존의 질서와 신생 문명이 접합되어 새로운 움직임이 등장하였다.[5]

---

5. 황지영, 「식민권력의 외연(外緣)과 소문의 정치-이기영의 신개지(新開地)를 중심으로」, 『국제어문』 제57집, 2013, 2~3장.

근대의 위대한 선각자

이기영의 『고향』(『조선일보』, 1933.11.15.~1934.9.21.)의 첫 장면에는 "호구조사 명부 같은 술이 두터운 책"을 끼고 다니는 순사가 등장한다. 그는 마름집에 들러 호구조사를 하던 중 동경에서 '김희준'이 귀향했음을 알게 된다. 이 장면에서 순사는 김희준이라는 주인공의 출현을 간접적으로 알리는 동시에 문제적 개인의 출현으로 원터마을의 관계망에 변동이 생길 것임을 암시한다. 작가는 국가의 행정망 속에 김희준이 기입되는 순간을 포착하여, 순사로 대변되는 식민권력과 안승학으로 대변되는 공동체권력과의 관계 속으로 김희준을 집어넣는다.

희준이 동경에 있는 동안 고향인 원터마을은 놀랄 만큼 변했다. 우선 근 십년 내에 이곳에는 제방 공사, 제사공장 건설, 철도 부설 등 세 가지의 커다란 공사가 있었다. 그래서 원터마을에는 근대적 공장이 들어서고 경부철도가 지나가게 되면서 행정, 경찰, 우편 등 근대적 체계들이 들어오게 된다. 하지만 "비행기가 잠자리처럼 날고 인조인간이 발명"된 시대의 변천은 긍정적이기보다는 부정적인 효과를 더 많이 낳는다.

그전까지 재강(술지게미)은 이 근처 가난한 사람들의 푼거리 양식이었다. 그러나 이제 "재강은 훌륭한 상품"이 되어 읍내는 물론 서울까지 "판로가 확장"되었다. 재강에 등급이 매겨지고 찹쌀 지게미에 멥쌀 섞은 것은 비싸게 팔려나간다. 또한 예전에는 집집마다 길쌈을 하던 것을 "지금은 기계로 짜내고 돈 주고 사입는 세상"이 되었다. "모든 물건이 만드는 사람 따로 먹는 사람 따로"가 된 것이다. "지금 세상은 모든 것을 기계로 만들어 쓰게 되니까 생산자와 소비자가 분리"되고, 따라서 모든 물건은 돈으로 사지 않으면 안 되는 '상품'이 된 것이다. 그리고 비료(금비)와 같은 상품이 농촌으로 들어오면서 농사 역시 계산 가능한 경제의 영역에 포함되었고, 큰 들에서 시행되는 농업에는 도급기, 기름통, 풍구 등 근대적 설비가 사용되었다.

근대화와 더불어 생활을 '돈'으로 재편하는 경제의 영역이 본격화되면서 원터마을 사람들의 삶도 그 전과는 다른 양상을 보인다. 특히 각박한 시대와 생활의 어려움으로 인해 없는 사람과 있는 사람들 사이는 물과 기름처럼 이웃 간에도 서로 정이 쌓이지 않게 되었다. 그래서인지 오랜만에 친구 갑숙이를 만난 여공 인순이는 반가움보다는 갑숙이가 입은 비단옷을 보고 정작 그것을 짠 자기는 비단옷을 못해 입는데 갑숙이 같이 방적공장이 어떻게 생겼는지도 모르는 사람이 비단옷을 해 입었다는 사실에 야릇한 기분을 느낀다. 그리고 이런 생각은 식민지 조선 사회의 경제적 모순, 즉 노동으로 점철된 공장에서의 삶과 기아로 가득한 농촌에서의 삶의 문제에까지 미치게 된다.

더 이상 마을의 '공유재산' 같은 것을 바라기 어려워 보이는 시대적 상황과 '사유재산'으로 인해 새롭게 계급이 재편되는 과정을 목도하면서 농민의 아들과 딸들은 노동자가 되었다. 병아리 같던 인순이도, 신경쇠약으로 고생하던 여학생 갑숙이도 근대라는 시공간 속에서 마음 단단한 노동자가 된 것이다. 이들은 '능률'만을 중시하는 공장 속에서, 노동자와 농민이 자본가의 이윤을 불리기 위해 이용되는 현실 속에서, "이 시대는 자유를 누려야 할 것이 아니라 먼저 부자유와 싸워야 할 것"임을 직감한다.

한편 『고향』 속에서 가장 생동감 있게 그려지는 인물 중 '안승학'은 금테안경에 금반지를 끼고 양복조끼 앞자락에도 마치 자랑을 하려는 것처럼 금시계줄을 길게 늘였다. 그 위에 누른빛 레인코트를 입고 머리에는 농립을 썼다. 그리고 손에는 검은 양산을 단장삼아 짚고 섰다. 이런 안승학이 자신의 명예와 지위를 높이기 위해 사용하는 격언은 워싱턴의 "시간은 황금"이라는 말이다. 젊은 시절 관청을 다녔던 그는 한 번도 지각을 한 일이 없어서 그 기념으로 표창장과 금시계를 상으로 받았다.

안승학이 시종일관 보여주는 계산적 태도는 관료 체험을 통해서 형성된 것으로 보인다. 그는 돈은 물론 시간, 땅의 면적, 복수(復讎)의 방식까지도 모두 계산 가능한 것으로 보고 끊임없이 '수판'을 두드린다. 그는 "촌사람의 주머니를 겨누"어 부를 늘릴 줄도 알고, 측량도 할 줄 아는 만큼 마름이 되기 위해 지주인 "민판서집 전장의 지적도를 펴놓고 복사"할 때 경계선을 변작해 그 전 마름을 몰아낸다. 그렇게 마름이 된 그는 원터마을의 새로운 주도세력으로 부상한다.

이후 안승학은 새 양반의 지위를 획득하게 되는데, 이 "새 양반은 묵은 양반보다 돈에 들어서는 더 무서웠다." 작품 전반에 걸쳐 그가 보여주고 있는 계산과 분석과 대차대조의 감각들은 근대 자본가의 그것과 일치한다. 특히 "내 밭이라도 남의 밭처럼 생각"하며 원두막을 지을 것인지 말 것인지를 결정하기 위해 그 비용을 따져보고 '계산표'를 만드는 모습은 '수판'으로 상징화될 수 있는 근대적 자본가의 면모를 단적으로 보여준다. 그는 작품 전반에 걸쳐 끝없이 '유익'과 '불리'를 예측하고, 그 예측과 계산가능성을 매개로 실질적인 이익을 얻기 위해 골몰한다.

그렇다고 안승학이 관료 경험을 바탕으로 자본가의 감각만을 획득한 것은 아니었다. 그는 "경부선이 개통한 직후" 원터마을 사람들이 기차와 정거장과 전봇대를 경이롭게 쳐다볼 때, 목판차를 맨 처음으로 타고 서울을 가보았다. 또 우편소가 새로 생겼을 때 이웃 사람들은 전봇대에 감긴 전신줄에서 잉- 하는 소리가 나는 것을 귀신을 잡아넣어서 그렇다고 생각하며 겁을 잔뜩 집어 먹었다. 하지만 안승학의 모습은 이들과 판이하게 달랐다.

> 그는 엽서 한 장을 사서 자기집 통호수와 자기 이름을 쓰고 편지 사연을 써서 우편통 안으로 집어넣었다. 그리고 그들에게 장담하기를 이것이 오늘 해전 안에 우리집으로 들어갈 터이니 가보자는 것이었다. 과연 그날 저녁때였다. 지옥사자 같은 누렁옷을 입은 사람은 안승학의 집에 엽서 한 장을 던지고 갔다. 그것은 아까 써넣던 그 엽서였다.
> "참, 조화 속이다!"[6]

경기도 출신인 안승학은 사람들이 두려워하는 이 제도를 이용하여 자신의 근대적이고 개화한 감각을 십분 뽐낸다. 마을 사람들 앞에서 엽서를 우편통에 넣고 자신의 집에서 그것을 받은 안승학은 몇 마디의 일본어와 우편제도를 이용해 자신이 경험한 개화의 위력을 시현해 보인다. 우편 제도의 운영방식을 이해하지 못했던 마을 사람들은 엽서의 이

6. 이기영, 『고향』, 풀빛, 1989, 89쪽.

동을 안승학이 주도한 '귀신놀이' 혹은 '조화'라고 생각한다.

이 장면에서 우리가 주목해야 할 것은 안승학이 엽서를 사서 자기 자신을 수신자로 설정하여 보내는 장면 속에서 발신자와 수신자가 동일한, 즉 근대의 우편제도를 둘러싸고 벌어지는 자기회귀적인 의사소통의 구조이다. 근대의 "위대한 선각자"로서의 안승학이 지닌 권위는 자본주의적 경제 감각, 제국의 언어인 일본어, 근대적 통신 제도를 선점함으로써 얻은 것이다. 이것은 개인과 제도와의 관계 속에서, 그리고 그 관계를 구경하는 마을사람들과의 관계 속에서 근대의 제도란 모두가 공유하는 것이 아니라 시대에 앞선 개인에게서 시작되고 그에게서 끝남을 보여준다.

전선을 타고 들어온 바깥소식

식민지 시기에 전화는 정부의 국가적 사무를 처리하기 위한 수단으로 사용되면서 다른 문물에 비해 일찍 수입되었다. 하지만 가격과 기간 설비의 부족으로 일상화되는 데는 오랜 시간이 필요했다. 1910년 한국에서 사용된 전화기는 6,774대였는데 이 중 대부분은 관공서에서 사용하는 것이었다. 1920년에는 15,641대로 두 배 이상 증가하였고, 1930년도에는 40,128대로 증가하였다. 전화의 70% 이상이 일본인 소유였고, 신문사, 요리집, 관청, 극장 등에서 전화가 많이 사용되었다. 이 시기의 전화가 지닌 가장 큰 특징은 근대적 인간의 관계를 새롭게 조직한 것이었다. 기차가 시공간을 압축하여 세계를 재편성했다면, 전화는 좀더 세밀하게 일상을 재조직하였다. 전화로 인해 집 안과 밖의 경계가 모호해지고, 타자와의 공간적 거리가 전파를 타고 축소되었다. 소리를 직접 나르는 전화는 생생하게 집 밖의 소식을 집 안으로 불러들였고 이로 인해 그전에는 없었던 문제들도 등장하였다.[7]

염상섭의 「전화」(『조선문단』, 1925.2)는 식민지 조선에서 전화가 본격적으로 보급되기 시작한 1920년대를 배경으로 한 작품이다. 이 소설은 전화를 둘러싸고 ××회사 하물계(荷物係) 주임인 이주사와 그의 아내, 그리고 기생 채홍이와 김주사 사이에서 벌어지는 일들을 다루고 있다. 전화가 귀하던 시절, 이주사는 추첨으로 받은 전화를 놓기 위해 아내의 옷과 장신구까지 저당을 잡혀서 가설료 삼백 원을 겨우 마련한다. 어렵게 전화를 놓았는데 가장 먼저 걸려온 전화가 기생 채홍의 전화이다 보니 이주사와 아내 사이에 갈등이 발생한다. 아내는 집에서 난생 처음 전화를 받는 기쁨을 느낄 새도 없이 전화를 건 사람이 종로의 기생이라는 사실에 토라지고, 이주사는 그런 아내의 기분을 풀어주기 위해 "분홍빛 부인용 속적삼"과 "회색 장갑"을 선물한다. 하지만 회사 동료인 김주사의 전화를 받고 나갔다 들어온 이주사가 채홍이네 김장을 해주어야 한다는 주정을 하면서 아내와의 관계는 더 꼬인다. 아내는 그것을 빌미로 채홍이네 김장 해줄 돈이 있으면 자신의 친정아버지 환갑빔을 해놓으라고 요구한다.

이주사네 집에서 이주사와 아내 사이에 이런 일이 벌어지고 있을 때, 같은 회사의 출하계(出荷係) 주임인 김주사는 이주사에게 전화를 오백

7. 이승원, 『소리가 만들어낸 근대의 풍경』, 살림, 2005, 82~84쪽.

원에 팔라는 제안을 한다. 삼백 원에 놓은 전화를 오백 원에 팔면 이문이 남는다고 생각한 이주사는 이를 수락하고, 그 다음날 우편국 사람들이 이주사네 와서 전화를 떼어간다. 그런데 자신의 아버지 전방에 전화를 놓기 위해 전화를 산 김주사가 아버지에게는 전화 값으로 칠백 원을 받고, 이주사에게는 전화를 오백 원에 사 이백 원의 차익을 챙긴 일이 발각된다. 이주사에게는 "우리 새에 영수증이고 뭐고 할 것 있나마는 이전(移轉) 수속에 도장이나 찍어주게."라고 말해 놓고, 아버지와 이주사 모두를 속인 것이다. 그래서 결국 이주사의 아내가 김주사의 아버지를 직접 만나 이백 원을 더 받는 방식으로 담판을 짓는다. 그러고는 집으로 돌아와 "이런 일두 있어야 살 자미가 있는 거"라며 남편에게 "어떻게 또 전화 하나 맬 수 없"느냐고 묻는 장면에서 소설은 끝이 난다.

전화에 대한 작중 인물들의 양가감정은 근대 문물을 대하는 식민지 시기 사람들의 보편적인 태도와 일치한다. 채홍이의 전화를 받은 이주사의 아내는 아침부터 기생이 전화를 했다는 사실에는 화를 내지만, "그래도 받고 싶던 전화를 받은 것이 난생 처음 해보는 전화처럼 신기한지 생긋하는 웃음이 상큼한 콧마루 위로 지나갔다." 또한 말 많고 탈 많았던 전화를 떼어간 후에는 "앓던 이나 빠진 듯이" 시원해 하면서도 동시에 "매우 서운한 기색으로 선웃음을 친다." 이주사 아내의 마음속에는 전화의 등장으로 몰랐으면 좋았을 남편의 외도 사실이 집 안으로 전해지는 데서 오는 불쾌함과 희소성이 있는 첨단의 근대 문물을 소유했다는 사실이 주는 자부심이 공존하다. 추첨이 되어서 울며 겨자 먹기로 전화를 달았다는 이주사의 태도 역시 이와 크게 다르지 않다.

이렇듯 양가감정을 불러오는 전화기와 더불어 소설 속에서 등장인물들을 움직이게 하는 데 중요한 역할을 담당하는 소재는 '돈'이다. 앞에서 살펴본 것처럼 이기영의 『고향』에서 근대의 우편제도를 가장 먼저 사용하는 안승학은 자본가의 감각을 지닌 인물이었다. 염상섭의 「전화」에서 작가는 전화라는 통신매체를 일찍이 수용하는 인물들을 계속해서 돈 문제와 얽음으로써 근대 문물과 자본의 감각을 연결시킨다. 작품 속에서 이주사가 전화를 놓음으로써 발생한 비용은 가설료 삼백 원, 통화료, 가설료를 마련하기 위해 저당 잡힌 물건들에서 발생하는 변리 등이다. 그리고 전화를 파는 과정에서 김주사가 제시한 돈, 김주사 아버지가 지불한 돈, 이주사네가 받은 돈 등이 문제가 된다. 그 외에 전화와 관계없어 보이는 비용으로는 채홍이네 김장값, 이주사네 김장값, 이주사가 아내에게 선물한 물건값, 이주사 장인의 환갑빔 값, 기화네 김장값 등이 더 고려될 수 있다.

근자에 백 원 돈을 모아서 주머니 속에 지녀보지 못하던 그는 별안간 오백 원이나 주머니에 넣으니 마음이 느긋하여졌다. 일을 하면서도 여러 가지 생각이 머릿속에 떠올라왔다.

우선, 오십 원은 채홍이 집 김장값, 또 오십 원은 자기 집 김장에, 이백 원은 전당 찾고 빚 갚을 것, 삼십 원은 장인 환갑에 옷 해갈 것, …… 이만하면 마누라의 바가지 긁는 소리도 쏙 들어가겠고, 합계 삼백삼십 원 제하고, 일백칠십 원으로 당분간 술잔 먹고 월급 때까지 용돈 쓴다면 잔돈냥이 꿀릴 리는 없다고 생각하였다. 느긋한 김에 이따가 채홍이하고 기화를 불러놓고 놀 생각이 불현 듯이 나며

신바람도 났다.[8]

이 작품에서는 사건의 많은 부분들이 돈 문제와 연결되어 있고, 돈 문제가 언급될 때 서술의 초점은 이주사에게 맞춰진다. 이주사와 돈이 함께 언급되는 장면들 중에서 가장 구체적인 계산이 이루어지는 부분은 이주사가 김주사로부터 받은 오백 원을 어떻게 사용할지 생각하는 부분이다. 인용문에 나타난 것처럼 이주사는 돈 오백 원으로 채홍이네와 자기네 김장을 하고, 전당포에 맡긴 물건들을 찾아오고, 장인 환갑에 옷을 해가려고 한다. 그리고 남는 비용은 자신의 용돈으로 쓸 생각이다. 김주사가 "전화값이나 떼먹지 않았나?" 걱정을 하면서 자신이 아내 몰래 돈을 떼먹는 것은 문제 삼지 않는다.

소설 속에서 근대의 상징인 전화와 돈은 모두 '속임수'라는 문제와 연결된다. 이주사가 아내 몰래 채홍이를 만났던 것, 김주사가 아버지와 이주사를 속이고 이득을 취했던 것, 채홍이가 김주사와 짜고 이주사에게 김장값을 받으려고 했던 것, 채홍과 김주사의 비밀을 알려준 기화에게 이주사가 김장값을 준 것 등 작품 속에서 속고 속이는 관계는 반복해서 등장한다. 인물 유형으로 보자면 채홍이와 김주사는 속이기만 하는 인물, 아내는 속기만 하는 인물, 기화는 속임수를 폭로하는 인물, 이주사는 속기도 하고 속이기도 하는 인물이다. 이 소설에서 이주사가 주인공이 될 수 있는 이유는 그가 전화 추첨을 받고 그것을 되팔 정도로 근대적 감각을 지닌 인물이자 속고 속이는 행위 양측에 다 걸려 있는

8. 염상섭, 「전화」, 『20세기 한국소설 02』, 창비, 2005, 36~37쪽.

입체적인 인물이기 때문이다.

「전화」는 이러한 입체적인 인물을 중심으로 근대의 통신매체와 돈을 둘러싸고 벌어지는 일상을 재치있게 그려낸다. 남성들이 주로 활동했던 집 '바깥'의 소식은 이제 전선을 타고 아내가 있는 집 '안'으로 들어온다. 그래서 "강짜를 하는 계집에게는 손수건 하나라도 사들고 들어가라"는 것이 결혼 생활의 철학일 만큼 물질적인 것의 힘을 알고 있는 이주사는 집에 전화가 들어온 이후에 아내의 눈치를 본다. 반면에 이주사의 아내는 "전화가 시앗이나 되는 듯싶이" 행동한다. 그녀에게 전화는 비가시적인 존재였던 외부의 적을 가시적인 존재로 만드는 역할과 자신을 속이려는 남편의 음험함을 폭로하는 역할을 담당한다. 그래서 그녀는 채홍이가 전화로 성가시게 굴자 채홍이를 한바탕 몰아세우고 그의 전화를 딱 끊어버리면서 통쾌함을 느낀다.

라디오와 취향의 문제

식민지 시기에 전화가 쌍방향 소통으로 이루어지는 통신매체라면 라디오는 주로 일방향적으로 소통이 이루어지는 매체였다. 1927년 12월 처음으로 경성방송국에서 정규 라디오 방송이 시작되었다. 일제는 식민지 조선을 통치하기 위한 도구로 경성방송국을 설립하고 프로그램의 성격과 내용을 규정하였다. 그와 동시에 일상생활 속에서 라디오를 청취하던 수용자들에게 음악과 드라마 등 새로운 형태의 대중문화가 전달되었다. 경성방송국의 첫 방송은 일본어와 조선어가 섞인 혼합 방송이었고, 초기의 방송 편성은 2회의 뉴스, 일기예보, 9~10회의 주식과 미두 시세, 일용품 시세, 강연 및 음악 정도였다.

초창기에는 일본어와 조선어의 혼합 방송이라고는 하지만 일본어 방송이 70% 정도를 차지했기 때문에 조선인 청취자들은 불만이 많았다. 조선인 청취자들의 불만에 경성방송국의 경영난이 더해지면서 방송 운영 방식에 변화가 일어났다. 경성방송국은 경영난을 타개하기 위해 일본어 방송과 조선어 방송을 별도로 내보내는 이중 방송을 1932년 7월부터 시행했다. 이중 방송이 시작되고 약 5년 동안이 조선어 방송의 황금기였다. 특히 국악 프로그램과 드라마가 인기를 끌었다.[9]

라디오 방송 중 특정 프로그램이 인기를 끈다는 사실은 청취자들의 취향 문제와 함께 가는 것이었다. 청취자들은 자신의 취향에 따라 라디오 프로그램을 취사선택해서 들었고, 다수의 취향에 부합한 프로그램은 인기를 얻었다. 동시에 방송을 타고 나오는 내용은 취향이라고 부를 만한 것을 지니지 않았던 이들이 자신만의 취향을 갖게 하는 계기가 되었다. 식민지 소설 중에서 라디오와 취향의 문제를 결합하여 다루는 작품으로는 채만식의 장편소설 『태평천하』(『조광』, 1938.1~9)가 있다.

소설 속에서 올바른 역사의식을 지니지 못한 채 가족의 번영만을 추구하는 '윤직원' 영감은 탐욕스럽고 파렴치한 성격의 소유자이다. 또한 "세상에 돈만 빼놓고는 둘째 가게 그 명창대회란 것을 좋아"해서 대회장에 직접 찾아가기도 하고 라디오로 국악 프로그램을 듣는 등 자신만의 확고한 취향을 지닌 인물이다. 그는 기생이나 광대를 자신의 사랑에

9. 이준식, 『일제강점기 사회와 문화: '식민지' 조선의 삶과 근대』, 역사비평사, 2014, 224~226쪽.

불러다가 일 년 내내 "남도소리며 음률 같은 것"을 듣고 싶지만 그 비용을 감당할 수가 없어서 마음을 접은 상태였다.

그런데 이런 윤직원 영감의 소원을 그나마 풀어주는 것이 바로 "라디오와 명창대회"였다. 윤직원 영감은 머리맡에 라디오 세트를 두고, 방송국의 마이크를 통해 나오는 남도소리며, 음률 가사 같은 것을 들으며 연신 '좋다!'를 외친다. 뿐만 아니라 윤직원 영감의 비서인 대복이가 윤직원 영감을 대신해 경성 방송국에 "남도소리를 매일 빼지 말고 방송해 달라는 수서를 수십 장" 쓸 만큼 윤직원 영감은 남도소리의 애청자이다.

이런 영감이 항상 불만스러워 하는 것은 "소리를 기왕 할 테거든 두어 시간이고 서너 시간이고 붙박이로 하지를 않고서, 고까짓 것 30분" 만 한다는 점이다. 한편으로는 라디오를 17원 주고 사서 들여놓고 한 달에 청취료로 1원을 내면서 남도소리를 계속해서 들을 수 있다는 사실에 기뻐하면서도, 다른 한편으로는 막상 청취료 1원을 현금으로 내는 것이 아까워 이런 투정을 하는 것이다.

> 대복이가 윤직원 영감의 머리맡 연상(硯床)에 놓인 세트의 스위치를 누르는 대로 JODK의 풍류(風流)가 마침 기다렸던 듯 좌악 흘러져 나옵니다. (중략)
>
> 이윽고 초장이, 끝을 홍 있이 몰아치는 바람에 담뱃대를 물고 모로 따악 드러누워 듣고 있던 윤직원 영감은
>
> "좋다아!"
>
> 하면서 큼직한 엉덩판을 한번 칩니다.

무릇 풍류란 건 점잖대서, 잡가나 그런 것과 달라 그 좋다!를 않는 법이랍니다. 그러나 그까짓 법이 무슨 상관이 있나요. 윤직원 영감은 좋으니까 좋다고 하면 고만이지요.

이렇게 무식은 해도 그거나마 음악적 취미의 교양이 윤직원 영감한테 지녀져 있다는 것이 일변 거짓말 같기는 하지만, 돌이켜 직원 구실을 지낼 무렵에 선비들과 주축한 그 덕이라 하면, 그리 이상튼 않겠습니다.[10]

인용문에서도 확인할 수 있듯이 윤직원 영감에게 라디오에서 흘러나오는 '풍류'는 선비들과 어울려서 얻게 된 "음악적 취미의 교양"이자 취향이다. 그러나 그는 이 '풍류'를 선비들의 방식대로 즐기기보다는 자신만의 방식대로 잡가처럼 즐긴다. 이러한 윤직원 영감의 모습은 조선시대에는 선비들이 주로 즐기던 고급문화 '풍류'가 식민지 시대가 되면 라디오라는 통신매체를 통해서 대중문화로 변용됨을 보여준다. 이 시기의 라디오는 대중문화를 전파에 실어 전국 방방곡곡에 전달하는 매체이자 그 문화를 접한 개개인들이 자신의 취향을 공고히 하도록 돕는 매체였다.

식민지 시기에 라디오가 등장하면서 개인들의 취향이 프로그램 선택을 통해 가시화되었고, 먼 거리의 소식을 짧은 시간 내에 접하는 일도 가능해졌다. 또한 시간이 갈수록 라디오를 사용한 식민권력의 통제가 본격화되었다. 1940년 이후에는 궁성요배 방송, '황국신민서사' 방

---

10. 채만식, 『태평천하』, 창작과비평사, 1992, 139~140쪽.

송, 정오의 묵도를 위한 사이렌 방송, 라디오체조 방송 등이 진행되었다. 일제의 승전을 기원하고 전사한 군인들을 애도하며, 전쟁에 필요한 체력을 연마하는 일들이 라디오를 통해서 이루어진 것이다.[11]

식민지 시기의 라디오를 통해서도 알 수 있듯이 새로운 대중매체의 등장과 확산은 개인적 차원뿐 아니라 국가적 차원, 더 나아가 세계적 차원의 변화까지를 이끌어낸다. 라디오의 등장으로 개인들의 취향이 본격화되었고, 국가는 전파를 통한 통제를 시작하였으며, '동반구와 서반구'라는 거대한 세계가 '단칸방' 같이 축소될 수 있었다. 이러한 변화는 라디오뿐 아니라 철도, 우편, 전화를 통해서도 확인할 수 있었다. 철도를 중심으로 균질공간이 제도화되고 우편제도를 둘러싸고 근대 문물을 선구적으로 수용한 인물들이 출현했으며, 전화를 통해서 집 안과 집 밖이 연결되었다.

그런데 균질공간이 제도화되고 교통과 통신의 발달로 한반도 안에서 다양하고 새로운 소통의 방식들이 등장했다고 해서 그것이 전국에서 같은 강도로 진행된 것은 아니었다. 근대 도시 경성과 변방에 있는 농촌 마을에 같은 비율로 전화와 라디오가 보급될 수는 없었다. 식민지 조선에서 근대화는 한반도 전체를 균질공간으로 재편하기 위해 진행되었지만 실제로 그 완성도는 그다지 높은 것이 아니었고, 해방이 된 이후에도 꽤 오랫동안 근대적 시공간을 완성하려는 움직임은 계속되었다.

---

11. 이준식(2014), 앞의 책, 228쪽.

2장
근대인! 규율공간 안에 거하라

근대 규율공간과 규율의 내면화

서양의 근대를 추동하는 힘은 '생각하는 나'에서 발견된 '이성'과 인간이 신으로부터 독립하면서 등장한 '자유의지'였다. 그래서 근대의 긍정성을 이야기할 때는 이 둘을 바탕으로 자연적 질서에 대한 과학적 추구, 정치적 혁명에서의 자기결정, 경제적 행위에서의 자유 등이 거론된다. 그리고 이러한 근대의 특징들을 유지하고 보완하기 위한 학교, 병원, 감옥, 군대, 공장 등의 제도들이 발명되었다. 이 제도들을 통해서 사유의 합리성과 학문의 과학성이 추구되었고, 정치에서 인권의 문제가 등장하였으며, 생산성 추구가 경제의 목표로 자리 잡았다.

동시에 이런 제도들이 갖는 속박의 측면들 역시 출현하기 시작했다. 이성과 자유를 기반으로 탄생한 주체는 제도 속의 존재로 살아가기 위해 '규율화'의 과정을 거쳤는데, 여기에서 말하는 '규율(discipline)'이란 신체를 통제하여 체력을 확보하고, 더 나아가 체제에 대해 순종적이고 효율적인 관계를 강제하는 방법이다.[1] 규율을 매개로 근대적 주체는 자율이라는 명분 아래 강압적 질서의 재생산 회로 속으로 포섭되어 갔다. 이것은 이들의 신체가 국가와 자본주의 시스템에 적합한 상태로 재구성되어야 함을 뜻하는 것이었다.

프랑스의 철학자 미셸 푸코(Michel Paul Foucault, 1926~1984)는 근대적 주체의 생산을 '규율'과 '권력'의 문제를 중심으로 고찰하여 '규율주체'라는 새로운 개념을 창안하였다. '규율주체'는 신체를 훼손하는 방식의 통제가 아니라 신체를 훈련하는 통제의 방식에 따라 만들어진다. 근대적 주체는 완성된 채로 존재하는 것이 아니라 특정한 사회적 · 역사적 맥락 속에서 '훈련'을 통해 구성되는 것이다. 푸코는 그의 대표작인 『감시와 처벌』에서 근대적 주체가 생산되는 과정을 규율공간들을 중심으로 서술해 나간다. 이때 중요한 것이 바로 '시선의 비대칭성'이다.

'시선의 비대칭성'을 기반으로 근대적 규율권력과 규율주체가 생산되는 메커니즘에 대한 논의는 제레미 벤담(Jeremy Bentham, 1748~1832)이 1791년에 설계한 원형감옥 '판옵티콘'에서 시작되었다. 푸코는 베르사유에 세워진 루이 14세의 원형 동물원이 벤담에게 판옵티콘에 대한 영감을 주었을 것이라고 생각했다. 이 동물원은 팔각형 건물 각 면 중 7개의 면이 동물 우리이고 하나는 출입구로 되어 있으며, 왕이 2층에 있는 중앙의 객실에 앉아 창문을 통해 모든 동물들을 쉽게 구경할 수 있는 구조이다. 이러한 동물원의 구조는 하나의 시선만으로 모든 것을 볼 수 있는 건물, 즉 일망감시시설을 뜻하는 '판옵티콘'의 설

---

1. 미셸 푸코, 『감시와 처벌』, 오생근 역, 나남출판, 2005, 216쪽

계에 아이디어를 제공했던 것으로 추정된다.

판옵티콘은 실제로 지어지지는 않았지만 그 원리는 의외로 간단하다. 칸칸이 독방으로 나뉘어진 원형의 건물 한 가운데에 감시탑을 세우고, 각각의 독방에 죄수들을 가둔 후 감시탑에는 간수가 들어간다. 이때 중요한 것은 죄수가 들어가 있는 독방에는 불을 켜고 감시탑은 불을 꺼야 한다는 사실이다. 그리고 불 꺼진 감시탑 안에서 소수의 간수들은 다수의 죄수들을 관찰하고, 그들의 특징을 기록한다. 간혹 규칙을 어기는 죄수가 있다면 다시는 그런 일을 하지 못하도록 응징을 가해야 한다. 응징이 몇 차례 반복되고 나면 죄수들은 간수가 지켜보지 않아도, 더 나아가 감시탑에 간수가 들어있지 않아도 처벌 받지 않는 방식으로 자신의 행동을 바꾸게 된다.

판옵티콘은 일차적으로는 죄수를 교화하기 위한 감옥으로 설계되었지만, 벤담은 이 원리가 환자를 치료하는 데에도, 미친 사람을 가두는 데에도, 거지와 게으름뱅이를 일하도록 하는 데에도 유용할 것이라고 판단했다. 그래서 판옵티콘 안에서 '시선의 비대칭성'을 통해 작동하는 '일망감시'라는 원리는 후에 개인의 신체를 규율해야 하는 근대의 학교, 공장, 군대, 병원 등에서 널리 이용되었다. 그리고 판옵티콘의 구조가 지닌 목표는 감시당하는 자가 감시하는 자의 시선을 내면화하여 스스로를 통제하는 것으로까지 나아간다.

'판옵티콘'은 공리주의자였던 벤담의 핵심 테제, 즉 "최대 다수의 최대 행복"을 가장 효율적으로 실현할 수 있게 만들어준다. 벤담은 이 건축물을 통해서 하나의 유토피아를 꿈꾸었는데, 그 유토피아는 그 안에 갇힌 자들을 '비정상'으로 규정함으로써만 가능한 것이었다. 누군가를 가둘 수 있는 자들과 어딘가에 갇힐 수도 있는 자들 사이에는 '정상'과 '비정상'의 구분이 작동한다. 그리고 비정상으로 분류되지 않기 위해 사람들은 정상의 범주에 들어가 있는 이들이 원하는 상태, 즉 규율을 내면화하고 스스로를 감시하는 '자기검열적 주체'가 되어 간다.

그렇다면 근대적 주체는 어떤 방식 혹은 어떤 과정을 거쳐 생산되는가? 주체가 생산된다는 것은 근대적 질서에 부합하는 개개인들이 생산된다는 것이다. 이때 그 질서 안에서 '능동적으로 자제'할 줄 아는 '주체', 즉 개개인을 "자유와 권리에 따르는 책임과 의무를 다하"는 주체로 만드는 것이 중요하다. 그리고 주체의 생산은 근대가 허용하는 질서의 안과 밖을 설정하는 방식을 통해 이루어진다. 이것은 근대적 질서 안으로 포섭되지 못하는 부정성들, 예를 들어 가난, 나태, 범죄, 광기 등은 배제되는 방식으로 작동하면서 주체와 주체가 되지 못한 인간들 사이에 분할선을 긋는다.

> 형벌의 적용 지점은 표상이 아닌 신체 그 자체이고, 시간이고, 날마다의 동작과 행동이다. 또한 그것은 정신이기도 하지만 그것은 어디까지나 습관적으로 되풀이되는 지점의 정신이다. 행위의 근본 원칙으로서 신체와 정신이야말로 이제는 처벌기관의 관여에 제시되는 기본요소를 이룬다. 그러한 관여는 어떤 표상 기술에 근거한다기보다 개인에 대한 계산된 통제에 근거해 있다. (…) 이제 강화되고 유포되는 것은 더 이상 표상의 작용이 아니라 강제권의 형식들이고 또한 적용되고 반복되는 구속의 도식들이라는 점이다. 그것은 기호가 아니라 훈련이다. 예컨대 시간표, 일과시간 할당표, 의무

> 적인 운동, 규칙적인 활동, 개인적인 명상, 공동작업, 정숙, 근면, 존경심, 좋은 습관이 그렇다. 끝으로 이러한 교정기술을 통해서 사람들이 재구성하고자 애쓰는 것은 (…) 복종하는 주체이며 습관이나 규칙, 명령에 복종을 강제당하는 개인이다.[2]

인용문에 나오는 것처럼 근대의 형벌은 반복되는 동작과 행동을 통해 개인의 신체를 훈련하는 방식으로 이루어진다. 이를 대표하는 것이 학교에서 사용되는 기합이다. 엎드려뻗쳐나 투명의자, 오리걸음 등은 신체를 강화하는 방식으로 진행되는 처벌이다. 또한 학교, 병원, 군대, 감옥, 공장 등의 공간에서 시간을 분절하고 그 시간에 배당된 일을 완수하는 방식으로 진행되는 훈련은 개인의 품행을 평가하는 기준으로 작동하기도 한다. 근대적 개인들은 규칙을 준수하고, 명령에 복종함으로써 좋은 습관을 몸에 익히고, 그 습관을 기반으로 자신의 정신도 사회 질서가 요구하는 방식으로 교정해 나간다.

게다가 규율권력 속에서 형성된 근대적 주체들은 시간이 지나면서 규율권력이 원하는 방식을 내면화하게 된다. 이것은 권력의 시선으로 자신을 관찰하고 스스로를 검열하는 가운데 나타나는 현상이다. 더 이상 감시가 필요 없는 '자기검열적 주체'는 권력의 시선을 내면화한 주체로, 규율권력의 욕망과 자신의 욕망을 일치시킨다. 이들은 자유로운 삶을 살고 있다는 착각 속에서 체제 유지에 기여한다.

---

2. 미셸 푸코(2005), 앞의 책, 205~206쪽.

학교라는 위계의 공간

규율권력은 닫혀 있는 장소에서 보다 효율적으로 작동한다. 그 이유는 규율의 시작이 '감금'과 관계가 있기 때문이다. 사립학교의 기숙사나 군대, 수도원의 규범이 규율권력에 기초를 제공하였다. 군대는 병사들이 병영에서 이탈하는 것을 막기 위해 높은 외벽을 설치하였고, 공장은 공장 자체 내에 직공들의 숙소를 설치해서 폐쇄적인 구조를 지향하였다. 감금 공간 안에서 도주와 방랑과 집단행동을 방지하기 위해 만들어진 각종 장치들은 개개인의 출결을 확인하고, 소재를 파악하며, 그들을 추적할 수 있는 연락체계를 만들어갔다.

특히 학교는 근대 사회로 이행하는 과정에서 가장 중요한 역할을 담당한 기관이다. 근대 이전에는 가정이 사회화를 담당하는 주요 기관이었지만 근대가 되면서 가정과 사회를 잇는 역할을 학교가 담당하게 되었다. 만약 학교에서 '가정통신문'에 매주 월요일 '위생검사 실시'라고 적어 보내면, 학부모들은 주말 동안 자녀들의 머리카락이나 손톱, 실내화 등의 청결 상태를 점검하게 된다. 사회가 요구하는 '위생'이라는 관념이 학교를 매개로 해서 각 가정 안까지 침투하는 것이다.

그러나 학교의 역할이 이처럼 소소한 영역에만 국한되는 것은 아니다. 근대 학교의 목표가 산업 자본주의 사회에 필요한 인간형을 만들어내는 것으로 설정되면서, 학교의 교육 과정은 근대적 지식을 전달할 뿐 아니라 각종 형태의 규율을 통해 근대적 태도를 배양할 수 있게 구성되었다. 이를 효율적으로 진행하기 위해 학교는 학생들의 일상을 분할하고, 시간을 활용하는 방식에 대한 감시와 평가도 실시하였다. 기숙사에서 생활하는 학생들의 시간은 기상 시간, 세면 시간, 체조 시간, 식사 시간, 수업 시간, 훈련 시간 등으로 다양하게 분절되었다.

그리고 그 시간 안의 활동은 '시험'이라는 평가 제도를 통해서 점검받게 된다. 시험에 통과한 자와 낙오한 자가 구분되고 개개인의 석차가 등급으로 제시되는 체계가 고안된 것이다. 시험은 주체들의 상태를 점검하고, 그들의 상태를 감시할 수 있는 기능도 담당한다. 누군가가 적어낸 시험의 답안은 그의 집중력과 암기력 등 학업 능력과 더불어 작성자의 세계관을 나타내는 지표로 작용한다.

학생들의 시간을 분할하여 관리하는 방식 이외에 근대적 태도를 배양하기 위해 학교에서 주목해야 할 점은 공간의 배치이다. 근대의 학교들은 대부분 운동장과 학교 건물로 구성되어 있었다. 우선 학생들은 운동장에서 체력을 단련하기 위한 운동을 하는데, 운동장이 야외에 위치하는 이유는 이것 때문만이 아니다. 운동장은 전체 학생을 모을 수 있을 정도의 규모가 확보되어야 하는 공간이다. 넓은 운동장이 필요한 이유는 전체 학생을 모아 놓고 각종 행사를 치르고, 그곳에서 학생들이 규율을 익혀야 하기 때문이다. 운동장에 학생들이 집합할 때는 저학년에서부터 고학년 순으로, 그리고 각 반별로 배치된다. 이러한 배치는 단상 위의 교사들이 학생들을 잘 파악하고 동시에 학생들 스스로 전교생 속에서 자신의 위치를 쉽게 알 수 있게 하기 위함이었다.

또한 학교 건물에서는 교장실을 위시한 관리 통제 기능을 하는 부분이 건물의 중앙에 놓인다. 이곳에서는 각 교실에 대한 통제와 운동장을 비롯한 학교의 공간에 대한 전망을 확보할 수 있어야 한다. 특히 이 공간과 교문 사이에 운동장을 배치하면 지각생이나 무단 이탈생에 대한 관리가 용이해진다. 학교 안에서 건물의 배치는 전반적으로 감시하는 자와 감시당하는 자 사이의 권위적 질서를 표현하는데, 이러한 공간의 배치는 개별 교실 안에서도 그대로 드러난다.

학교에서는 학교 단위의 방침이 교훈으로, 학급 단위의 방침은 급훈으로 제시되는데, 학생들이 주시하는 대부분의 교실 정면에는 이들 중 하나가 걸려 있다. 그래서 학생들은 교훈이나 급훈을 보면서 수업에 임한다. 교사는 교실의 정면 중앙에 위치하고 학생들은 분단을 구성하여 전면을 향하도록 배열한다. 이러한 방식은 원형의 공간 배치나 다수의 그룹으로 배치하는 방식과 달리, 학생들간의 의사소통을 최대한 억제하고 교사의 통제를 중심으로 수업이 진행될 수 있게 만든다. 이러한 공간적 배치가 학생들의 잠재의식 속에 은밀하게 내면화되면, 교사의 권위는 교육 효과에 영향을 미치는 중요한 변수로 작용한다.

학교 규율의 또 다른 특징은 학생들에 대한 관리가 공간적인 방식, 즉 '서열'을 중심으로 이루어진다는 사실이다. 서열은 등급에 따라 사람을 구분하고, 차이를 둔 간격을 만들어낸다. 학교의 질서 안에서 '서열'은 개개인을 배치할 때 작동한다. 학생은 신장, 성적, 품행 등에 따라서 어떤 배열 속으로 들어가는데, 이것은 개개인을 통제하고 다수의 학생들을 동시에 교육하기 위함이었다. 학교 공간은 교육뿐 아니라 학생들을 효율적으로 감시하고, 위계질서를 세우고, 상벌을 부과하기 좋은 방식으로 구성된다.

그리고 서열화를 위해서 학생들에 대한 관리와 통제가 강화된다. 관리와 통제는 학생 개개인에 대한 정보를 파악하는 데서 시작된다. 학생이 입학을 하면 그 학생에 대한 생활기록부가 만들어지고, 여기에는 성적, 출석, 교내외 활동, 개성, 가정환경, 진로 계획 등이 기입된다. 그리고 대개는 성적을 중심으로 학생들에 대한 서열이 매겨지고 그 서열에 따라 차등적인 관리가 이루어지기도 한다.

중요한 것은 이 서열이 고정된 것이 아니라 가변적이라는 사실이다. 교실에서 학생의 자리는 그의 성적 변동이나 품행의 향상에 따라 바뀔 수 있다. 여기에 규율권력의 요체가 있다. 한번 정해진 자리가 영원히 고정된다면 학생들은 자신의 단점을 개선하려고 하지 않을 것이다. 규율권력은 여러 신체를 분산 배치하여 교실이라는 관계망 속에서 순환하게 만든다. 이렇게 가변적이고 의무적인 배열 속에 각자의 자리가 정해지면 개개인과 학생 전체에 대한 통제가 동시에 가능해진다.

학교의 핵심은 지식을 전달하는 것이지만 이것은 학교 기능의 일부분일 뿐, 본질적으로 학교는 '근대적 주체'를 만들기 위한 장이다. 위계적 질서를 공간적으로 체현한 학교 안에서 학생들은 권위에 복종하는 법과 통제를 자연스럽게 받아들이는 법, 그리고 한정된 공간 안에서 시간표에 따라 움직이는 법 등을 배운다. 이처럼 학교의 교육 과정을 이수하면서 얻게 되는 특성들은 근대적 노동자가 되기 위한 기본 소양으로 기능한다.

근대 지식을 활용한 청소 방법

그렇다면 식민지 시기에 발표된 소설들 속에서 근대의 대표적인 규율공간인 학교는 어떤 방식으로 재현되었을까? 근대의 학교에서는 어떤 일이 벌어졌고, 당시의 학생들은 학교에서 배운 지식을 어떻게 활용했는지를, 방학을 맞아 일본에서 귀국한 여학생이 주인공인 나혜석의 「경희」와 중학교를 배경으로 자신의 신념을 실천하려는 주인공이 등장하는 염상섭의 「E선생」을 중심으로 확인해 보자.

식민지 조선에서 공립학교는 식민권력이 조선인들을 일본의 신민으로 제작하기 위해 사용하는 국가장치 중 하나였다. 그래서 학교 안에서 학생들은 근대적인 세계관과 더불어 제국주의를 용인하는 교육도 받았다. 또한 이 시기의 학교는 가치중립적인 공간, 객관적인 지식을 전달하는 공간으로서만 기능한 것이 아니었다. 학교 안에서 학생들은 근대 지식과 더불어 우열을 나누는 법, 강자에게 복종하는 법, 근대적 노동을 하는 법 등을 배웠다.

그리고 근대의 학교는 학생과 학생, 선생과 선생, 그리고 근대적 지식의 전달체인 학교 자체가 자신들의 존재 가치를 인정받기 위해 투쟁하는 공간이었다. 학생들은 학과 수업의 성적을 통해서 본인의 우수성을 증명해야 했고, 선생들은 교육적 성취나 학생들 사이에서의 인기를 통해 자신의 가치를 입증하였다. 그리고 근대식 학교는 학교에 대해 부정적인 생각을 가지고 있는 사람들에게 근대 교육의 정당성과 필요성을 증명하기 위해 노력하였다.

식민지 조선에 처음으로 등장한 여성 작가들을, 후대의 연구자들은 1세대 여류작가라고 불렀다. 그리고 그 첫 주자로 거론되는 것이 화가로도 유명한 나혜석이다. 신혼여행 때 옛 애인의 무덤에 비석을 세워주고 남편에게 절까지 하게 만든(염상섭은 이 일화를 바탕으로 「해바라기」라는 중편소설을 썼다), 그 당찬 여인이 자신의 이야기인 듯 남긴

소설이 바로 「경희」이다. 이 작품에는 일본 유학 중인 여학생 경희가 방학 중에 고향에 돌아와 근대식 학교에서 교육 받은 내용을 실제 살림에 적용하는 장면이 등장한다. 우선 경희가 다락벽장을 정리하는 모습을 함께 보자.

> 그런데 이번 경희의 소제방법(掃除方法)은 전과는 전혀 다르다. 전에 경희의 소제방법은 기계적이었다. 동쪽에 놓았던 제기(祭器)며 서쪽 벽에 걸린 표주박을 쓸고 문질러서는 동쪽에 놓았던 자리에 그대로 놓을 줄만 알았다. 그러나 이번 소제방법은 다르다. 건조적(建造的)이고 응용적이다. 가정학에서 배운 질서, 위생학에서 배운 정리, 또 도화(圖畫)시간에 배운 색과 색의 조화, 음악시간에 배운 장단의 음률을 이용하여 지금까지의 위치를 전혀 뜯어 고치게 된다. 자기(磁器)를 도기(陶器) 옆에다가 놓아보고 칠첩반상을 칠기(漆器)에도 담아본다. 주발 밑에는 주발보다 큰 사발을 받쳐도 본다. 흰 은쟁반 위로 노르스름한 종굴바가지도 늘여본다. 큰 항아리 다음에는 병을 놓는다. 그리고 전에는 컴컴한 다락 속에서 먼지냄새에 눈살도 찌푸렸을 뿐 외라 종일 땀을 흘리고 소제하는 것은 가족에게 들을 칭찬의 보수(報酬)를 받으려 함이었다. 그러나 이번에는 이것도 다르다. 경희는 컴컴한 속에서 제 몸이 이리저리 운동케 되는 것이 여간 재미스럽게 생각지 않았다.[3]

3. 나혜석, 「경희」, 『20세기 한국소설 01』, 창비, 2005, 219~220쪽.

이전에 경희가 벽장을 치우는 방법은 물건들의 위치를 바꾸고 먼지를 제거하는 방식, 즉 기계적이었다. 그러나 이렇게 청소를 해서는 벽장에서 그릇들을 꺼내서 쓸 때 효율적일 수 없었다. 근대 지식을 배운 경희에게 청소는 단순히 공간이나 사물을 깨끗하게 만드는 행위가 아니라 그것들을 효과적으로 활용할 수 있는 기반을 만드는 것이어야 한다. 그렇기 때문에 위의 인용문에서 우선적으로 주목해서 보아야 할 것은 경희가 학교 수업 시간에 배운 여러 교과의 지식을 적용해서 벽장 속에 있는 그릇들에 질서를 부여하는 방법이다. 경희는 벽장을 청소하면서 '가정학'에서 배운 '질서', '위생학'에서 배운 '정리', '도화' 시간에 배운 '색의 조화', '음악' 시간에 배운 '장단의 음률' 등을 활용한다. 이 지식들을 사용하여 그릇의 용도와 크기를 고려한 새로운 분류법을 만들어낸다. 그리고 그로 인해 어수선했던 벽장은 질서정연한 공간으로 변한다.

서술자는 이러한 경희의 정리법을 "건조적[건설적]이고 응용적"이라고 평가하는데, 이러한 평가가 가능한 이유는 이 정리법이 사물에 질서를 부여하는 방식이기 때문이다. 이렇듯 사물을 쓰임과 크기를 기준으로 유사성과 인접성에 따라 정리하는 방식은 근대의 지식이 작동하는 방식을 대변한다. 이 속성을 이해한 경희와 경희의 그러한 모습을 보고 감탄하는 그녀의 어머니는 근대라는 시공간 속으로 한발 더 다가간 듯 보인다.

위의 인용문에서 두 번째로 주목해야 할 것은 경희가 예전에는 가족들에게 '칭찬'이 듣고 싶어서 다락벽장을 청소했다면, 이제는 "제 몸이 이리저리 운동케 되는 것"이 재미있어서 청소를 한다는 사실이다. 앞에서 살펴본 것처럼 근대의 규율공간인 학교에서 학생들의 신체와 정신을 통제하는 방식은 신체를 단련하는 방식과 연관이 깊다. 문제아에 대한 체벌 역시 신체를 단련하는 방식으로 이루어지는 만큼 생활 속에서 수시로 이루어지는 운동은 근대 주체 만들기의 일환이라고 할 수 있다.

신문 보도와 사람들의 소문을 타고 여학생에 대한 험담이 계속해서 만들어지던 시절, 경희는 방학을 맞아 집에 왔지만 잠시도 쉬지 않는다. 떡장사의 말처럼 그녀는 책을 보지 않으면 글씨를 쓰고, 바느질을 하지 않으면 김치를 담근다. 그래서 빨래도 걸레질도 마당을 쓰는 것도 재미있어 하는 경희를 보며 그녀의 어머니는 안심을 한다. 경희는 전통적으로 여성들에게 요구되던 조건들을 구비한 채 거기에 근대 지식을 결합하고, 학교에서 배운 규율을 생활화함으로써 점차 근대인이 되어간다.

정의의 사도가 들려준 연설

나혜석이 「경희」에서 여학생을 주인공으로 내세워 근대 지식을 체화하여 근대 주체가 만들어지는 과정을 보여주었다면, 염상섭은 「E선생」에서 다양한 힘들이 작동하는 근대 교육과 근대 학교에 대해 비판적인 거리를 유지하면서, E선생을 중심으로 근대 학교의 풍경을 사실적으로 그려낸다. 이 작품의 주인공인 교육자이자 실천가인 E선생은 합리주의, 계몽주의, 보편주의 등 근대적 세계관을 학교 안에서 실현하려고 노력한다. 소설 속에서 계몽의 주체인 E선생은 '불의'한 세력에 대항하는 '정의(正義)'의 사도로 재현된다.

염상섭의 「E선생」은 1922년 9월 17일부터 12월 10일까지 15회에 걸쳐 『동명』에 연재되었다. 당시 박종화는 이 작품이 극히 평범하고 통속적인, 한때 웃음 좌석에서 이야기할 만한 작품이라고 평하였다. 염상섭이 그 전에 창작하였던 「제야」나 「암야」와 달리, 이 작품에서는 가벼운 기분으로 제3자의 객관적 입장에 서서 사회를 관찰하고 주인공의 성격과 사건을 조성하는 방향으로 바꼈다고 본 것이다.

그러나 「E선생」은 박종화가 지적한 것처럼 가볍고 통속적인 작품이 아니다. 이 작품의 주인공은 염상섭 소설의 인물 중 처음으로 사회의 모순과 불의에 맞서서 대결한다.[4] 유학 및 잡지 제작 등 E선생의 이력과 '온유한 맛'과 '원시인의 피'가 동시에 느껴지는 그의 외양과 성격 등을 통해서도 알 수 있듯이, 이 인물은 작가의 분신으로서 소설 속에서 정의를 실현하고, 자신의 내면을 성찰하면서 사회를 위하고 자신을 위하는 방법을 끊임없이 모색한다.

E선생이 미션스쿨인 X학교에서 교편을 들게 된 것은 일본에서 귀국하고 반년쯤 지난 후였다. 원래 E선생은 동경에서 '사학'과 '사회학'을 공부한 후에 조선에 들어와서는 잠시 월간잡지를 만드는 일에 참여하였다. 그러나 두어 달 동안 그 일을 하면서 그는 "돈 몇 푼을 갉아 먹고 싶어서 문화운동이니 주의 선전이니 하는 이 사회가 가엾다는 것"을 깨닫는다. 그래서 "사람다운 사람이 모인 단체, 책상머리에 있을 때의 양심이 흐려지지 않은 청년의 '그룹', 세간적으로 아직 영리하여지

4. 김종균, 「염상섭 소설의 연대적 고찰」, 『국어국문학』 36, 1967.5., 42~43쪽.

지 않은 어린 동모"를 만나기 위해 교육계로 나선다. E선생의 생각 속에 존재하는 학교는 아직 세속의 때가 묻지 않은 '순실(醇實)'한 사람이 모인 곳, 그래서 정의가 실현될 가능성이 상대적으로 높은 곳이기 때문이다.

'사람다운 사람', '순실한 사람'만이 "진정한 '인간의 자(子)'"가 될 수 있다고 판단했기 때문에 E선생은 계몽의 주체를 자처할 수밖에 없다. 돈만이 최고 가치로 칭송받는 이 '저주 받은 사회!'를 구원할 수 있는 주체가 바로 진정한 인간의 아들이기 때문이다. 그래서 그가 '진정한 인간의 아들'을 만들기 위해 X학교에서 교육자로서 한 행동은 크게 세 가지이다. 첫 번째는 기도회 때 학생들에게 '생명존중사상'을 강조하는 연설을 한 것이고, 두 번째는 학감이 된 후에 '체조시간'과 '어학시간'을 늘린 것이며, 세 번째는 삼사학년 작문 시험의 주제로 '시험'에 대해 논술하는 문제를 낸 것이었다.

이러한 노력은 E선생 스스로 자신의 교육관을 구축하고 실천하기 위한 것이었다. 그러나 E선생의 기대와 달리 X학교에는 다양한 선생들과 많은 학생들이 생활하고 있지만, E선생이 찾고 있는 진정한 인간의 아들은 눈에 띠지 않는다. 대신에 체조선생을 필두로 운동장을 넓게 쓰기 위해 운동장 근처에서 배추밭을 가꾸는 노인을 괴롭히는 운동부 학생들이 학교에서 주도권을 잡고 있을 뿐이다. 그래서 E선생은 공을 줍는다는 핑계로 배추밭을 훼손한 학생들과 체조선생을 교화하기 위해 기도회 시간에 열정을 담아 '생명존중사상'을 설파한다.

> 한 포기의 풀, 한 송이의 꽃에 대할 때에 우리는, 그 자연의 묘리

를 경탄하며, 그 생명과 미에 대하여 경건한 마음으로 애무와 감사의 뜻을 표치 않으면 아니 될 의무는 있어도, 그 존재를 무시하고 생명을 유린할 권리는 조금도 없소.

아무리 미미한 일초일목이라도 그의 생명을 무시하고 유린하는 자로서, 인류의 행복을 도모하고 하느님께 가납(嘉納)되려 함은, 태산을 끼고 북해를 넘고자 하는 자보다도, 오히려 어리석음을 가르치고자 하는 바이요…….[5]

교회에 다니지 않는 E선생은 기도회의 기도를 준비하면서 십계명 중 여섯 번째인 '살인을 하지 말라'의 의미를 모든 생명에 적용하여 새롭게 해석한다. 그는 교회에서 금기시하는 '살해'가 단지 인간만을 대상으로 하는 것이 아니라고 주장한다. 왜냐하면 인간이 살해하지 말아야 할 대상은 동물과 식물을 아우르는 '생명 전체'이며, 생명을 유린하지 않는 것이 바로 '우주의 조화'를 지키고, '도덕적 양심의 자각'을 실천하는 길이라고 생각하기 때문이다.

E선생이 지향하는 바는 인간이 자연의 영장(令狀)이라는 특권의식을 벗어버려야만 도달할 수 있는 지점이다. 근대적 계몽의 주체를 자처한 E선생이 보여준 것은 인간이 추구해야 할 보편적 가치로서의 생명존중사상이었다. 그리고 이 생명존중사상에는 학생들이 배추를 짓밟은 행위뿐 아니라 학교에 집을 헐값에 팔고 이주하지 않는 노인에 대한 공격을 비판하는 내용이 포함되어 있었다. 생명을 존중하고, 타자를 배려

---

5. 염상섭, 「E선생」, 『염상섭 전집9』, 1987, 122~123쪽.

하는 태도의 함양은 근대 교육의 일환일 뿐 아니라 정의를 실천하는 길이었다.

그러나 이러한 E선생의 연설을 듣고 자신의 태도를 반성하는 사람은 하나도 없었다. 대신 E선생의 태도에 대해 적대적으로 반응하는 체조선생과 그 일당의 모습이 전경화되면서, 정의 실현의 주체가 양성되어야 할 '학교'라는 공간은 정의롭지 못한 이들이 자신의 지위를 유지하기 위해 권모술수를 펼치는 공간으로 전락할 위기에 처한다. 교감은 학교의 위상을 복권시키고 "찬성파, 반대파, 중립파" 선생들 사이의 알력을 조정하기 위해 "'데모크라티즘'을 채용하여 교원의 권리를 확장"하겠다는 뜻을 보인다. 그리고 사건은 학감을 겸하고 있던 체조선생이 학교에서 나가면서 일단락된다. 이러한 마무리는 일시적으로나마 학교 안에서 정의가 실현되었음을 보여준다.

냉소의 만연과 유예된 근대인 만들기

체조선생이 퇴출된 후 새로운 학감이 된 E선생은 학생들의 체조시간과 어학시간을 늘리고, 한 반에 일주일에 네 시간이나 되는 체조시간에는 시간 나는 대로 뛰어나가 수업 조수를 하였다. 그래서 처음에는 그가 체조시간에 합류하는 것을 불편해 하던 학생들도 나중에는 그가 없으면 섭섭해 하게 되었다. 그는 "체조는 육체를 단련하는 것보다 정신의 건실을 돕는 데에 수신 이상으로 실효가 있"다고 생각했기 때문에 이 부분을 강조하였다.

또 그는 체조시간에 반시간씩은 학생들에게 "나는 군국주의라는 것을 극력 배척한다. 그것은 침략주의이기 때문이다." 등 학생들의 역사의식을 신장할 수 있는 이야기를 들려주었다. 그는 인간의 최대 근본 요소로서 '지각 있는 봉공심'을 꼽으면서, 이것은 사회주의나 공산주의가 실현되더라도 가장 필요한 것임을 강조한다. '군국주의'는 부르주아의 사익을 위해 만들어진 것인 반면 '지각 있는 봉공심'은 책임감 있는 시민으로서의 자질이기 때문이다. E선생의 이러한 노력은 학생들의 자유와 발전 가능성이 억압되어 있는 학교뿐 아니라 비인간적인 식민지에서 사람다운 삶을 영위하려는 노력으로 읽을 수 있다.[6]

이러한 노력과 더불어 E선생이 교육자로서 한 마지막 행동은 '시험'에 대한 시험 문제를 출제한 것이었다. 훈화를 하고 체조시간에 함께 뛴다고 해서 곧바로 E선생이 지향하는 '진정한 인간의 아들'이 배출되는 것도 아니었다. E선생은 학생들이 치열하게 공부하고, 건강하게 생활하는 학교를 만들고 싶었기 때문에 생각을 해야 풀 수 있는 시험 문제를 내서 학생들에게 경각심을 일깨워주려고 하였다. 그가 볼 때 시험은 이미 "옥석을 가리고 수재를 기른다는 것보다 위선을 가르는 폐에 빠"졌다고 할 만큼 타락하였다. 그러나 교육을 구하는 것은 시험을 매개로 해야지만 실효를 거둘 수 있다. 그래서 E선생은 학생들이 "시험의 노예, 돈의 노예, 명예의 노예, 허영심의 노예"가 되는 것을 막고, '생활'을 다시 찾으며, 시험에 대한 자신만의 입장과 철학을 갖게 하기 위해 '시험'을 작문 시험의 주제로 채택한다.

---

6. 이보영, 『난세의 문학』, 예림기획, 2001, 170~176쪽.

오늘날의 교육은 '사람'을 만드는 게 아니라, 기계나, 그렇지 않으면 기계에게 사역할 노예를 만들었다. 그리하여 학문이라는 것은 일종의 징역 같이 되었다. 자율자발이라는 정신은 완전히 무시되었을 뿐 아니라 다만 어떠한 목적을 위하여 이용할 기구를 만들라고 일정한 규범으로써 단촉(短促)한 시간에 과량의 주사를 급격히 주입하기 때문에 학문의 존귀와 권위도 없어지고 인간성은 심한 학대에 기형으로 발달되었다. 오늘날의 교육은 시험을 위하여 존재하였다고 하더라도 과언이 아니다. 왜 그런고 하니 시험의 점수라는 것은 곧 그 사람의 운명을 결정하고 그 사람의 수입의 다과를 의미하고 그 여자의 혼처를 선택할 권리를 주게 하기 때문이다. 함으로 오늘날 학생의 공부는 학문을 위함이 아니라 시험 점수를 위함이다.[7]

교육이 '사람'이 아니라 '기계'나 기계에 사역할 '노예'를 만들어낸다고 진단할 경우, 학교 교육은 '자율자발'을 완전히 상실한 '징역'이 될 수밖에 없다. 그리고 시험 점수에 따라 사람의 운명이 결정되는 상황에서 교육이 시험에 종속되는 가치전도가 발생한다. E선생이 보기에 시험이 교육보다 강조되고 우선시되면서 사람들이 교육의 질이나 가치보다는 시험 점수에 연연하는 상황이 벌어졌고, 그로 인해 교육은 본연의 가치를 상실하게 되었다. 그래서 그는 정의 실현의 일환으로 시험을 넘어서 교육의 가치를 회복하기 위해 이런 실험을 단행한다.

당대의 교육 환경 속에서 E선생의 문제의식은 충분히 의의가 있는

7. 염상섭(1987), 앞의 책, 145쪽.

것이었지만, 계몽의 대상인 학생들은 E선생의 심오한 문제의식을 공유하지 못했다. 그래서 학생들, 특히 체조선생의 도움으로 근근이 낙제를 면하던 운동부 학생들은 이것을 기회로 자신들의 이익을 추구한다. E선생이 작문 시험지에 '시험 무용론'을 주장한 학생들에게도 점수를 준 것을 빌미로 '시험 폐지론'을 펼치며 E선생에게 압박을 가한 것이다.

E선생이 교육자로서 X학교에서 보여준 세 가지 행위는 교육을 개혁하고 학생들을 선도하기 위해 계몽의 주체로서 시도할 만한 것이었다. 하지만 계몽의 대상들은 그 의도가 지닌 가치보다는 자신들의 이익에 따라 움직이는 수동성에 갇혀 있었고, 이 사건으로 인해 E선생은 결국 학교를 나오게 된다. E선생은 작품 속에서 근대인이자 지성인이 지녀야 할 정의를 학생들에게 가르치고 그들을 선도하기 위한 도구로 사용하였다. 그러나 학생들은 그 정의를 지켜나갈 만큼의 판단력과 내공을 지니지 못한 상태였다. 그래서 E선생이 추구했던 근대적 시민으로서의 자질인 정의는 힘을 발휘하지 못하고 공허한 수사에 머물고 만다.

E선생은 이념과 현실 사이의 화해를 시도하며, 근대적 시민의 자질인 정의를 학교라는 근대의 규율공간에서 실현해 보려 하였다. 그러나 그가 추구한 정의는 개인의 이익을 넘어 사회적 가치를 존중하는 시민의식이 바탕이 되었을 때 성취될 수 있는 것이었다. 이익을 중심으로 파벌이 형성되어 있는 학교에서 그의 정의는 현실화되지 못하고 추상적인 차원에 그치고 만다. 그래서 작품의 결말에서 시키는 것만 하면서 수동적인 삶에 길들여진 학생들은 E선생의 개혁 의지를 비웃으면서 냉소적인 태도를 보인다.

이 소설 속에서는 식민지 조선에서 정의가 실현될 수 없음이 확인되는 자리마다 '냉소'가 들어찬다. '냉소'라는 것은 세상과 자신 사이에 벽을 만드는 것이기 때문에 학생들은 사회의 변화를 이끄는 주체가 되지 못한다. 그들은 배운 것을 외워서 시험 보는 편의적인 교육 방식에 길들여져 있었기 때문에, 자신만의 문제해결 방식을 제시해야 하는 E선생의 시험 문제를 부담스러워 한다. 학교 개혁을 목표로 진행되었던 E선생의 정의 실현 기획은 학생들의 냉소라는 장벽을 만나면서 일단 정지된다.

계몽의 주체로서 등장한 E선생의 외모를 비웃는 체조선생과 그 일파의 모습, 작문 시험 문제로 곤경에 처한 E선생을 대하는 사람들의 태도 속에는 적대감을 담은 냉소의 흔적이 묻어 있다. 이처럼 '냉소'가 만연한 이유는 계몽의 대상인 학생들이 계몽을 자신들이 힘들여 추구해야 할 가치로 인정하지 않았기 때문이다. 그래서 식민지 조선의 규율공간에서 정의가 실현될 수 없음이 밝혀지고, 냉소가 만연한 자리에서 E선생이 추구하던 계몽은 실패하고 만다.

학교를 나간 E선생이 집에 가만히 누워서 이 모든 사단의 죄가 누구에게 있을까를 생각하는 장면은 이것을 잘 보여준다. 계몽의 실패와 더불어 정의의 실패는 누구의 잘못일까? 무리하게 계몽을 실행하려고 했던 E선생의 잘못인가, 아니면 계몽의 필요성은 알지만 자신의 삶 속에서 그것을 실천하지는 못했던 학생들의 잘못인가, 그것도 아니면 계몽이 불가능한 식민지 조선의 잘못인가? 이 소설은 이 질문에 대한 답을 제시하지 않은 채 막을 내린다.

본래 근대 학교의 목적은 자본주의적 생산 시스템에 적합한 노동자를 생산하면서 동시에 학생 개개인이 주체적인 인간이 되도록 이끄는 것이다. 학생 입장에서 본다면 전자는 비판 의식 없이 수동적인 상태에서 학교만 다니면 이루어질 수 있는 것이다. 반면에 주체적인 삶은 자신의 요구사항을 당당히 말하고 자신에게 주어진 불합리들과 투쟁하는 과정, 다시 말해 적극적인 노력이 동반되어야만 획득된다.

그러나 「E선생」에 등장하는 학생들은 주체적인 삶보다는 힘들이지 않고 학교를 졸업하려는 의지가 더 강한 듯 보인다. 이들의 수동성은 식민지라는 상황이 만든 수동성에, 복종을 강요하는 학교 규율이 만든 수동성이 결합되어 만들어진 것이다. 그래서 수동성이 만연한 식민지 조선의 학교 안에서 학생들에게 능동성과 적극성을 심어주기 위해 다양한 시도를 했던 E선생은 학교를 떠날 수밖에 없었고, 그가 '계몽'과 '정의'라는 이름으로 실행했던 근대인 만들기 프로젝트는 미완에 그치고 만다.

3장
악마와 지식

보이는 것과 보이지 않는 것

<코끼리를 삼킨 보아뱀>

르네 마그리트, <붉은 모델>(1935)

생텍쥐 페리의 『어린 왕자』(1943)에 등장하는 서술자 '나'는 여섯 살 때 '화가'가 되는 것이 꿈이었다. 그래서 나는 어른들에게 위에 있는 첫 번째 그림을 직접 그려 보여주면서, 이 그림 속에는 무서운 것이 담겨 있다고 말했다. 하지만 어른들의 반응은 하나 같이 "모자가 뭐가 무섭니?"였다. '나'는 코끼리를 씹지도 않고 통째로 삼킨 보아뱀을 그린 것인데, 그 그림의 정체를 알아차리는 어른은 하나도 없었다. 어른들은 결코 이 그림의 정체를 알아챌 수 없다는 것을 깨닫고 '나'는 화가라는 꿈을 포기한다.

어느 덧 어른이 된 '나'는 화가가 아닌 조종사가 되어 있었다. 그리고 불시착한 곳에서 어린 왕자를 만났다. 어린 왕자는 나에게 어린 양을 그려 달라고 했지만, 나는 그냥 어린 시절에 자주 그렸던 코끼리를 삼킨 보아뱀을 그려줬다. 그리고 어린 왕자로부터 '코끼리를 삼킨 보아뱀' 말고, 양을 그려 달라는 요청을 다시 받게 된다. 그래서 나는 몇 차례의 시행착오 끝에 작은 상자를 그려서 어린 왕자에게 건넸다. 그리고 어린 왕자는 그 상자 속에서 양을 발견한다.

흔히들 『어린 왕자』에 등장하는 '어른들'과 '어린 나/왕자'의 차이점은 '순수함'과 관계가 있다고 말한다. 세속에 찌들어서 모든 것을 숫자로 환원하는 어른들은 순수한 마음을 가지고 사물을 대하는 어린 나나 어린 왕자의 시선을 이해하기 힘들다. 그렇다면 '천진함' 혹은 '순수한 마음'이 뜻하는 것은 무엇일까? 그것이 겉으로 드러난 사물의 표면만이 아니라 그 속까지를 꿰뚫어보는 투시력을 뜻하는 것일까? 그건 아마 아닐 것이다.

그럼 잠깐 위에 있는 두 번째 그림에 눈을 돌려보자. 이 그림은 르네 마그리트의 〈붉은 모델〉이라는 작품이다. 이 그림 속에 담겨 있는 대상은 사람의 발과 신발이 융합된 형태를 띠고 있다. 다리 위의 부분이 없는 것으로 보아, 발과 신발 중 하나를 골라 대상을 규정해야 한다면 이 작품의 대상은 '신발'로 보는 것이 더 타당할 것이다. 그런데 신발의 앞부분은 사람의 발가락 형상을 그대로 노출시키고 있어서 기괴함과 더불어 호기심을 자아낸다.

대상을 그려내는 방법에는 크게 두 가지가 있다. 하나는 '보이는 것'을 그리는 방법이고, 다른 하나는 '보이지 않는 것'까지 표현하는 방법이다. 이 기준에 따르면 전자는 겉으로 '보이는 것'을 그린 그림이고, 후자는 '보이지 않는 것'까지 그린 그림이다. 만약 두 개의 그림에 상대방의 방식이 사용되었다면 첫 번째 그림의 보아뱀 속에는 코끼리의 형상이 그려져야 하고, 두 번째 그림에서는 발가락은 지워지고 온전한 신발의 모습이 그려져야 할 것이다.

지식과 권력, 그리고 시각에 대한 문제를 다루기 위해 이 두 그림을 가지고 온 이유는 이 그림들에 담긴 표현 방식과 푸코가 『임상의학의 탄생』에서 보여주는 지식, 권력, 시각의 문제가 유사하기 때문이다. '임상의학'이 추구했던 차원은 보아뱀이 잡아먹은 코끼리를 알아보는 어린 왕자의 모습과 유사하다. 이것은 시선에 포착되지 않는 것까지 인식하는 지식의 체계와도 연결될 수 있다. 반면에 시체의 해부를 통해 육체의 내부까지 꿰뚫어보는 '임상해부학'의 시선은 마그리트가 〈붉은 모델〉에서 추구했던 시선과 겹쳐진다. 이제 물체의 표면만이 아니라 그 이면까지 시선과 지식의 대상이 되었다.

푸코가 『임상의학의 탄생』에서 핵심적으로 보여주고자 한 것은 '임상의학'과 '임상해부학'을 중심으로 의학사에 존재하는 '인식론적 단절'이다. 하지만 이것 외에도 이 책에 담겨 있는 푸코의 철학과 사유는 현재의 역사 속에서 은폐된 것을 추적할 수 있는 방식을 우리에게 제시한다. 또한 한 시대의 지식의 체계 속에 들어온 것과 배제된 것을 문제화함으로써 지금 여기에서 펼쳐지고 있는 우리의 삶과 지식을 되돌아 보게 만든다.

푸코에 따르면 근대 의학의 탄생 시기는 '18세기의 마지막 몇 년'이고, 이 새롭게 설정된 경험주의는 "가시적인 것이 갖는 절대적 가치의 재발견 혹은 체계들 및 그 공상들에 대한 단호한 포기가 아니라, 드러나 있으면서도 비밀스러운 이 공간의 일정한 재배치 위에 기초해" 있다. 최초의 임상의학자들이 보여주었던 새로운 시선이 가능했던 이유는 모든 구체적 지식에 필수적인 가시적인 것과 비가시적인 것의 관계가 구조의 측면에서 변화했고, 또 이제까지 그 아래에 또 그 영역 너머에 있던 것들을 시선 아래에서 그리고 언어 안에서 드러나게 만들었기 때문이다. 한마디로 정리하면 임상의학의 탄생과 더불어 "말과 사물 사이의 새로운 결합이 이루어졌다." 그리고 보이는 것이 강력한 힘을 발휘하게 되면서 『어린 왕자』의 내가 그린 그림을 '모자'라고 생각하는 어른들만이 진실이 되고, 상자 속에서 양을 보는 어린 왕자나 〈붉은 모델〉의 표현 방식은 과학적 태도가 아니라 어린이의 순수함이나 예술가의 상상력으로 치부되기 시작했다.

보고자 하는 욕망과 비가시적인 것의 악마화

염상섭의 「표본실의 청개구리」(『개벽』, 1921)는 '나'가 중학교 2학년 때 청개구리를 해부하는 장면을 기억하는 데서 시작한다. '나'는 표본실에서 개구리의 배를 갈랐을 때 김이 모락모락 올라오는 장면을 기억해 낸다. 과학적 사고를 하는 이들은 개구리는 냉혈동물이기 때문에 개구리의 배를 갈라도 김이 나지는 않는다고 한다. 이들은 소설 속에 이런 장면이 삽입되는 것은 작가의 부주의이거나 혹은 과학적 사고가 결여된 문학의 한계라고 생각한다. 문학 작품 속에 등장하는 여러 장면은 과학의 시선에서 볼 때는 오류인 서술들을 다수 포함하고 있다. 흔히 말하는 이치에 맞지 않는 일들이 문학 작품 속에서는 종종 일어나는 것이다.

그렇다고 해서 한국의 근대문학이 근대적이지 못한 지식만으로 구성되는 것은 아니다. 위에서 설명한 장면은 작가가 자료 조사라는 근대적 지식의 절차를 거치지 않고 소설을 창작했기 때문에 등장한 오류라기보다는, 식민지 조선에서 근대라는 시공간이 구성되는 맥락과 더불어 읽어야 한다. 식민지 시기의 소설들 속에도 근대의 표징이라고 할 수 있는 시각적 경험을 기반으로 한 지식의 축적은 분명히 존재했었고, 시각이 지식을 구성하는 강도와 빈도는 시간이 갈수록 점점 높아진다.

> 내가 중학교 이년 시대에 박물실험실에서 수염 텁석부리 선생이 청개구리를 해부하여 가지고 더운 김이 모락모락 나는 오장을 차례차례로 끌어내서 자는 아기 누이듯이 주정병(酒精甁)에 채운 후에 옹위(擁圍)하고 서서 있는 생도들을 돌아다보며 대발견이나 한 듯이,
>
> "자 여러분, 이래도 아직 살아있는 것을 보시오."
>
> 하고 뾰죽한 바늘끝으로 여기저기를 콕콕 찌르는 대로 오장을 빼앗긴 개구리는 진저리를 치며 사지에 못박힌 채 벌떡벌떡 고민하는

모양이었다.[1]

푸코는 "인체는 가시성의 전형들에 대해 일종의 저장고로서 구실하고, 볼 수 있는 것과 말할 수 있는 것 사이의 자연스러운 연결고리로 작용한다"고 지적한 바 있다. 이 문장에서 '인체'를 개구리의 몸으로 바꾸면 어떨까? 그렇게 되면 위의 인용문에 등장하는 것처럼 해부되어 오장을 빼앗긴 개구리의 몸 역시 인체와 함께 근대성을 현현하는 기능을 담당할 수 있다. 해부 전에는 비가시적인 영역이었던 개구리의 오장은 해부라는 행위를 통해서 가시적인 영역으로 전환된다. 그리고 해부 후에도 개구리는 살아있다는 새로운 과학적 사실이 확인된다.

그런데 여기서 문제가 되는 것은 근대의 과학적 세계관을 가시화하는 개구리의 몸에서 근대의 과학으로는 설명할 수 없는 '김'이 피어오른다는 사실이다. '해부'가 식민지 조선의 교육과정 속에 자리 잡은 이유는 그 작업이 비가시적인 영역이었던 개구리의 뱃속을 가시화할 수 있는 대상으로 만들고, 내장들의 배열을 지식체계 속에 질서화할 수 있게 만들기 때문이다. 그러나 식민지 소설들에 등장하는 해부 행위의 주변에서는 질서 안으로 회수되지 않고, 그 틀 밖으로 계속해서 삐져나오는 '잔여들'이 존재한다. 이를 단적으로 제시하는 것이 바로 개구리의 몸에서 피어오르는 '김'이다. 근대가 시작된 듯 보이는 식민지 조선에서 구획을 넘어서고, 분류되지 않으며, 쪼개어도 쪼개지지 않는, 다시 말해 근대의 지식체계 속으로 회수되지 않는 근대의 잔여들이 여기저

1. 염상섭, 「표본실의 청개구리」, 『염상섭 전집 9』, 1987, 11~12쪽.

기에서 출몰하여, 근대라는 시공간에 대해 다시 질문을 던진다.

염상섭의 「표본실의 청개구리」와 더불어 근대의 잔여를 보여주는 작품은 이태준의 「까마귀」이다. 식민지 시기에 근대성을 표상하는 대표적인 존재 중 하나는 신여성이었다. 이 소설에는 "스웨터를 아이 업듯 두 소매는 앞으로 늘어뜨리고 등에만 걸"치고 "꽉 다문 입술, 그리고 뾰로통한 콧봉오리에는 약간치 않은 프라이드가 느껴지는 얼굴"의 신여성이 등장한다. 하지만 세련된 신여성조차 시각적 합리성을 기반으로 한 근대의 지식만을 신뢰하는 것은 아니었다. 그래서 까마귀와 관련된 미신이 주는 두려움에서 자유롭지 못했다. 그녀는 "GA 아래 R이 한없이 붙은 발음"으로 우는 까마귀 소리를 듣고, 불길함을 감지한다. 소설도 읽고 학교 교육도 받았지만 그녀는 구습에 젖어 까마귀 "뱃속엔 아마 별별 구신딱지가 다 든 것" 같아 무섭다고 말한다.

> 그는 두근거리는 가슴으로 이 검은 새의 죽음의 고민을 내려다보며 그 병든 처녀의 임종을 상상해보았다. 슬픈 일이었다. 그는 이내 자기 방으로 돌아왔고 나중에 정자지기를 시켜 그 죽은 까마귀를 목을 매어 어느 나뭇가지에 걸게 하였다. 그리고 어서 그 아가씨가 나타나면 곧 훌륭한 외과의(外科醫)나처럼 그 검은 시체를 해부하여 까마귀의 뱃속에도 다른 날짐승과 똑같이 단순한 조류의 내장이 있을 뿐, 결코 그런 무슨 부적이거나 칼이거나 푸른 불이 들어 있지 않다는 것을 증명하리라 하였다.[2]

2. 이태준, 「까마귀」, 『20세기 한국소설 06』, 창비, 2005, 44쪽.

그래서 주인공이자 작가인 '나'는 그녀의 두려움을 없애주기 위해 까마귀의 배를 쪼개어, 그 안에 악마가 들어 있지 않음을 증명하려 한다. 그녀를 위해 메스를 들 준비가 되어 있는 나는 분할하고 관찰하는 해부학적 시선을 내면화한 근대인이다. 까마귀의 배를 쪼개서 까마귀는 그저 생물학에서 규정하는 조류일 뿐임을 밝히려는 그의 의지는 "훌륭한 외과의"임을 자처하면서 본격화된다. 그리고 그가 지닌 근대인의 해부학적 시선은 새파란 메스를 손에 들고 까마귀의 배를 실제로 가르는 순간 완성될 것이다. 이때 그 속이 보이지 않아서 죽음의 화신처럼 인식되었던 까마귀는 그 내장을 꺼내보임으로써 과학적 지식의 대상 중 하나가 될 것이다.

그런데 보이는 것을 중시하는 근대인인 나 역시도 항상 합리적인 판단만을 하는 것은 아니었다. 나는 그녀가 폐병에 걸렸다는 사실을 바탕으로 "'확실히 그 여자는 애인을 갖지 못했을 거다. 누가 그 벌레 먹는 가슴에 사랑을 묻었을 거냐!'"라고 단정짓고 자신이 그녀를 사랑해 주리라 결심한다. 폐병 걸린 여성에 대한 편견에 갇혀 사실 확인의 과정을 생략한 채 공상의 세계에 빠진다. 그러나 그녀에게는 그녀의 "가슴에서 나온 피를 반 컵이나 되는 걸 먹기까지 한 사람"이 있었고, 이 사실을 안 나는 몹시 당황한다. 사람의 마음을 아는 것은 근대 지식의 소유 여부와는 무관하다.

결국 그녀는 까마귀의 뱃속을 보지 못한 채 죽고 만다. 그래서 나는 메스를 들 필요가 없어졌다. 해부학적 지식의 발현은 나의 상상 속에서만 기능했고 그녀의 죽음으로 인해서 현실 속에서는 실현되지 않았다. 소설 속에서 근대적인 지식과 근대적이지 않은 생각, 그리고 까마귀의 뱃속처럼 그 실체를 시각으로 확인할 수 있는 것과 사람의 마음처럼 눈에 보이지 않는 것들이 공존하는 모습을 '유예된 근대'라고 부르면 어떨까? 식민지 소설 속에서 '근대'라는 시간은 아직 오지 않은 시간, 이미 와 있는지도 모르는 시간, 어쩌면 존재하지 않을 수도 있는 시간 등으로 구현되며 현실 속에서 하나의 형상으로 구체화되지 못하고 무기한 유예된다.

약방과 공창

1936년에 박태원이《조광》에 연재한「악마」(1936)의 주인공인 학주는 월급을 받은 날 외상값을 갚기 위해 친구의 약방으로 향하는데, 이곳에서 그는 친구로부터 새로 나온 강장제에 대한 설명을 듣는다. 이 작품에서 약방은 근대의 의학 지식이 전파되는 곳으로, 약제사는 의학 지식의 전파자로 그려진다. 그래서 학주는 이곳에서 낯선 행동을 하는 두 명의 남자를 보게 된다. 한 명은 "저녁밥 대신으로 주문하는 한 그릇 냉면에, 겨자와 고춧가루는 치지 말고 가져 오라, 몇 번이나 거듭 당부하는" 약방의 점원이고, 다른 한 명은 음울한 표정으로 '노보노-루'라는 성병 치료제를 구입하는 중년신사이다. 성병 환자는 매운 것을 먹으면 안 된다고 알려졌기 때문에 후자뿐 아니라 전자 역시 성병 환자로 의심된다.

전염병의 일종인 성병에 걸렸다는 사실은 대부분의 사람들이 숨기고 싶어 할 것이다. 성병에 걸린 것 자체도 우울한 일이지만 1930년대에 상용되던 성병 치료 주사를 맞거나 약을 먹으면 오줌 색이 파란색이나 초록색으로 변했기 때문에 성병 환자들은 여러 사람이 이용하는 공공화장실에서는 오줌을 쌀 수도 없었다. 치료제로 인해서 오줌 색깔이 변하면 감염 사실은 가시화되기 때문이다. 통증만 있다면 자신만 알 수 있는 감염 사실이 오줌색을 통해 타인에게 공개될 확률이 높아지고 그로 인해 성병 환자는 수치심과 자기혐오에 빠질 위험이 있다.

또한 임균이 눈에 침입한 후에 발생하는 위험은 성병 환자뿐 아니라 성병에 대한 지식을 가진 사람들에게도 공포를 불러일으켰다. 학주는 '위생사상'이 철저하고 '군자'라고 불릴 정도로 착실한 삶을 살기 때문에 성병에 걸린 것으로 추정되는 '음울한 표정'의 중년신사에게 별관심을 보이지 않는다. 하지만 약제사 친구에게서 임질과 그 여파로 인한 실명에 대한 이야기를 듣고는 그 파급력에 두려움을 느낀다.

> 그러나 그 병균이 눈에 들어가면 큰일이라고, 그것은 학주도 이미 전에 들어 알고 있는 것이지만, 약제사가 그 증세와 경과를 설명하여, 임균이 눈을 침범한 뒤, 빠르면 일이시간, 늦어도 이삼일간의 잠복기를 지나면, 아연, 급성 결막염으로 발육하여, 환자 자신이 자기 눈에 이상을 느꼈을 때는 이미 늦은 것으로, 그 즉시 병원으로 달려가서 의사의 진찰을 보드래도, 그 치료의 효과는 거의 기대할 수 없이, 그 임균성 결막염 환자의 구십구 퍼-센트는 반드시 실명하고야마는 것이라 일러 주었을 때, 학주의 불근신한 웃음은 얼골

에서 사라지고, 뜻밖에 그의 놀라움은 컸다.[3]

이 소설에서 제시된 식민지 시기의 통계에 따르면 "성년 이상의 남자 세 사람에 하나는 성병 환자"이다. 그렇기 때문에 약방에 있는 세 명의 남성, 즉 약제사, 약방 점원, 학주 중 한 명은 성병에 걸렸다고 보아야 한다. 소설의 후반부에서 공창에 다녀온 후 성병에 걸린 학주는 약방 점원이 이날 냉면을 먹으면서 매운 양념을 빼달라고 했던 것이 성병에 걸린 증거였을 것이라고 추측한다. 학주의 추측이 맞다면 세 병 중 한 명은 성병 환자라는 통계 역시 맞는 것이 된다.

성병에 걸린 후 학주는 삶의 모든 요소들을 성병과 연결시키고, 자신의 기억까지도 성병을 중심으로 재구성해 나가는 신경과민 상태에 놓인다. 그러므로 학주의 삶이 성병에 걸리기 전과 걸린 후에 어떻게 달라지는지를 중심으로 서술되는 이 작품의 서사를 따라가 보면, 우리는 학주를 매개로 작품의 제목이기도 한 '악마'의 실체를 만나게 될 것이다. 그럼 이제 성병에 대한 지식이 전파되고 성병 감염자와 성병의 예비 감염자가 공존하는 '약방'을 거쳐, 근대의 위생권력이 허술하게 작동하는 '공창'에 가는 학수의 움직임을 따라가 보자.

작품 속에서 본격적으로 서술되지는 않지만, 학주의 감염 경로를 통해서 식민지 조선에 성병이 만연한 이유는 국가가 관리하는 '공창' 때문인 것으로 그려진다. 식민권력은 '공창'을 통해 조선인들의 성욕까지도 관리의 대상으로 삼았지만, 그 관리 체계는 생각보다 허술한 것이어

---

3. 박태원, 「악마」, 『한국근대단편소설대계 9』, 태학사, 1988, 134쪽.

서 성병은 공창을 매개로 성매매 남성과 그의 아내에게까지 점점 확산된다. 운이 없어서일 수도 있지만 단 한 번 공창에 다녀온 학주는 결국 성병에 걸리고 만다.

그런데 재밌는 것은 학주가 공창 앞에서 '매혹과 두려움'이라는 양가감정을 동시에 느낀다는 사실이다. 작가 박태원이 그려내는 공창은 낮에는 게으르고 깊은 밤에는 생기를 띠며, 남자들은 '애욕의 대상'을 찾고 계집들은 '생활을 위하여' 웃음을 파는 곳이다. 이곳에서는 일상의 공간에서는 통용되기 힘든 '무례', '염치없음', '향락'이 허용된다. 성병의 공포에도 불구하고 생활 세계와는 다른 리듬으로 시간이 흘러가고, 금기시 되던 것들이 통용되는 해방의 공간이 뿜어내는 '매혹' 때문에 사람들은 이곳으로 이끌린다.

> 낮에 한껏 피로하고 또 게으르든 그 동리는, 언제나 한가지로 이 밤에 생기를 띄워, 새로 두시가 분명히 지난 이제도 결코 잠 잘 턱 없이, 일종 침통하기조차 한 욕정에 타오르는 무수한 눈이, 첨하 밑에서 하룻밤 애욕의 대상을 구하여 더듬느라면, 계집들은 또 계집들대로, 생활을 위하여서는 거짓 웃음도 쉽사리 떠올라, 눈은 또 눈을 쫓기에 바빴다. 사람들은 이곳에서 얼마든지 무례할 수 있었고, 또 염치없을 수 있었고, 그리고 그것은 향락을 구하는 이들의 즐거움을 더하는 것이어서, 친구가 이끄는 대로 그곳을 잠시 같이 헤매들었을 때, 학주의 마음은 쉽사리 유혹을 용납하려 들고, 어느 틈엔가, 자기 자신, 아내 없는 사이, 억압당하였든 욕정의 불길을 일으키

기조차 하였다.[4]

공창의 유혹에 빠져 향락을 구하는 이들은 '즐거움'을 느끼기도 하지만, 그 즐거움을 향유하기 위해서는 '성병'이라는 '위험'도 감수해야만 한다. 아무리 공창에 있는 여성들이 일주일에 한 번씩은 꼭 성병 검사를 받아도 그들이 성병으로부터 완전히 안전할 수는 없었다. 공창으로 가면서 학주는 성병을 예방하기 위해 '콘돔'을 사용하는 것이냐고 친구들에게 묻지만 친구들은 그저 웃을 뿐이다. 이러한 질문은 공창의 매력을 반감시키는 것이므로, 공창에 자주 다니는 친구들은 자신들의 건강함을 자랑하며 학주를 안심시킨다.

그러나 공창의 '계집'과 성관계를 맺고 난 후부터 학주의 불안은 기하급수적으로 증폭된다. "만일에, 정말 자기 몸에 병독이 침범이라도 하였다면"이라는 불안은 점점 커져서 학주의 상상은 자신의 손에 부착된 눈에 보이지 않는 병균이 어린이들의 눈을 침범하고 그 아이들이 실명이 되는 것으로까지 구체화된다. 그래서 학주는 자기 옆에 누워 있는 "계집이, 그 계집의 입김이, 그 몸 냄새가, 그리고 둘이 누워 있는 이부자리가, 그 방이, 공기가, 그리고 마침내는 자기 자신의 몸"까지 불쾌하다고 느낀다.

조금 전까지 애욕의 대상이었던 계집과 계집을 둘러싼 모든 것은 성병 혹은 병균이 있는지 알 수 없기 때문에 더럽고 위험한 것으로 간주된다. 그래서 집으로 돌아온 학주는 깊은 밤, 자신의 몸에 물을 퍼붓고

---

4. 박태원(1988), 앞의 책, 139~140쪽.

비누질을 하며, “정작 몸속으로 침입하였을지도 모를 병균을 아무렇게도 하는 수 없는 것”을 안타까워한다. 학주의 신경질적인 비누질은 계집이 자신에게 전파했을지도 모르는 비가시적인 병균을 떼어내려는 행위이다. 계집에게서 불결함을 감지한 순간부터 학주가 보이는 이와 같은 반응은 그가 점점 ‘악마’에 가까워지고 있음을 암시한다.

근대 지식이 만든 ‘악마’

학주는 “엄밀한 검사”를 받진 않았지만 자신이 성병에 걸리지 않았다고 확신한 후에 시골에서 오랜만에 올라온 아내와 동침한다. 그러나 동침한 다음 날 학주는 자신이 성병에 걸렸음을 알게 된다. 그리고 며칠 후 “어느 부인잡지의 부록인 「가정보감」을 보기에만 열중하고 있는 아내”를 발견한다. 남성인 학주가 약방에서 성병에 대한 지식을 얻었던 것과 달리 여성인 학주의 아내는 책을 보며 자신의 증상이 성병인 것을 확인한다. 결국 학주뿐 아니라 아내마저도 감염이 되고만 것이다. 학주는 자신의 가족들에게 커다란 불행이 닥쳤음을 직감하고, 이제는 병균이 눈에 침범하는 것을 막기 위해 고군분투한다. 그리고 성실히 치료를 받고 약을 먹으며, 음식도 조심하여 차츰 병은 완화되어 간다.

그러나 육체의 병은 차츰 나아지고 있었지만 학주의 ‘신경과민’은 좀처럼 나아지지 않는다. 특히 목욕탕에라도 가면 그는 “조고만 물통이, 물 뜨는 바가지가, 깔고 앉는 널판이, 그 안의 모든 것”이 불결하고 불쾌하게 느껴져서 어찌할 바를 모른다. 게다가 옆에서 씻던 사내가 몸에 끼얹은 물이 돌바닥을 때린 후 학주의 얼굴에 튀어 올랐을 때 그는 거의 울 것 같은 기분에 사로잡힌다. 여기서 이 소설의 제목인 '악마'의 실체가 보다 구체화된다. 학주는 이 모든 것이 "'악마'나 그러한 것의 실없는 장난"이라고 믿으려 한다.

> 그 남자로 하여금 바로 자기 옆에서 몸에 물을 끼얹이게 하고 그 물은 또 그 병균을 동반한 채로 학주의 얼굴에까지 뛰어올라 그래서 그 추악한 균이 자기 눈에 들어갈 기회를 엿볼 수 있도록 그렇게 '악마'는 계획하였든 것인지도 모른다.[5]

학주는 현대의 과학을 배웠고, '악마'라는 것이 세상에 없음을 알고 있다. 그러나 이제 "'악마'는 그가 가는 곳이면 어디든지" 나타난다. 성병으로 인해 신경과민 상태에 빠진 그는 이발소의 의자와 수건에서도 악마의 계획을 발견한다. 이것은 학주가 자신의 삶을 엉망진창으로 만든 원인에 대해 더 이상 합리적 사고를 할 수 없음을 보여준다. 그의 불안과 방어기제는 타자와 분할선을 긋게 만들고 자신을 고립시킨다.

학주의 이런 모습은 리차드 커니의 『이방인, 신, 괴물』을 떠오르게 한다. 이 책에는 '타자성 개념에 대한 도전적 고찰'이라는 소제목이 달려 있다. 커니는 타자들은 "우리를 변경으로 이끄는 극한의 경험을 재현"하고, "알려지지 않은 것으로 이미 잘 알려진 것을 위협하기 때문에 무시무시한 공포 저쪽으로 격리된다."고 설명한다. 그러면서 타자의 유

---

5. 박태원(1988), 앞의 책, 155쪽.

형을 이방인, 신, 괴물로 나눈다. 인간이 타자를 배척하고 스스로의 정체성을 확립할 수 있게 도와주는 '이방인', 우리의 이해를 뛰어넘어 우리로 하여금 무릎 꿇고 숭배하게끔 만드는 '신', 알 수 없는 세계에서 튀어나와 "경계를 위반하면서 음란하고 모순적인 동시에 이질적인 광기에 사로잡혀 있는" '괴물'. 타자를 대표하는 이 세 유형은 "인간 심리의 심연에 존재하는 균열의 증거들"이다. 이들은 우리와 공존하면서 우리 자신이 '타자'가 아니라는 사실을 알려주는 징표로 기능한다.

커니의 설명은 설득력이 있는 부분도 있지만 '과연 그렇기만 한가?'라는 의문도 남긴다. 문학을 위시한 인문학을 공부해야 하는 이유 중 하나가 타자들을 정형화하여 배척하기 좋은 상태로 만드는 것에 저항하는 것임은 주지의 사실이다. 그렇다면 이렇게 질문해야 하지 않을까? 정말 이방인 · 신 · 괴물은 '우리'와 확실히 다르며, 이들과 우리를 가르는 명확한 분할선이 존재하는가? 결론을 미리 말하자면 그런 분할선은 상상의 산물일 뿐 실재하지 않는다. 다만 각 시대가 만들어내는 지식체계들과 자신들의 자리를 확고히 하려는 주체들의 의지가 결합되어 타자의 형상이 결정될 뿐이다.

이 소설의 제목인 '악마'는 이방인의 '낯섦'과 신의 '전능함', 괴물의 '파괴력'을 모두 갖춘 존재라고 할 수 있을 것이다. 악마란 타자의 대표 범주인 이방인, 신, 괴물의 결합태이자, 타자성으로 구성되었음에도 주체의 삶을 근간에서부터 흔들 수 있는 존재이다. 박태원은 학주의 독백을 통해서 악마에 대해 기술하고 있지만, 독자들이 소설을 읽으며 '악마(성)'를 발견하는 부분은 오히려 변해가는 학주의 모습에서이다. 악마만큼 강력한 힘을 지닌 병균을 두려워하면서, 공창에서 만난 여자를

'병균'처럼 다루고, 목욕탕에서 옆에 있던 남자를 '악마'가 배치한 것이라고 생각하는 학주의 신경과민이 그를 점점 악마로 만들어간다.

> 아내의 눈에 스며 나와 있는 것은 눈물도 눈곱도 아닌 엷은 농즙(濃汁)에 틀림없었다. (……) 어느 틈엔가 들어온 남순이가 어인까닭도 모르는 채 '와' 소리를 질러 울며 그저 느끼고 있는 불행한 어머니의 곁으로 와락 달려들려는 것을 그는 질겁을 하여 제 앞으로 꽉 붙들어 안으며 문득 그 방안에 충만한 '악마'의 호흡에 그는 일순간 꽉 숨이 막혔다.[6]

학주의 예민함이 극에 달할 무렵 커다란 사건이 벌어지고 만다. 그렇게 조심을 했건만 결국 아내의 눈에서는 '엷은 농즙'이 흘러나오고, 학주는 어머니에게 달려드는 딸 남순이를 '질겁을 하여' 막는다. 소설은 "문득 그 방안에 충만한 '악마'의 호흡에 그는 일순간 꽉 숨이 막혔다."라는 문장으로 끝이 난다. 학주의 집 안방은 성병 환자가 두 명이라는 이유만으로도 이미 '악마'에 의해 점령당했다고 할 수 있다. 그리고 앞으로 한동안 학주의 가족은 '악마의 호흡'으로부터 자유롭지 못할 것이다.

푸코는 배회하고 있는 괴물들의 모습은 지식의 역사와 함께 변한다고 말했다. 푸코가 이야기하는 '괴물'은 이 글에서 '악마'라고 불리는 존재와 연결될 수 있다. 악마는 원래부터 있었던 것이 아니라 시대마

6. 박태원(1988), 앞의 책, 159~160쪽.

다 다른 형상으로 만들어진다. 박태원이 「악마」에서 보여준 악마의 진정한 형상은 성병을 일으키는 병균도, 공창의 창녀도, 목욕탕의 남자도, 눈에서 농즙이 나오기 시작한 학주의 아내도 아니다. 오히려 자신이 성병의 '숙주'임을 망각한 채 근대의 의학 지식을 기반으로, '성병'을 둘러싼 자신 이외의 모든 요소들과 분할선을 계속해서 생산해내는 학주가 바로 악마인 것이다. 그는 자신이 가족 안으로 성병을 가지고 온 장본인임을 기억하지 못한다.

그렇다면 소설의 마지막에 등장하는 '악마의 호흡'은 학주의 가족을 불행으로 이끄는 비가시적 존재나 우연으로 인해 빚어진 파국 등이 아닐 것이다. 그보다는 병에 걸린 '어머니'와 병에 걸리지 않은 '아이'를 분리하려는 학주의 의지가 바로 '악마의 호흡'에 더 가깝다. 학주 자신과 가족들을 숨 막히게 만드는 '악마'는 바로 근대의 의학 지식만 있고 타자에 대한 공감은 부재하는 학주라고 보아야 한다.

리처드 커니는 자신이 하는 작업을 '판별의 해석학(diacritical hermeneutic)'이라고 부른다. 그는 "자아성과 낯설음의 타당한 의미가 공존할 수 있는 타당한 환경"을 만들고, "낯선 것은 더욱 친밀하게 하고, 친밀한 것은 더욱 낯설게" 하는 것을 목표로 삼는다. 그는 "타자를 환영하고 신들을 존중하며 괴물들을 인정하기 위한 분별 있는 준비성"을 가져야 하며, "우리가 우리 자신에게 이방인이라는 진리를 받아들여야 한다"고 충고한다. 이러한 커니의 충고가 무산되는 자리에서 바로 이방인과 신과 괴물의 결합체인 '악마'가 출현한다. 그리고 우리는 박태원이 그려내는 학주의 모습에서 바로 이 악마와 조우한다.

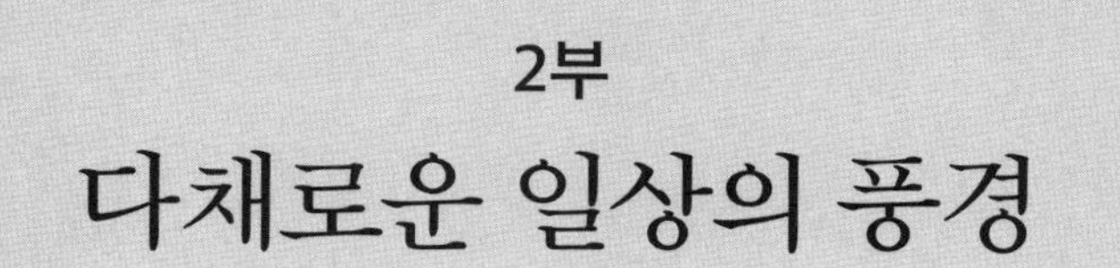

2부
다채로운 일상의 풍경

4장

여우 목도리와 낙타털 코트

리얼리스트가 바라본 길거리 패션

서구적 근대화의 물결을 타고 소비 자본주의가 도입된 식민지 시기에는 사람들의 복식에서도 많은 변화가 나타났다. 1895년 '단발령'이 시행된 이후 남성들이 하나둘 단발을 시작하였고, 1922년에는 기생인 '강향란'이 여자로서는 최초로 단발을 하면서 사람들의 이목을 끌었다. 1927년까지 경성에서 단발을 한 여성은 스무 명 가량이었지만 그 영향력은 엄청 난 것이어서 여성의 단발에 대한 찬반 논란은 끊이지 않고 일어났다. 논란 속에서도 여성들의 댕기를 드리거나 쪽진 머리는 차츰 단발머리, 트레머리, 퍼머넌트 등으로 변화해 갔다.

단발에서 시작된 서구식 외양에 대한 추구는 이후 남녀 복식의 변화로 본격화되었다. 한복을 입던 기존 방식에 양복과 장식품 등 서양의 복식이 결합해 나가는 방식으로 변화가 이루어졌다. 남성들의 패션에서 가장 눈에 띄었던 것은 모자였다. 계절에 따라 천을 달리해서 모자를 쓰는 것은 남성들 사이에서 하나의 유행으로 자리 잡았다. 여성들은 한복에서 양장으로 곧바로 바꿔 입기보다는 우선 한복 치마를 짧게 하여 활동적이고 명랑한 이미지를 추구하였다. 그리고 색깔이 들어간 양산이나 핸드백 등으로 패션에 변화를 주는 방식을 선호하였다.

많은 사람들이 식민지 시기의 사람들이라고 하면 양복을 입고 맥고모자를 쓴 남성과 무릎까지 오는 길이의 한복 치마를 입은 여성을 가장 먼저 떠올리는 것도 이러한 사실과 관계가 깊다. 실제로 이런 의상을 입는 사람들의 비율이 높았기 때문에 최근의 대중매체에서도 식민지 시기의 대중들이 그려질 때 이런 의상이 주로 등장하였다. 구세대들이 전통 한복을 입은 것으로 자주 재현된 것과 달리 식민지 시대의 신세대들은 양복을 입은 남성, 한복과 양복을 번갈아 입는 여성으로 재현되는 빈도가 높았다.

하지만 1930년대 말 경성의 거리에서 만날 수 있는 패션들은 우리가 상상하는 것보다 훨씬 다채로웠다. 카프(KAPF, 조선 프롤레타리아예술가동맹)에서 활동하면서 프로문학을 이끌었던 김남천은 1935년 카프 해산 전까지는 소설 속에서 자본가의 횡포와 그로 인한 노동자들의 고통과 분노, 그리고 연대를 위한 노동조합의 결성 등을 주로 다루었다. 그런 그가 1935년 카프가 해산되자 당대의 풍속 묘사에 관심을 기울이면서 그전까지는 문학의 소재로 삼지 않았던 소비 자본주의와 재벌가의 이야기 등에 관심을 갖기 시작한다. 노동하는 생산자뿐 아니라 소비자들의 모습도 그의 눈에 들어오기 시작한 것이다.

그래서 김남천은 「현대 여성미」라는 글에서 1930년대 말 어느 오후에 종로 거리를 오가는 여성들의 모습을 스케치한다. 그의 눈에 양장

두루마기에 은색 여우목도리를 두른 기생, "입술의 붉은 루즈와 전발(電髮)"을 한 여급, "두터운 멜롱으로 깡총하게 겉갑줄을 두른가방"을 건 젊은 직업부인 등이 들어온다. 식민지 조선에서 구현되고 있는 최신 유행복식과 장신구, 화장품, 헤어스타일 등은 도시 경성을 서구식 상표와 이름들로 가득한 이질적인 공간으로 만든다. 김남천이 포착한 경성 거리의 여성들은 자신만의 개성을 드러낼 수 있는 상품들을 몸에 두르고 근대 도시를 활보한다.

이것이 식민지 시기 대표적인 리얼리스트로 평가받는 김남천의 눈에 들어온 소비 자본주의의 대표적인 모습이었다. 그래서 그는 길거리에서 본 이런 모습들을 바탕으로 소설 속에서는 부유층의 소비를 통해서 다양한 패션 상품들과 그 상품들을 재현하는 방법, 그리고 작중 인물들과 그 상품들을 어떻게 엮어낼지를 고민한다. 이번 장에서는 『사랑의 수족관』, 「낭비」, 「T일보사」 등의 작품을 매개로 김남천이 재현하는 당대인들의 의상을 살펴보면서 그 의상과 주인공들을 표현할 때 작가의 의식과 무의식이 어떻게 작동하는지를 생각해 보고자 한다.

양장점에 간 재벌가 아가씨

김남천이 그려내는 당대의 풍속을 복식이나 유행을 중심으로 검토할 경우 가장 주목해야 할 인물은 『사랑의 수족관』의 여주인공이자 재벌가의 딸인 '이경희'이다. 『사랑의 수족관』은 1939년 8월 1일부터 1940년 3월 3일까지 『조선일보』에 연재된 장편소설로, 토목기사인 김광호와 재벌가의 딸인 이경희가 만나 연애를 하는 내용이 주를 이룬다. 자신의 직업에 자부심을 가지고, 기성세대와 선긋기를 하면서 허무주의적인 모습도 가지고 있는 광호와 사회사업을 통해서 현실에 적극적으로 개입하려는 경희를 통해서 작가는 식민지 말기를 살았던 지식인 남녀의 사랑, 직업 의식, 가족의 변화 등을 그려낸다.

이 작품의 주인공인 이경희는 나이가 스물세네 살쯤이며 두 눈이 호수처럼 뚜렷하고 동양 사람으로는 보기 드물게 "아름다운 '푸로필'"을 가진 여성이다. 소설의 첫 장면에서 그녀는 까만 퍼머넌트 머리를 하고, 푸른 무늬를 뿌린 듯한 가벼운 블라우스에 희고 커다란 모자를 쓰고, 자외선을 피하기 위한 색안경과 검은 가죽 핸드백을 몸에 걸치고 등장한다. 외모, 학력, 재력, 패션 센스까지 모든 면에서 부족할 것이 없는 경희의 모습에는 당당함이 배어 있다.

작가는 타고난 외모도 아름다운 데다가 재벌가의 딸답게 의상도 화려한 이경희를 묘사할 때 서술자뿐 아니라 남성 인물들의 시선도 사용한다. 그래서 이경희의 외모에 대한 묘사는 객관적인 설명과 남성 인물들의 주관적인 감탄이 어우러지면서 더욱 독자의 상상력을 자극한다. 특히 첫 만남부터 서로에게 호감을 가졌던 남자 주인공 김광호와 이경희가 연인관계로 발전한 후 이경희에 대한 묘사는 김광호의 시선을 중심으로 서술되면서 보다 구체화되기도 한다.

이경희의 세련됨은 타고난 외모에 서구의 여배우들처럼 꾸민 머리모양, 그리고 그녀의 다양한 소품들로 인해서 더욱 빛을 발한다. 챙이 넓은 모자, 선글라스, 가죽 핸드백, 하이힐 등 그녀는 당대 최고의 멋쟁이답게 최신의 패션 아이템을 소유하고 있다. 대흥콘테른의 사장인 아버지 이신국의 도움으로 그녀는 물질적으로 풍요로운 생활을 영위하고 그런 풍요로움은 그녀의 패션을 통해서 본격적으로 가시화된다.

이런 경희가 옷을 맞추기 위해서 가는 곳은 식민지 시기에 주요 상점들이 몰려 있었던 진고개, 그 중에서도 "의장의 유행을 리드하는" '청의양장점'이다. 경희는 이곳에서 양재사 강현순과 양장점의 마담인 문난주가 권하는 대로 양복감이나 디자인을 수동적으로 따르기만 하는 것이 아니라 그것들에 대한 자신의 의견을 적극적으로 표출한다.

> 그러다가 경희는 현순이가 양복지를 보여서 눈을 그리로 돌린다.
>
> "너무 지나치게 화려하지 않어요?"
>
> 그것은 얇다란 '울'로 된 것인데 '렛드바미리온'(朱赤) 바탕에 '비리디안'(青綠)의 점이 알맞추 뿌려져 있는 양복지였다.
>
> "그러지 않지요. 옷이야 좀 화려하면 어때요"하고 현순이가 하는 말에 난주도 어울려서,
>
> "옷은 화려해야 좋드군요. 너무 지미하면 여훈도 같아서 볼품도 덜하지 않아요. 조선여자의 양장은 난 산보복이 본윈줄 알아요. 어디 예의를 갖추구 다닐 데가 있습니까?"하고 말하였다.[1]

인용문에 나온 것처럼 패션 분야의 전문가인 양장점의 마담 문난주는 경희가 양복지를 '지나치게 화려'하다고 평가하자 이에 대해 반박한다. 그녀는 옷은 화려해야 좋다고 하면서 너무 수수한 양장은 여선생

1. 김남천, 『사랑의 수족관』, 인문사, 1940, 182쪽.

같아서 볼품이 없다고 말한다. 더 나아가 조선은 서양처럼 격식을 갖춰 옷을 입고 참석해야 하는 모임이 많지 않아서 조선 여자들의 양장이 '산보복' 정도의 의미밖에 지니지 못함을 안타까워 한다. 여성들이 참석할 수 있는 서구식 사교모임이나 연회 등이 많지 않은 상황에서 양장은 산책이나 쇼핑, 영화 구경 등을 할 때 입는 의상 정도의 지위를 지니는 것이다.

이런 시대적 상황 속에서 부유하고 고급스러운 취향을 지닌 경희가 마음에 드는 옷을 맞출 수 있도록 돕기 위해 현순은 원피스의 옷감을 만져보는 경희에게 "초겨울이 꼭 알맞긴 하겠지만 늦은 가을에 스프링 없이두 좋으실 것 같구, 또 겨울에 오바 속에두 괜찮을 것 같은데요."라고 말하면서 그 옷감이 지닌 계절감과 그 옷감으로 만든 옷의 활용도까지를 자세하게 설명해 준다. 또 외투와 함께 입어야 하기 때문에 경희가 가지고 있는 코트의 색깔을 물어보고 두 옷의 색깔을 매칭해 주기도 한다.

이처럼 청의양장점은 백화점처럼 기성복을 대량생산해서 판매만 하는 곳이 아니었다. 이곳에서는 패션에 대한 토론이 이루어지고 전문가의 조언을 받아서 기존의 의상과 새로 맞출 옷의 활용에 대해서도 이야기를 나눌 수 있는 곳이었다. 그래서 경희는 현순과 난주가 권하는 대로 옷을 한 벌 주문하고, 기품 있게 "까만 옷감으로 가슴께를 좀 쿠렁하게" 만든 원피스도 한 벌 더 맞춘다. 경제적으로 여유가 있는 만큼 의상을 제작할 때의 경희는 전문가의 의견을 수용하고 자신의 생각도 반영한 선택을 한다. 이렇게 의상을 준비한 경희는 당대의 패션 리더답게 광호를 만나러 갈 때 까만 울로 된 원피스에 같은 빛깔의 볼레로를 두르고 날개가 꽂힌 검정 모자를 쓴다.

양재사의 피로와 마담의 퇴폐미

자신의 재력을 의미 있는 곳에 쓰고 싶었던 이경희는 사회사업의 일환으로 '탁아소' 사업을 준비한다. 그러면서 자신의 동업자로 청의양장점의 양재사인 강현순을 점찍고 동업을 해보자며 그녀를 설득한다. 직업여성인 강현순은 그 성격만큼이나 차림도 단정하다. 그녀는 남빛 스커트에 흰 블라우스를 입고 핸드백 대신 얇은 가방을 들고 다닌다. 그녀의 차림은 그녀가 사치스러움이나 화려함과는 거리가 멀다는 사실을 짐작케 한다. 이렇게 수수하고 단정한 양재사 현순은 양장점에서 어떤 일을 하며 그 모습은 어떻게 제시될까?

그녀는 하루 종일 가게에 새로 들어온 '샘플'들을 정리하고, 동경이나 영화 잡지 속에 자주 등장하는 참신한 스타일을 고르며, 바쁠 때는 직접 재봉틀에 앉기도 한다. 유행을 선도하는 청의양장점의 양재사답게 그녀는 참신한 도안과 옷감의 상태 등을 고려하여 고객의 몸에 가장 잘 어울리는 스타일을 찾기에 여념이 없다. 그래서 하루를 마칠 때쯤이 되면 몸의 피곤이 더한층 그를 사로잡고 만다.

재벌인 아버지의 재정적 지원과 송현도의 행정적 처리, 김광호의 조언 등을 받으며 탁아소 사업을 준비하는 이경희와 달리 현순은 전문직이긴 하지만 자신의 몸을 움직여서 일을 해야 하는 직업여성이다. 그래서 그는 깔끔하게 차려 입되 활동하기에 편리한 의상을 입고 청의양장점을 분주히 돌아다니면서 여러 종류의 일을 계속해서 처리한다. 그래서 그녀는 노동이 주는 피로에 젖을 수밖에 없다.

고용직인 현순과 달리 『사랑의 수족관』에 나오는 문난주는 경희가 옷을 맞출 때 매장에 있는 것 외에 특별한 사연을 지니지 않는다. 하지만 연작의 성격을 지니는 「낭비」와 「맥」에 등장하는 청의 양장점 주인인 문난주는 도시적이고 현대적인 아름다움을 지닌 여성임이 강조된다. 『사랑의수족관』에서 현순이가 일했던 곳과 「낭비」와 「맥」의 양장점은 이름이 같긴 하지만, 전자에서는 단정한 현순이 부각되고, 후자에서는 화려하고 비윤리적인 이미지의 난주가 강조된다. 그래서 현순의 직장인 청의양장점과 후자에서 난주가 운영하는 곳은 전혀 다른 느낌을 자아낸다.

> 옆에 누워 있던 문난주는 잠을 이루지 못하여서 혼자서 아직도 장난으로 시간을 소비하고 있다. 그는 비치 파자마라고 팔은 훌렁 내어 놓고 다리는 사나이의 바지가랭이를 넓게 만든 것 같은 옷으로 몸을 두르고, 지금 버릇없이 엎드려서 담배를 빨며 부인잡지를 두적거리고 있다. 머리는 퍼머넌트로 지져서 바닷바람에 날린 듯이 가벼워 보이나 만져보면 짠조름한 소금물이 옮아 올 듯한 그러한 인상을 준다. 팔꿈치가 움직일 때마다 겨드랑이 밑이 꺼멓다.
>
> 매니큐아를 한 긴 손가락으로 담배를 부비어 꽂고 그 팔로 머리를 고인다. 코도 아름답고 윤곽도 어울렸으나 입술과 눈 가상에 깃들인 보랏빛의 그늘로 하여, 그가 과거에 제의 정력을 적지 않게 향락했다는 것을 느끼게 한다. 어딘가 피로한 빛이 결코 육체가 아니

라 그의 표정에 나타나 있는 것이다. 누운 채 잡지를 보고 있다. 활자를 따르고 있는 그의 눈은 그러나 문자(文字)에 대하여 그다지 매력을 느끼는 것 같지도 않다. 표정 한 귀퉁이에 어딘가 비인 곳이 있는 것 같다.[2]

위의 인용문에는 피서지에서 비치 파자마를 입고 아무렇게나 누워서 시간을 보내는 난주의 모습이 담겨 있다. 과거에 정력을 향락했을 것 같은 난주는 매니큐어와 담배로 인해 퇴폐적인 느낌마저 자아낸다. 서술자는 난숙한 아름다움을 지닌 난주와 거리를 유지하면서 치밀한 관찰을 통해 그녀에게 없는 것은 '윤리적 신경'이라고 단정 짓는다. 또한 그녀의 모습에서 '세련된 백치미(白痴美)'를 읽어낸다. 그래서 「맥」에서 이관형은 난주로부터 경제적 도움을 받으면서도 그녀를 "데카당스의 상징"이나 "아무 짝에도 쓸모가 없는 사람", "퇴폐적이고 불건강한 자의 대표자"라고 평가한다.

미망인인 난주는 김남천 소설에 등장하는 여성 인물 중에서 유일하게 자신이 운영하는 사업장을 가지고 있는 직업부인이다. 오늘날의 관점에서 본다면 난주는 자신의 욕망에 주체적으로 대응하는 여성 사업가로 평가될 수도 있다. 그러나 김남천은 여성 사업가인 난주에게 퇴폐적인 분위기를 입히고 그녀를 소설의 전면에 내세우지 않는다. 대신에 노련하지는 않지만 능동적으로 자신의 삶을 개척해 나가려고 하는 이경희나 강현순을 더 긍정적으로 그려낸다.

---

2. 김남천, 「낭비 1회」, 『인문평론』, 1940.2., 225쪽.

양장을 입을 때, 한복을 입을 때

그런데 이렇게 퇴폐적으로 보이던 문난주가 달라 보일 때가 딱 한 번 있다. 며칠 전에 그녀가 유혹하려고 했던 영문과 대학원생인 이관형이 그녀를 알아보지 못할 만큼 난주는 기존과는 다른 이미지를 풍겼던 것이다. 이날 난주는 퍼머넌트한 머리를 억지로 눌러서 낭자를 틀고 얼굴에는 화장을 하지 않은 채 "옥색치마를 길게 입은 흰 모시적삼" 차림이었다. 앞의 인용문에서 본 것과는 거리가 먼 '수수한 부인네'의 모습을 의도적으로 연출한 것이다.

난주가 이런 차림으로 길거리에서 만난 이관형에게 공손히 인사만을 건넨 이유는 다름이 아니라 그의 중학생 아들이 친구들과 함께 그녀가 머물고 있는 피서지로 놀러왔기 때문이다. 바닷가에서 적극적으로 이관형에게 다가가던 문난주는 이제 아들과 그 친구들의 뒤를 조용히 따라가는 전형적인 어머니의 모습을 연기한다. 아무리 퇴폐적이고 문란한 여성이더라도 자기 자식과 자식의 친구들 앞에서 그런 모습을 보일 수는 없기 때문이다.

이처럼 김남천의 식민지 말기 소설에서 한복을 입은 여성들이 보여주는 태도는 양장을 입은 여성들이 취하는 태도와 판이하게 다르다. 전자가 가족 안에서 전통적인 어머니 상으로 여겨지는 역할을 부여받는다면 후자는 가족과의 관계보다는 자신의 주관에 따라 생각하고 행동할 수 있는 자율성을 지닌 존재임이 강조된다. 그래서 전통이나 가족의 의미가 강조되어야 하는 자리에서 주요 여성 인물들은 한복을 입는다.

『사랑의 수족관』에서 주로 양장을 입던 경희가 한복을 곱게 차려 입고 등장한 것 역시 양력설 때 가족들이 모이는 자리에서이다. 경희의 올케, 경희, 경희의 동생인 덕희는 모두 한복을 입는다. 경희의 올케는 부잣집 며느리답게 까만 공단 두루마기에 여우목도리를 두루고, 그 속에는 부드러운 얼굴 선과 조화를 이루는 분홍저고리에 옥색치마를 입었다. 경희는 남혹 양색양단 두루마기를 입었는데 그 밑으로 남치마가 치렁치렁하게 버선 위를 덮었다. 막내인 덕희는 분홍 치마에 연두저고리를 입고 남빛 두루마기는 팔에다 들었다.

이 집안의 가장인 이신국 씨는 며느리와 딸들이 한복을 차려 입은 것을 보고는 아주 만족해 한다. 일제의 강압으로 인해서 식민지 조선에서는 민족의 전통 명절인 음력설 대신 양력설을 쇠게 되었지만, 그런 것과 관계없이 아버지의 눈에는 며느리와 딸이 한복을 입고 아버지에게 새해 인사를 하기 위해 준비하는 모습이 기특하게만 보인다. 이신국 씨의 눈에는 양장을 입었을 때는 자신의 삶을 개척해 나가는 온전한 성인으로만 보였던 며느리와 딸들이 한복을 입으니 어렸을 때처럼 귀엽게 보였는지도 모른다.

양장 입은 여성과 한복 입은 여성에 대한 시각의 차이는 경희의 서모인 은주 부인의 시선을 따라가면 보다 잘 느낄 수 있다. 김광호는 벨벳으로 만든 남빛 치마에 흰 적삼을 입고, 웨이브 있는 까만 머리에 흰 비녀를 꽂은 은주 부인을 처음 보고 그가 생각보다 젊고 '어여쁜' 데 놀란다. 은주 부인은 기생 출신답게 예쁠 뿐 아니라 동그스름한 흰 얼굴에 교태를 띠며 웃을 줄도 아는 여성이다. 남편의 비서이자 사위 후보인 송현도와 불륜 관계를 유지하고 김광호마저도 유혹하려고 했던 이 부인도 양장을 입은 경희에게서는 침범할 수 없는 '위엄기'를 느끼고 어려워한다.

> 경쾌하게 양장을 입고 '토-크'래도 쓰고 거리 위에 나서면 그[경희]의 위의에는 어딘가 침범할 수 없는 그런 위엄기가 있어 보인다. 그러나 연연한 비단으로 우리 옷을 몸에 두르면 버선 위에 감기는 긴 푸른 치마의 정서처럼 그는 역시 빈틈 있는 아리따운 색시에 지나지 않는다고-이것이 그의 서모 은주의 관찰이다.[3]

그러나 한복을 입은 경희를 보면서는 경희 역시 "빈틈 있는 아리따운 색시에 지나지 않는다"고 생각한다. 자신과 나이 차이가 많이 나지 않는 경희의 외모에 대해서 은주 부인이 열등감을 느낀다고 보기는 어렵다. 알맞게 살이 붙은 곧은 몸매의 소유자인 은주 부인은 지금도 충분히 아름다운 것으로 표현된다. 다만 기생이었다가 재벌가의 후처가 된 은주 부인이 경험해 보지 않은 삶의 영역을 경험한 경희의 생활에 대해 경험하지 않은 자로서 열등감을 느꼈을 수는 있다. 그래서 양장을 입고 학교에 다닌다거나 직업을 갖는 등의 사회활동을 해본 적이 없는 은주 부인은 양장 입은 경희와 한복 입은 경희는 다르다고 느낀다.

이처럼 리얼리스트 김남천이 경제적으로 여유로운 계층의 여성이 입고 있는 의상을 그려내는 방식은 다채롭다. 세련된 의상을 입은 재벌가의 딸을 원거리에서 바라보기도 하고, 그녀가 입을 옷이 만들어지는 과정을 양장점의 풍경을 통해서 보여주기도 한다. 또한 양재사의 노동

3. 김남천(1940), 앞의 책, 400쪽.

을 통해서 유행을 선도하는 상류층 여성의 의상이 여러 노동의 집합물이라는 사실을 그리기도 한다. 그리고 같은 여성이라도 양장을 입을 때와 한복을 입을 때 이미지가 어떻게 달라질 수 있는지도 생각하게 만든다.

성공을 위한 남성의 소비

지금까지는 김남천이 소설 속에서 창조한 여성 인물들과 그녀들의 의복에 대해 살펴보았다면 이제 김남천의 소설 속에서 남성 인물이 자신의 스타일을 완성해 가는 모습을 검토해 보자. 식민지 시기 소설 중에서 남성 인물들의 외모나 차림에 대한 묘사가 등장하는 작품들은 더러 있지만, 그 차림에 필요한 도구들을 구매하는 과정 자체를 담은 소설은 찾아보기 힘들다. 그래서 부유층 남성의 화려한 외양이 완성되기 위해서 구체적으로 어떤 상품들이 필요한지를 알려주는 「T일보사」(『인문평론』, 1939.11.)는 의미가 있다. 이 작품은 지방에서 올라온 주인공이 신문사의 부사장이 되기까지의 과정을 그리고 있다.

「T일보사」의 주인공인 김광세는 평안남도의 산간지대에서 상경한 인물로, 주문처럼 "성공해야한다! 출세해야한다!"를 마음속으로 부르짖는다. 그리고 자신의 외양이 직장 안에서 능력을 평가받을 수 있는 기준 중 하나라는 사실도 알고 있다. 그래서 그는 한 달 월급이 45원인 '영업국 판매부원'으로 입사했음에도 입사 직후, 부사장과 같은 입성을 완성하기 위해 "종로로부터 남대문통을 거처서 우편국 앞에서 진고개로" 이어지는 길 위에서 하루 만에 이천 원에 달하는 금액을 소비한다. 거의 4년 동안의 수입을 한 번에 사용한 것이다.

구두방으로 들어가서 에나멜구두를 사서 숙사로 배달을 시켰다.

양복점으로 가서는 한참동안 시간이 걸렸다. 택시-드를 한 벌 맞추고, 짙은 곤색으로 떠블뿌레스트를 주문 하였다. 그리고는 수달피 가죽은 대지 않았으나 흑회색으로 큼직하게 낙타외투를 하나 맞추었다. 이 세 가지를 주문한 뒤에 그는 무슨 변이 있어도 한 주일 안에 꼭 입게 하라고 신신히 타일러 놓았다.

백화점으로 들어가서 그는 내의와 와이셔츠를 사고, 넥타이를 사고, 흰 손수건을 한타 샀다. 까만 가죽장갑과 서류가방을 사고, 화려한 양말을 사고, 단장을 샀다. 돈을 치르고 함께 이 물품을 숙사로 배달시켰다.

시계점으로 들어가서 백금껍줄의 '론징'을 하나 사서 찼다.

금은방에 들어가서 백금 인장지환(印章指環)을 하나 맞추었다. '김광세'라는 석자를 네모난 각속에 색이는 것이다. 이것도 무슨 일이 있든지 한 주일 이내에 만들라고 명령하였다.

모자점으로 들어가서 그는 '불사리노'를 하나 샀다.

이것을 사고 난 뒤에 그는 진고개 어느 찻집에 들어갔다.

커피를 마시면서 차근차근히 제가 지금 산 의목과 장신구를 하나하나 제 몸에 붙여 보았다.

내복을 갈아 입고, 와이셔츠를 입고, 넥타이를 매고, ……

'아차! 카우스와 넥타이핀을 잊었구나!'

그는 종이 쪼박에 두 가지를 적어 놓고 다시 공상을 계속한다.[4]

그가 구입한 물건들은 애나멜 구두, 턱시도, 더블베스트, 낙타외투, 내의와 와이셔츠, 넥타이, 흰 손수건, 가죽장갑, 서류가방, 양말, 단장, 시계, 백금 인장지환(印章指環), 카우스, 넥타이핀, 만년필, 향수와 화장 도구 등 생필품이기보다는 타인에게 자신의 소비력을 과시하기 위한 사치품들이다. 고가의 상품을 몸에 두름으로써 자존감을 회복하려는 광세의 태도는 역설적이게도 광세가 자신의 출신에 대해 열등감을 갖고 있음을 짐작케 한다.

그래서 야망을 지닌 그는 소비가 끝난 뒤 명치정에서 술을 마시며 "나는 오늘부터 대경성을 지배한다. 나의 성공의 제일보를 축하하라!" 라고 외친다. 대경성을 지배하고자 하는 그의 욕망, 그리고 그 성공의 제일보가 소비를 통해 만들어지는 이미지라는 사실은 시사하는 바가 적지 않다. 이 시기 경성은 소비공간이라는 정체성을 점점 공공히 해나가고 있었다. 광세가 쇼핑을 하는 진고개에는 미쓰코시(三越), 조지야(丁子屋), 미나까이(三中井), 히라다(平田) 등의 호화로운 일본 백화점들이 등장하면서, 식민지 조선에 소비 자본주의의 흐름을 본격화시켰다. 그러므로 광세가 경성을 지배하기 위해 자신의 겉모습을 꾸미는 것은 소비 지향의 경성에서는 당연한 수순이었다.

작품 속에는 이러한 광세의 모습에 대해 계속해서 회의적인 시선을 보내는 여기자 이남순이 등장한다. 동경에서 영문학을 전공한 남순은

---

4. 김남천, 「T일보사」, 『인문평론』, 1939.11., 148~149쪽.

신문사 안에서 "자기를 지배하는 사람은, 학예부장, 편집국장, 부사장, 사장의 계통"뿐이며, 이 외에 자기를 '직제상'으로나 '인격상'으로 지배할 사람은 없다고 생각한다. 그리고 지방부장인 광세를 보면서 그는 "교정부장과 함께 다른 부의 평기자만도 못하다"고 평가한다.

광세가 생각하는 지배가 회사 안의 위계 속에서 이루어지는 것이라면, 남순이가 생각하는 위계는 기사 작성이라는 공적 직무감각과 관련이 깊다. 남순은 신문사 안에서 실질적인 지위가 '부장'이더라도 교양과 학식을 이용하여 기사를 작성하지 않는 직책은 '평기자'만도 못한 것이라고 생각했다. 그렇기 때문에 남순은 이해타산에만 밝은 광세를 계속 승진시키는 신문사의 처사에 의심을 품는다. "문화적 활동보다도 월급을 소중히 여기고, 원고지보다도 화폐, 문필보다도 주판을 무겁고 가치있게 여기는 사람"인 광세가 이윤을 추구하는 일반 회사와 달리 언론사에서 출세하는 것을 이해할 수 없기 때문이다.

남순이는 신문기자라는 직업을 지식인의 전형으로 생각하고, 기자의 가치는 기사 작성을 통해 평가되어야 한다는 입장이다. 그런 남순이 "비문화적인 사람"이 입사한 지 한 달만에 부장이 된 사연을 궁금해 하는 것은 당연해 보인다. 광세가 명예욕에 휩싸여 투기를 일삼는 것과는 대조적으로 남순이의 세계는 합리성의 영역으로 이루어져 있기 때문이다. 「T일보사」의 서사가 진행되는 동안 작품 속에 남순이 자주 등장하는 것은 아니지만 그는 광세와 대비를 이루면서 계속해서 존재감을 드러낸다. 그는 작품의 서두 부분에서는 광세를 무시하고, 중반부에서는 빠른 속도로 승진하는 그를 의아하게 쳐다보며, 결말 부분에서 광세가 부사장이 되었을 때 그의 곁에 있는 것으로 그려진다. 하지만 남순이 광세를 지지하는 것은 아니며, 그는 끝까지 광세와 대립되는 영역 속에 남아 있다. 남순의 시선은 언론의 사회적 역할을 방기하고 물신주의에 빠질 우려가 있는 광세에 대한 견제 역할을 담당한다.

지금까지 살펴본 것처럼 리얼리스트 김남천은 다양한 작품들에서 당대인들의 소비와 유행 등을 재현하였다. 그런데 문제가 되는 것은 이 과정에서 여성 인물과 남성 인물을 그리는 방식에서 차이가 나타난다는 점이다. 여성 인물들의 의복은 여성 인물들의 성격이나 그들의 생각 혹은 그들이 성장하는 과정 등을 보여주지 못한다. 하지만 남성 인물인 김광세를 그릴 때 그의 의상 변화는 그의 삶뿐 아니라 소설의 서사에서도 하나의 변곡점으로 기능한다.

여성을 중심으로 당대의 의복이나 장식품, 유행을 그려낼 때 김남천은 의복들을 여성들의 성적인 매력을 강조하거나 재력을 과시하는 도구로 활용한다. 더 쉽게 말하면 소설 속에서 여성 인물들의 의복에 대한 묘사는 전부 다 지워도 이야기 진행에 지장을 주지 않는다. 의복은 그녀가 놓인 상황의 좌표를 보여주는 역할만을 하기 때문이다. 그녀들이 어떤 옷을 입고 있는지를 통해서 그녀들의 외모나 경제력을 상상하면 된다.

반면에 「T일보사」에서 광세가 의장을 갖추는 과정은 사회적 성공을 위한 첫걸음으로 설정되어 있다. 광세가 진고개에서 필요한 물건을 사는 행위는 자신의 소득을 엄청나게 초과하는 과잉소비이다. 하지만 구체적인 물품과 가격, 그리고 그것을 모두 걸치고 출근한 후에 광세의 주변에서 나타난 변화들을 통해서 광세의 소비가 성공을 지향하는 광세의 정신을 가다듬기 위한 필수 단계로 읽히게 된다. 소설 속에서 주인공들이 입고 있는 의상은 이처럼 남성과 여성에 따라서 다른 의미를 지닌다. 의상에 대한 서술은 여성이 주인공인 경우 분량도 많고 빈도도 높지만 남성이 주인공일 때 의상이 지니는 무게는 더욱 무겁게 그려진다.

5장

배고픔의 비극과 '맛'이라는 문화자본

음식이 보여주는 삶의 좌표

박태원의 「악마」에는 여름 제철 음식인 '상추쌈'과 '호박고추장찌개'에 대한 서술이 나온다. 주인공은 아내가 시골에 가고 없는 사이에 싱싱한 상추와 향긋한 호박 냄새가 퍼지는 고추장찌개를 먹고 싶어 한다. 이 두 가지 음식은 지금도 서민 가정에서 흔하게 접할 수 있는 여름철 대표 음식이다. 가격 면에서나 소화 면에서나 부담스럽지 않으면서 식욕을 자극하는 이런 음식은 식민지 시기에 창작된 소설 곳곳에서 발견된다.

하지만 음식이라고 하는 것은 단순히 생명을 유지하기 위해 섭취해야 하는 필수성분만을 의미하지는 않는다. 예전에는 대부분의 사람들이 먹지 않았던 음식을 지금은 모두가 즐겨 먹기도 하고, 과거에는 흔했던 음식이 요즘 시장에서는 찾아보기 어려운 경우도 있다. 음식은 개인의 취향뿐 아니라 당대의 문화를 반영하기 때문에 소설 속에 등장하는 음식들이 만들어내는 의미는 단선적이기보다는 중층적이다.

식민지 시기의 음식 문화가 변화됨을 재치있는 에피소드로 보여주는 장면은 김남천의 소설 「속요(俗謠)」에 등장한다. 1930년대 중반까지 '시금치'는 사람들이 즐겨 먹는 음식이 아니었다. 하지만 이 시기에 새롭게 형성된 위생과 섭생에 대한 담론 안에서 '시금치'는 아이들의 성장을 돕는 음식으로 알려졌고, 그 후 시금치에 대한 수요가 증가하였다. 그래서 이 소설 속에는 식료품을 파는 가게에 시금치를 얻으러 간 주인공의 어머니에게 가게의 여편네가 집에서 '병아리'를 기르냐고 묻는 장면이 나온다. 사실 어머니가 시금치를 얻으려고 한 이유는 손주의 이유식에 넣기 위한 것이었는데 말이다.

집에 돌아와 이 일을 이야기하며 모자는 시금치는 병아리나 먹는 것이라고 생각하는 가게 여편네의 무식함을 한탄한다. 이 모자는 "위생독본인가 육아독본"을 통해 '시금치'의 영양가에 대한 "정확한 과학적 인식"을 이미 가졌기 때문이다. 음식도 지식의 영역 속에 편입되면서 새로운 섭생에 대한 지식을 보유하고 있다고 생각하는 모자는 구시대적인 음식관(?)을 지닌 여편네에 비해 자신들이 우월하다고 느낀다. '시금치'의 영양적 가치를 아는 자와 모르는 자 사이에는 분할선이 그어지는데, 영양분이 충분한 음식을 섭취함으로써 보다 튼튼해질 수 있다는 생각은 이제 하나의 지식권력으로 작동한다.

이처럼 식민지 시대에도 먹는 음식을 기준으로 그 사람의 삶을 추정하는 것이 가능하였다. 가난한 사람들이 먹는 음식과 부유한 사람들이 먹는 음식, 근대 지식을 배운 계층이 중시하는 음식과 그렇지 않은 사람들의 음식, 선술집에 들락거리는 남성들이 자주 찾았던 안주들과 가정의 여성들이 즐겼던 간식거리는 분명한 차이를 보인다. 이 시대에도 음식은 그것을 즐겨 섭취하는 사람들의 계급, 교육 정도, 성별 등을 알려주는 삶의 좌표로 기능하였다.

식민지 시기의 작가들은 소설을 창작하기 위한 핵심 모티프로 극빈층의 초라한 먹거리와 부유층의 이국적인 상차림을 활용하는 경우가 많았다. 그리고 그들의 먹거리는 식민지 조선에서 그들의 정치적, 사회적, 경제적 위치를 단적으로 보여주는 소재였다. 밥을 먹는 날보다 굶는 날이 많았던 당대 하층민의 삶은 음식, 아니 음식의 결핍을 둘러싸고 다양한 이야기를 만들어냈다. 반면에 부유층의 밥상에는 한식만이 아니라 일식, 중식, 양식 등 다양한 나라의 요리들이 올라왔다. 이번 장에서는 하층민들의 가난하고 비루한 삶을 훼손된 음식과 음식의 결여라는 측면에서 추적해 보고, 부유층들의 식문화에서 나타나는 다국적인 문화적 혼종 현상에 대해 살펴보고자 한다.

배고픈 자들이 사는 지옥

식민지 시기에 빈곤층을 주로 다룬 작가들의 작품에서는 배고픔이 보다 처절하게 그려진다. 그리고 배고픔과 훼손된 음식에 대한 핍진한 묘사는 그것을 읽는 사람들에게 거친 음식을 먹고 살아야 하는 극한의 삶과 거기에서 비롯되는 고통과 절망을 떠올리게 하여, 생존의 이유와 더불어 그런 삶을 사는 이들에 대한 연민을 불러일으킨다.

간도 이주 여성의 고단한 삶을 그리고 있는 강경애의 「소금」(1934)

에서는 중국인에게 겁탈 당한 후, 임신을 하고 쫓겨난 봉염 어머니가 헛간에서 출산을 하는 장면이 그려진다. 봉염 어머니는 "비에 젖은 헛간 바닥"에서 아이를 낳고, 이전 출산 때 남편이 끓여준 미역국과 하얀 이밥을 떠올리며 '따끈한 미역국 한 사발'을 먹으면 몸이 가뿐해질 것 같다고 생각한다. 하지만 그녀가 있는 곳은 흙내와 피비린내가 섞여 역한 냄새를 풍기는 헛간이고, 여기는 냉수를 끓여다 주는 사람은 물론이고 흙을 주워 먹기 전에는 아무것도 먹을 것이 없는 곳이다.

출산 후 뼈저린 배고픔을 채우기 위해 주위를 둘러보던 봉염 어머니는 주인 여편네가 장에 내다 팔기 위해 가져다 놓은 파를 뿌리채 먹기 시작한다. 태어난 아이를 죽이지 않을 것이라면 파라도 먹어서 정신을 차리고 삶을 이어가야 한다는 생각 때문이었다. 그렇지만 주인의 눈치를 보느라 이것 역시 맘 편히 먹을 수가 없는 형편이었다. 생존을 위해 남은 것이 자신의 몸밖에 없는 상황에서, 남의 것을 훔쳐 먹어야 하는 그녀는 몇 번이나 뽑은 파를 입에 대었다가도 감추곤 하였다.

그러면서 '우쩍' 파를 씹고, "얼굴을 찡그리며 입을 쩍 벌린 채 한참이나 벌리고" 있는 모습, 또 턱 밑으로 흐르는 "침을 몰아 넣으며 이 침이라도 목구멍으로 삼켜야" 살 것이라고 생각하는 모습은 출산 후 허기진 뱃속에 알싸하고 매운 파를 넣어야 하는 이주 여성의 힘겨운 삶을 선명하게 제시한다. 게다가 눈물을 흘리며 파를 먹는 봉염 어머니에 대한 묘사에 "파를 먹고도 사는가"라는 독백이 더해지면서, '미역국'처럼 따뜻하고 부드러운 음식 대신에 차가운 '파'로 출산 후 첫 끼니를 때워야 하는 하층민 여성의 고통은 더욱 부각된다. 간도라는 낯선 공간에서 남편을 잃고 중국인의 아이를 낳은 봉염 어머니! 아이를 낳을 따뜻한 방이라는 물리적 공간은 물론이고 출산을 도와줄 사람, 그리고 생존을 위한 최소한의 보호장치가 존재하지 않는 이곳에서 그녀의 삶은 처참하게 일그러진다.

강경애의 「소금」을 통해서도 보았듯이 배고픈 사람들의 삶은 그 자체가 지옥에 비견될 만하다. 비가 내리는 남의 집 헛간에서 아이를 낳고 먹을 것이 없어 차가운 파뿌리를 씹어 먹는 봉염 어머니의 모습은 '이런 인생을 꼭 살아야 하는가?'라는 근본적인 회의를 낳는다. 이 소설 속에서 '생존'이라는 말은 당위성을 지닌 것처럼 사용된다. 하지만 자신의 생존을 위해서 타인의 생존을 억압할 때, 생존의 문제는 다시 회의에 부딪힌다.

박영희의 「지옥 순례」(1927)의 줄거리를 한 줄로 요약하면, '주인공 진달이가 배고픔을 이기지 못해서 중국떡(만주)를 파는 아이를 죽이고 그 떡을 먹는다.' 정도가 될 것이다. 진달이는 떡값을 내라고 다그치는 아이를 처음에는 두들겨 팼고 결국에는 죽이고 만다. 작품 속에서 배고픔이라는 육체적이고 물리적인 고통은 살인이라는 비인륜적 행위를 저지를 수 있는 충분한 이유가 되는 것으로 그려진다. 뒤쫓아 오는 아이를 보며 '죽여버릴까' 아니면 '내일 돈을 받으러 오라고 할까' 고민하던 진달은 결국 전자를 선택하고 마는데, 그 이유는 내일 떡 파는 아이가 집으로 찾아온다고 해도 줄 돈이 없기 때문이었다. 결국 배고픔과 돈이 없는 상황이 연속되는 가운데 진달은 분란의 근원을 해결하는 방식으로 '살인'을 선택하고, 이 사건이 만천하에 밝혀지면서 진달이 가족의 삶 역시 파국으로 치닫는다.

아! 두려운 현실! 그는 또다시 놀라웠다. 그가 눈을 뜰 때 날은 벌써 밝았는데 그의 앞에는 그의 아들 칠성이가 피 묻은 떡을 먹고 있다. 찬 눈 위에서 밤새도록 피와 한가지로 굳어버린 단단한 떡을 그는 맛있게 먹다가 그의 아버지가 깬 것을 보고는 그 떡이나마 빼앗길까 보아서 슬쩍 돌아 앉았다. 진달이의 정신은 또 몽롱하여졌다. 온 몸은 조금도 움직일 수 없이 마비되었다.[1]

진달이 가족의 파국은 단순히 범죄 사실이 경찰에게 적발되어 진달이가 잡혀가는 것에서 끝나지 않는다. 떡 파는 아이를 죽이고 난 다음 날, 진달이는 자신의 아들 칠성이가 "피 묻은 떡"을 맛있게 먹는 장면을 목도하고 만다. 칠성이에게 중요한 것은 자신이 먹고 있는 떡에 피가 묻어 있다는 사실이 아니라, 이런 떡이라도 아버지에게 빼앗기면 안 된다는 사실이다. 배가 고파서 살인을 저지른 아버지와 그 살인의 흔적이 묻은 떡을 먹는 아들의 모습은 배고픔이 부른 핏빛의 비극을 극적으로 형상화한다.

살인을 하고 맞이한 아침, 진달은 어제의 기억 때문에 두려움을 느끼지만, 더 큰 공포는 아이가 찬 눈 위에서 "피와 한가지로 굳어버린 딱딱한 떡"을 먹는 장면을 보는 것이었다. 피가 묻은 떡은 진달이네의 궁핍과 기아를 대변하면서, 그 고통의 흔적이 아이의 몸 속으로 들어가 새겨질 것임을 짐작케 한다. 극한의 삶 속에서 생명을 유지하기 위해 먹어야 하는 음식(떡)과 죽음의 흔적(피)은 더 이상 개별적으로 존재하

1. 박영희, 「지옥순례」, 『박영희 전집(1)』, 영남대학교 출판부, 1997, 244쪽.

지 않는다. 그래서 진달은 이 장면 앞에서 정신이 몽롱해지고 온 몸이 마비된 것 같은 상태를 경험한다. '피 묻은 떡'을 아이가 허겁지겁 먹는 행위는 가난과 고통의 기억이 체화되어 대물림됨과 가난한 이들의 삶이 죽음을 동반한 채 이어지고 있음을 보여준다.

고픈 배를 부여안고, 새로운 세상을 향해!

박영희의 「지옥 순례」는 진달이가 잡혀 가는 장면에서 끝이 난다. 소설이 끝났기 때문에 극도의 배고픔이 불러온 살인에 대해 재판부가 정상 참작을 해주었는지도 알 수 없다. 자신만큼이나 배고픈 자를 죽이고 그가 지닌 음식을 강탈한다고 해서 자신의 삶이 나아지지는 않을 것임을 짐작케 할 뿐이다. 죽은 떡장수 아이가 들고 있었던 떡은 나를 부유하게 만들어주기는커녕 진달과 그의 아들이 공유하는 허기와 그로 인한 비극의 연쇄를 가시적으로 만들 뿐이다.

그렇다면 이쯤에서 식민지 시기에 창작된 소설 중 배고픔이 계기가 되어 긍정적인 방향으로 나아가는 작품은 없었는지 질문해 볼 수 있다. 그리고 그 답으로 최서해의 「탈출기」(1925)에 대해 이야기할 수 있을 것이다. 이 작품의 주인공인 '박'은 먹고 살 걱정을 안 하기 위해 가족들을 데리고 간도로 떠난다. 소문 속의 간도는 "기름진 땅이 흔하여 어디를 가든지 농사를 지을 수 있고 농사를 지으면 쌀도 흔할 것"이라고 예상되는 공간이었다. 그래서 '박'은 "농사를 지어서 배불리 먹고 뜨뜻이 지내"고, "깨끗한 초가나 지어놓고 글도 읽고 무지한 농민들을 가르쳐서 이상촌을 건설"하겠다는 포부를 지닌 채 간도로 떠난다.

하지만 간도에서의 삶은 생계를 유지하기 위해 온 가족이 사활을 걸어야 하는 지경이었다. 이들은 굶기가 다반사이지만 더 문제는 이들이 간헐적으로 먹는 음식조차 온전하지 못하다는 것이었다. 박의 가족은 어렵게 모은 돈으로 대구를 사서 그것을 콩으로 바꾸고 그 콩으로 두부 장사를 시작하였다. 하지만 산후 조리를 해야 하는 아내까지 나서서 콩을 갈면서 두부를 만들어도 두부는 잘 만들어지지 않았다. 그리고 두부가 제대로 만들어지지 않은 날엔 온 가족이 쉰 두붓물로 끼니를 때우는 사태가 벌어졌다.

> 어떤 때는 애써 갈아놓은 비지가 이 뜬김 속에서 쉬어버린다. 두붓물이 가마에서 몹시 끓어 번질 때에 우윳빛 같은 두붓물 위에 버터빛 같은 노란 기름이 엉기면(그것은 두부가 잘될 징조다) 우리는 안심한다. 그러나 두붓물이 희멀끔해지고 기름기가 돌지 않으면 거기만 시선을 쏘고 있는 아내의 낯빛부터 글러가기 시작한다. 초를 쳐보아서 두붓발이 서지 않고 메케지근하게 풀려질 때에는 우리의 가슴은 덜컥한다. …… 그날은 하는 수 없이 쉰 두붓물로 때를 에우고 지낸다. 아이는 젖을 달라고 밤새껏 빽빽거린다. 우리의 살림에 어린것도 귀치는 않았다.[2]

'쉰 두붓물'을 먹어야 할 만큼 가난한 상황은 임신한 아내가 배고픔

2. 최서해, 「탈출기」, 『20세기 한국소설 04』, 창비, 2005, 21쪽.

을 이기지 못해서 길바닥에 버려져 있는 귤껍질을 먹게 만들고, 그것을 박에게 들키는 장면에서 더욱 극적으로 제시된다. 처음에 '박'은 아내가 남산만한 배를 부여잡고 자신과 어머니 몰래 무언가를 먹었다는 사실에 불쾌한 감정을 느낀다. 하지만 아궁이 속에서 "베 먹은 잇자국"이 있는 귤껍질을 발견하고는 아내에 대한 연민에 눈물이 고인다. 통상적으로 먹을 수 없는 것으로 규정된 것을 먹어야 하는 삶, 음식과 음식이 아닌 것의 경계가 사라져버린 삶은 가족들의 목숨을 이어가는 것이 지상과제라고 믿었던 박의 세계관에 변화를 가져온다.

길에 버려진 귤껍질을 먹어야 할 만큼 박의 가족들에게 간도에서의 배고픔은 예외적인 상태가 아니라 일상이 되어 버렸다. 인간의 존엄이 훼손될 만한 상황이 계속되다가 '귤껍질' 사건이 결정적인 계기로 작동하면서 박은 기존의 삶을 버리고 새로운 삶을 살기로 결심한다. 성실하게 자신 앞에 놓여 있던 가난을 견디기에 급급했던 박은 이제 빈궁의 이유를 다시 생각하기 시작한다. 항상 성실하게 살아왔지만 세상은 자신을 속였다는 인식에 도달한 순간, 박은 자신뿐 아니라 가족들까지 "어떤 험악한 제도의 희생자"라는 사실 역시 깨닫는다.

이러한 깨달음을 얻은 후 박은 가족을 버리고 '사회주의' 단체에 가입한다. 그전까지의 박이 개인적인 차원에 머물면서 배고픔이라는 빈궁의 결과를 타개하기 위해 노력했다면, 이제 박은 배고픔은 개인의 문제가 아니라 제도의 문제임을 직시한다. 사회와 제도가 바뀌지 않으면 개인이 아무리 노력을 해도 이 곤궁한 삶의 고리는 끊어지지 않을 것이기 때문이다. 그러므로 이제 더 이상 궁핍을 견디기만 했던 박은 존재하지 않는다.

박은 고픈 배를 부여안고 배고픈 자들이 없는 세상을 만들기 위해 기존 삶에서 '탈출'한다. 이 소설의 제목이기도 한 '탈출기'는 주인공 '박'이 가족만을 위하던 삶에서 벗어나는 이야기인 동시에 현실에 순응적이고 굴복적인 태도로 세상을 대했던 자기 자신과 결별하는 이야기이다. 이제 박은 고픈 배를 부여잡고 새로운 세계를 건설하기 위해 한 걸음 나아간다. 그리고 개인의 게으름이 아니라 제도적 모순이 가난의 근본 원인임을 설파하며 그것을 깨부수기 위한 투쟁을 이어갈 것이다. 설사 그 결과가 실패로 끝나더라도 그의 '탈출'은 망가진 세상을 향해 울리는 하나의 경종이 될 것이다.

'맛'을 둘러싼 부유층의 취향

박태원의 『여인성장(女人盛裝)』은 1940년부터 1942년까지 『매일신보』에 연재된 후 1942년에 단행본으로 출간된 작품이다. 이 소설 속에는 전쟁으로 인해 우리가 '오향장육'이라고 알고 있는 "추우샹로우(煮伍香肉)"에 들어가는 다섯 가지 향신료를 구하기 힘든 상황이 서술된다. 색다른 식재료를 구하기 어려운 상황에서도 작품 속의 주요 인물인 부유층 여성들은 '요리강습회'에 다닌다. 그리고 특별한 손님이 방문할 때, 중국요리라고 하면 '잡탕'이나 '탕수육' 정도만 아는 사람들과 달리 자신의 고급스러운 취향을 담아 요리 솜씨를 뽐낸다.

이 작품에서 요리가 이루어지는 장소는 "여자면 누구나 탐을 낼 만하게 그 안의 설비로 보나 채광(採光) 통풍(痛風) 관계로 보나" 이상적인 상태를 갖추고 있는 숙자와 숙경이네 주방이다. 이 안에서 시누와 올케 사이인 두 여인은 죽순과 용안육, 표고버섯과 제육, 거기에 그린피스와 밤까지 다져서 양념을 하고, 찰밥과 함께 이것들로 내장을 제거한 닭의 속을 채워 '쩡바바오치 (蒸八寶鷄)'를 만든다.

"원 그까짓 탕수육 좀 맨드는데 이렇게 오래 걸려서야 요리점은 다해 먹겠네."

"누가 탕수육 맨든댔수?"

"그럼 뭐냐? 잡탕인가?"

"잡탕은 왜? 오빠는 꼭 그런 것들밖엔 모르지. 어디서 똑 값싸구 흔헌 요리……."

"그럼 그건 비싸구 귀헌 요린가? 대체 뭐게?"

"이름을 말해두 오빠는 모르는 거야!"

"업신여기려구만 말구 어디 말을 해봐라!"

"쩡바바오치(蒸八寶鷄)!"[3]

쩡바바오치(蒸八寶鷄)는 이름에서도 짐작할 수 있듯이 닭 속을 여덟 가지 귀한 재료로 채운 후 쪄내는 중국요리이다. 주방에 들어와 지금 하는 요리가 '탕수육'이나 '잡탕'이냐고 묻는 오빠 상호에게 숙경이는 자신이 하는 요리는 그런 "값싸구 흔헌 요리"가 아님을 강조한다. 조선의 대표적인 배달음식으로 청요리가 자리를 잡은 이후 '탕수육'이

3. 박태원, 『여인성장』, 깊은샘, 1989, 236~237쪽.

나 '잡탕'은 웬만한 사람들은 다 알 만큼 대중화되었지만, 자신이 만들고 있는 요리는 그런 수준의 것이 아니라는 것이다.

지금 숙경이가 만들고 있는 '쩡바바오치'나 숙자가 요리강습회에서 배웠다는 '추우샹로우'는 아는 사람이 별로 없는 중국요리 중에서도 별식이자 고급요리이다. '쩡바바오치'는 들어가는 재료가 많아서 조리 과정이 복잡하지만, '추우샹로우'는 제육을 크게 썰어 오향과 생강, 파에 간장과 설탕을 넣고 졸인 후 썰어서 먹으면 되는 음식이다. 이 요리는 조리법이 간단한 대신 맛을 내기 위한 다섯 가지 향신료가 구하기 어렵기 때문에 식민지 시대에는 대중화되지 못한 듯하다. 이런 요리들은 부유층 사이에서 소비되면서 남들과는 구별되는 자신들만의 취향과 계급성을 드러내는 문화자본으로 기능한다.

박태원의 『여인성장』과 더불어 식민지 말기의 부유층의 식생활을 보여주는 작품은 김남천의 『사랑의 수족관』이다. 『사랑의 수족관』은 재벌가의 딸 이경희와 제국대학 출신의 토목기사 김광호의 연애를 중심으로 서사가 진행된다. 그래서 이 작품에서는 재벌가 사람들의 소비 풍습이나 토목기사의 생활상이 비교적 상세하게 묘사되고 있다. 그 중에서도 이 장의 주제인 '음식'이 문화자본으로 기능하는 장면이 여러 번 포착된다.

이 작품의 여주인공인 이경희는 '조선호텔'에서 대흥재벌의 회장인 아버지와 식사를 한 번하고, "우리 아부지 세계에서 일등!"이라고 외친 후, 자신이 진행하고 싶어 하는 자선사업에 대한 전폭적인 지원을 약속받는다. '수-프'가 나올 때 시작된 이 부녀의 대화는 '인디안 뿌링[옥수수 가루 푸딩]'을 먹으면서 본격화되고, '포-크'와 '나이프'를 들고 '뽀

이'가 날아다 주는 새 그릇들을 비우는 동안 서서히 진행된다.

앞에서 살펴본 것처럼 하층민의 삶에서 음식을 둘러싸고 벌어지는 일들은 비참한 일화들을 통해 소설 속에서 드러난다. 그러나 1930년대 말 이후에 발표된 소설들 속에서 부유층들의 식생활은 시국의 문제와 밀접한 상관성을 지닌다. 1930년대 말이 되면 제국 일본이 참여하는 전쟁이 장기화되고, 그로 인해 발생한 물자난 역시 갈수록 심각해진다. 그래서 일본이나 조선에서 생산되지 않아 수입을 해야 하는 음식들을 구하는 것은 갈수록 어려워진다.

> "커피- 잡수시지?"
>
> 하고 물었다. 경희가 고개를 꺼뜩하니까 현도는 '빠-텐다'를 향하여 낮을 돌리고 '커피-' 두 잔을 시켰다. 그랬더니 '커피-'는 떨어져서 없다고 한다.
>
> "아니 호텔에 커피-가 품절이야? 호러어-"[4]

인용문은 경희가 호텔에서 커피를 시켰다가 커피가 품절이라는 이야기를 듣고 놀라는 장면이다. 전쟁으로 인해 조선에서는 생필품은 물론이고, '커피'와 같이 개인의 취향을 보여주는 기호식품도 계속해서 부족한 상태였다. 이 시기에 '커피'가 부족했던 일차적인 이유는 전쟁으로 인해 세계 무역이 원활하지 못했기 때문이다. 뿐만 아니라 전쟁이 본격화되면서 서구문화를 통제했던 일본의 문화정책으로 인해 '커피'

---

4. 김남천, 『사랑의 수족관』, 인문사, 1940, 361쪽.

는 더욱더 수입하기 어려운 품목이 되었다. 그래서 부유층과 지식인층의 취향을 대변했던 커피의 유통과 소비에도 차질이 빚어졌다.

이처럼 1930년대 말 이후에 '커피'를 위시한 서구 문화에 대한 통제가 국가적 차원에서 진행되었던 반면, 개인적 차원에서는 서구적 '취향'이 보다 공고해지는 양상이 나타나고 있었다. 그리고 서구 문화와는 다른 무게감을 가지고 중국 문화와 일본 문화가 식민지 조선에서 보편화되고 있었다. 중국의 고급요리를 집에서 만들어 먹으며, 일본식 명절을 쇠고, 부유한 조선인들 사이에서 일본식 요릿집이 인기를 얻었다.

상차림과 문화적 혼종

이런 와중에 식민지 조선의 식민권력은 '국책'으로 조선의 최대 명절인 음력설을 쇠지 못하게 하였다. 그래서 조선의 재벌이면서 제국 일본에 협력하는 이신국의 가정에서는 국책에 따라 음력설 대신 '양력설'을 지낸다. 하지만 일본의 명절인 '양력설'을 지낸다고 해서 설날 먹는 '상차림'까지 바뀌지는 않는다. 일본 문화에 대한 거부감이 없는 이신국의 가정에서도 설 상차림만큼은 조선의 전통을 지키되, 여기에 서구의 문화인 포도주를 곁들인다.

> 세 개의 식탁에는 설 음식을 중심으로 여러 가지 지짐이, 찜, 볶음, 무침, 나물, 전유어, 구이, 적, 회, 어채에서 포, 정과, 강정, 다식에 이르기까지 꽃밭처럼 화려한 먹을 것이 빈 구석 없이 버러져 있

었다. 신선로의 국물도 끓기 시작했다. (…)

"참 포도주를 잊었구나. 빨리 가져오래라!"해서 백포도주병도 가져왔다.

"곧 떡국 디리라구 허구……."[5]

작품 속에서 서술자는 이 상을 둘러싸고 벌어지는 모습을 '꽃밭'에 빗대고 있다. "음식에서 떠오르는 김과 젊은 여자들이 내뿜는 향기"가 어우러지고, "눈부신 설빔의 다채한 색채와, 낭자하리만큼 버러진 식탁"이 만개한 꽃들을 연상시키기 때문이다. 재벌가의 재력과 명절의 음식이 지닌 풍성한 매력이 결합되어 시각과 후각, 그리고 미각까지 만족시키는 조선의 명절 상이 차려졌다.

이신국 집안의 설 상차림은 일본의 명절인 '양력설'과 조선식 전통 상차림, 그리고 서구의 술인 '포도주'가 조화를 이루면서 완성된다. 이 상차림은 제국 일본의 문화와 식민지 조선의 문화, 그리고 선망의 대상인 동시에 배척의 대상이기도 했던 서구의 문화가 공존했던 식민지 조선의 상황을 단적으로 보여준다. '문화'는 '고유한'이라는 수식어를 붙여서 고정시킬 있는 것이 아니라, 전유되고 변용될 수밖에 없는 것임을 이 상차림이 드러낸다.

한편 『사랑의 수족관』에는 '청수루(淸水樓)'라고 하는 일식 요릿집에서 나오는 요리에 대한 묘사도 담겨 있다. 이경희의 서모인 '은주 부인'은 의붓딸의 연인인 김광호를 유혹하기 위해 김광호가 자신과 청수

5. 김남천(1940), 앞의 책, 393~394쪽.

루에서 함께 식사를 할 수밖에 없게 만드는데, 이들은 이곳에서 격식을 갖춘 일본식 정찬을 먹는다. 생선회와 구이, 탕과 초무침, 장국과 지짐까지 갖춘 이 상을 앞에 두고 냉철한 김광호와 남자를 유혹하는 데 노련한 은주 부인이 대면한다.

> 처음부터 격식대로 새 요리가 들어왔다. '수이모노[맑은 장국]'에서 '구치도리[생선 지짐]', '사시미[생선회]', '야끼모노[구이]', '니모노[탕]' 그리고는 다시 '스노모노[초무침]'와 '챠왕모리[공기밥]'까지 격을 갖추어 식탁이 비즛하게 버려졌다. (* [] 안의 내용은 인용자가 채움)[6]

식민지 조선인에 대한 일본의 동화정책은 상당히 다층적으로 이루어졌다. 그리고 지극히 개인적이라고 여겨지는 '맛'의 영역 역시 이로부터 자유로울 수 없었다. '맛'은 개인의 취향만으로 구성되는 영역이 아니라 당대의 문화를 반영하고, 이 영역을 위해 소비할 수 있는 재력에 따라 다양한 스펙트럼을 생산할 수 있기 때문이다. 집에서 된장에 풋고추를 찍어 먹는 삶과 일본 요릿집에서 일식 정찬을 먹을 수 있는 삶은 매우 다른 방식으로 작동한다.

인용문에 등장하는 상차림은 단순히 일본식 음식 문화가 조선에 전파되었음을 보여주는 데 그치지 않는다. 앞에서 살펴보았던 양력설의 상차림과 대비를 이루면서 일본 정찬 차림은 조선의 가정 안까지는 본

---

6. 김남천(1940), 앞의 책, 296쪽.

격적으로 침투하지 못하고, 집 밖에서 하나의 소비문화로 자리 잡는다. 특히 서민들의 생활이 아니라 조선 부유층의 일상 속으로 스며들어 일본 요리 문화는 고급 취향이 담긴 하나의 외식 상품이 되었다.

식민지 조선 안에서 서구 문화와 중국 문화, 그리고 일본 문화가 음식을 매개로 수용되고 전이되었다. 이 장에서는 특히 이국의 음식 문화 중에서 서민 계층으로 빠르고 폭넓게 확산되는 것보다는, 부유층만의 취향과 특권을 드러내면서 '문화자본'의 역할을 담당하는 음식들을 중점적으로 검토하였다. 조선인 부유층들은 '커피'와 '포도주'를 마시고, '찡바바오치'와 '추우샤로우'를 집에서 요리하며, 일식 정찬을 요릿집에서 사먹었다.

물론 외국의 음식 문화만 조선으로 들어왔던 것은 아니다. 조선의 문화 역시 조선에 거주하는 외국인들에게 전해져서 변용되었다. 아래의 시에는 경성제국대학 영문과의 교수였던 사토 기요시가 자신의 제자였던 최재서에게 '상추쌈' 먹는 법을 배운 후에 그 방법을 자신만의 방식으로 바꾸는 모습이 담겨 있다. 조선인들은 상추쌈을 먹을 때 고추장이나 된장 혹은 쌈장을 얹어 먹지만, 일본인인 사토 교수는 기름과 소금을 쳐서 상추를 싸먹는다.

> 한 포기의 상추,
> 잘 씻은 한 포기 상추,
> 기름을 조금 치고,
> 가는 소금을 뿌리고,
> 따뜻하게,

내 손수 지은 밥을 싸서 먹는다,

석양을 향해,

떨어지는 아카시아를 향해,

혼자서 먹는 상추,

최재서가 가르쳐주어,

올해도 먹는 맛 좋은 상추,

그런데 이것도

(길고 긴 세월이 지난 뒤)

올해까지 오고 말았지만, 그 맛에는 털끝만큼의 푸념도 없다.

그렇지만 이 상추에 깃든 맛,

그 누가 이 맛을 분석하며,

그 누가 이 맛을 종합하랴.[7]

실제로 사토 교수는 경성제대 영문과 제자들 중에서 조선의 최고 비평가인 최재서를 가장 아꼈다고 한다. 그래서 최재서를 생각하면서 쓴 이 시에는 스승에게 상추쌈 먹는 법을 알려주는 제자와 상추쌈을 먹으며 제자를 생각하는 스승의 모습이 애틋하게 담겨 있다. 여기는 제국의 국민과 식민지인이라는 경계와 대립보다는 스승과 제자 사이의 따스함이 베어 있는 사사로움의 자리인 것이다.

조선 문화의 알레고리로도 볼 수 있는 '상추'를 먹으면서, 사토 교수

7. 김윤식, 『최재서의 국민문학과 사토 기요시 교수』, 역락, 2009, 203쪽.

는 그 맛의 분석과 종합이 불가능함을 노래한다. 문화가 아무리 상호적으로 변용되는 것이라고 하더라도, 그리고 사토 교수와 최재서가 아무리 가까운 사이였다고 하더라도, 조선의 문화인 '상추'의 맛을 일본인인 사토 교수가 분석하고 종합하는 것, 다시 말해 상대의 문화를 온전히 이해하는 것은 불가능할 것이다. 그래서 식민지 시기에 창작된 소설 속 인물들은 조선인이든 조선인이 아니든 이국의 문화 중 자신의 상황과 처지에 맞는 것을 취사선택하고 변형한 후에야 그것을 향유할 수 있었다.

6장

골목, 교화와 배척의 이중공간[1]

식민 도시 경성과 박태원 소설

독특한 헤어스타일과 안경으로도 유명한 박태원은 "박제가 되어버린 천재"라고 불리는 '이상'과 더불어 식민지 조선에 모더니즘 소설을 정착시킨 작가이다. 박태원은 모더니즘 소설의 대표적인 창작 기법인 '고현학'과 '의식의 흐름 기법'을 사용하여, 식민지 도시 경성과 그 안에서 생활하는 근대 도시인의 내면을 탁월하게 그려냈다. 이 과정에서 박태원과 이상의 분신인 듯한 인물들이 소설 속에 등장하여 근대인, 도시인, 그리고 예술가의 삶을 여러 각도에서 재현하였다.

박태원 소설에서 경성의 도시 공간은 서사의 배경으로만 기능하는 것이 아니라 작품의 중요한 주제이기도 하였다. 이 시기의 경성은 다른

---

1. 이 장은 2013년 『한국문학이론과 비평』 59에 수록된 「박태원의 『애경(愛經)』 연구」의 1~3장을 수정 보완한 것이다.
황지영, 「박태원의 『애경(愛經)』 연구」. 『한국문학이론과 비평』 59, 2013.

나라의 대도시들과 비교해 보면 도시 면적이나 인구 규모의 측면에서 '소도시'에 불과했다. 게다가 경성의 거주민인 대다수의 조선인은 절대 빈곤층이었다. 경성에는 전차나 백화점처럼 근대 문물들이 존재하기도 했지만 이것은 일부의 계층만이 누릴 수 있는 것이었다. 한마디로 말해 경성은 근대적인 것과 전근대적인 것이 공존하는 '불균등 발전' 상태였고, 일본인이 주로 거주하는 '남촌'과 조선인들의 거주지인 '북촌'으로 나뉘어져 있었다. 박태원은 이렇듯 실재하는 물질적 토대에 기반해서 소설 속에서 경성을 세밀하게 재현하였다.[2]

특히 박태원은 「소설가 구보 씨의 일일」(1934)에서 경성을 활보하는 구보의 하루에 독자들이 동행하게 함으로써, 구보가 경성 안에서 방문했던 장소들, 보고 들었던 것들, 순간순간 느꼈던 섬세한 감정의 결들을 독자들이 공유할 수 있게 만들었다. 그래서 이 소설을 읽는 독자들은 구보의 걸음걸이를 따라가면서 경성의 이곳저곳을 함께 기웃거리게 된다. 구보가 하루 동안 이동한 구체적인 경로는 "집 → 천변길 → 종로 네거리 → 화신상회 → 전차 안 → 조선은행 앞 → 다방 → 경성역 → 조선은행 앞 → 다방 → 거리 → 다료 → 광화문통 → 다방 → 낙원정 → 집"이다.[3] 구보는 경성역에서 병든 자와의 접촉을 꺼리는 사람들을 발견하고, 화신상회에서 단란한 가족의 모습을 보고는 고독을 느낀다. 또한 허영기 있는 동창생을 경멸 어린 시선으로 바라보고, 다방에서 쿨피스가 외설스럽다고도 생각한다.

이처럼 박태원은 거리를 걸으며 소설거리를 찾아 헤매는 룸펜 소설

---

2. 권은, 『경성 모더니즘: 식민지 도시 경성과 박태원 문학』, 일조각, 2018, 1~2장.
3. 구보의 이동 경로 중 구보가 전차를 타고 이동한 경로를 지도로 그려보면 다음과 같다.

가의 일상을 이 작품 속에서 핍진하게 표현하였다. 구보는 대학 노트를 옆구리에 끼고 다니면서 소설의 재료들을 탐색하고 때로는 자기 자신이 소설의 재료가 되기도 하면서 작품을 써나간다. 이 작품은 제목에서 '구보'라는 인물과 '일일'이라는 시간성을 강조하고 있지만, 사실 작품 속에서 서사를 채워나가는 것은 공간의 이동과 각각의 공간에 담겨 있는 정취라고 할 수 있다. 구보가 걷거나 전차를 타고서 이동하는 경성의 거리는 '방황과 탐색'의 공간이자 고독과 더불어 살아가는 근대인의 일상을 엿볼 수 있는 공간이다.

그런데 1940년이 되면 박태원은 돈암동에 집을 지어 이사한 뒤에 겪은 일들을 토대로 한 세 편의 소설 「음우」(1940), 「투도」(1940), 「채가」(1940)를 발표한다. '자화상 3부작'이라고도 불리는 이 작품들에서는 '집'을 주된 공간으로 하여 일제 말기를 살아가야 하는 작가의 내적 갈등이 잘 나타난다. 이 작품들에서 '집'은 위기에 처한 작가의 내면과 긴밀하게 연결되어 있다. 집에 비가 새고 도둑이 들고, 집이 빚에 몰려 넘어갈 고비를 맞으면서 작가의 분신인 주인공의 삶 역시 위기를 맞이한다. 일제가 참전한 전쟁이 본격화되면서 공적인 세계로 나가는 통로가

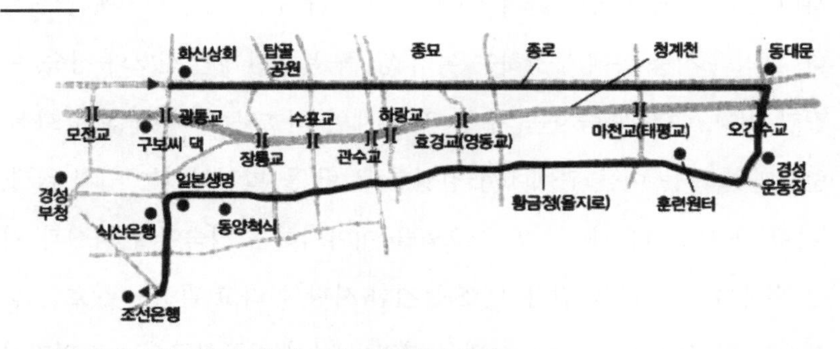

조이담, 『구보씨와 더불어 경성을 가다』, 바람구도, 2009.

막혀버린 시기에 박태원은 거리를 활보했던 구보와 달리 집에만 머무는 작가와 외부의 위험이 자꾸 침투하는 위태로운 집을 형상화한다.

한편 이 장에서 본격적으로 다룰 박태원의 미완의 장편소설 『애경(愛經)』(1940)의 중심 공간은 「소설가 구보 씨의 일일」에서 다루어졌던 공적 공간인 '거리'와 '자화상 3부작'에 등장했던 사적 공간인 '집'의 경계에 놓이는 '골목 안'이다. 박태원은 1940년 1월부터 11월까지 총 8회가 연재되다가 중단된 미완의 작품 『애경』에서 공적인 '세계'와 분자화된 '개인' 사이에 존재하는 '인간관계의 장'을 그려낸다.

이 소설의 주인공격인 소설가 최신호는 숙명여고를 우등으로 졸업한 정숙과 결혼하지만 둘 사이는 원만하지 않다. 경제력 없는 신호와 그런 남편에게 지친 정숙은 서로를 보듬어주기보다는 집 밖으로 배회한다. 그러다 신호는 옥화라는 기생을 알게 되어 연애를 하고, 정숙은 남편과 헤어질 결심을 한다. 이 작품은 이 둘을 중심에 놓고 이들의 가족과 지인의 상황이 얽히고설키면서 이야기가 전개된다.

이 작품의 제목인 '애경(愛經)'은 '사랑의 길' 혹은 '사랑의 경전'이라고 번역할 수 있는데, 어느 것으로 번역하든 이 제목은 전체적인 서사의 흐름 속에서 남녀 간의 '사랑' 이야기가 주를 이룰 것임을 암시한다. 그러나 작품 속에 등장하는 여러 쌍, 즉 부부관계인 신호와 정숙, 수길과 영자, 수진과 숙자든, 부부 외 관계인 신호와 옥화, 수진과 화선, 준길과 숙자든 이들 관계에서 진실한 '사랑'을 발견하기는 쉽지 않다. '사랑'의 부질없음과 '돈'의 중요함을 이야기하는 정숙이나 자신과 기생 옥화의 관계를 "비겁하고, 또 불결한 사랑"이라고 말하는 신호를 통해서도 알 수 있듯이 작품 속에서 사랑의 가치는 긍정적으로 그려지지 않는다. 그리고 그 이유는 '골목 안'으로 대변되는 '사랑의 길' 안에 숨겨져 있다.

"종로 네거리에 아무런 사무(事務)"도 없이 걸어 다니던 구보는 "무수한 맹점(盲點)을 제거하는 재주"는 없었지만 그래도 길을 잃고 헤매지는 않았다. 이것은 그가 이동하는 공간의 특성과 관련이 있다. 정태적이고 문화적이며 규정적인 근대도시 경성의 거리는 직선으로 구획되어 있었다. 그러니 구보의 걸음걸이의 특징이 망설임과 머뭇거림이더라도 구보는 직선의 거리를 시선의 엉킴 없이 걸을 수 있었다.

그러나 『애경』의 등장인물들은 그 직선의 거리 이면인 골목 안에서 집과 사람을 찾는 데 상당한 시간을 허비한다. 골목을 오가고, 왔던 길을 되짚으며 길을 찾는 인물들의 모습은 생활공간으로서의 '집'이 여러 장면에서 하나의 지향점으로 작용하는 모습과 상관성을 지닌다. '거리'를 그리던 작가가 '골목'을 거쳐 '집'을 소설의 주요공간으로 다루게 된 데에는 나름에 이유가 있었을 것이다. '생활 찾기'로도 해석할 수 있는 '집 찾기'가 『애경』에서 반복적으로 드러나는 것은 본격적으로 '집의 문제', 즉 개인의 삶을 논의하기 위해 준비 단계를 밟는 작가의 의식을 엿보게 한다.

시선의 엉킴과 문란한 여성들의 집

개인적으로 아무리 척박한 삶이라도, 혹은 제국의 억압적 통제를 받는 식민지인의 삶이라도 '산다'는 것은 집이라는 장소를 배제해 놓고는 생각할 수 없다. 그래서 소설 속에 재현된 공간에 대한 인식 중에서 '집'에 대한 사유가 가장 구체적이기 마련이다. 박태원 소설에서 '집'은 주인공인 남성 인물이 '구보'처럼 미혼일 때는 어머니의 공간으로, '복상'('박씨'를 일본어 식으로 표기한 것)처럼 기혼일 때는 아내가 머무는 공간으로 그려진다.

산책자적 면모를 지닌 구보는 어머니의 집을 나와서 온종일 경성의 거리를 헤매다 다시 집으로 돌아온다. 골목 안에 있으며 어머니가 바느질을 하는 공간인 구보의 집은 '안정과 휴식'의 공간으로 아직 근대화되었다고 보기는 어려운, 다시 말해 전근대적인 공간에 가깝다. 구보는 어머니의 잔소리를 피해서 집을 나가는 듯 보이지만, 그가 거리에서 하루를 보내며 깨닫는 것은 소통의 부재와 그에 따른 고독이다. 그래서 구보는 어머니가 계신 집에서 지친 마음을 달랜 후 관찰할 것들이 가득한 매혹의 거리로 다시 나간다.

그렇다면 '골목'은 어떤 의미를 지닐까? 박태원은 중편소설 「골목안」(1939)에서도 식민지 경성의 뒷골목 풍경을 자세하게 묘사한 바 있다. 아래의 인용문은 「골목안」을 분석한 선행 논문들에서 가장 많이 인용되는 구절이며 소설의 첫 장면이다. 이 장면 묘사는 골목 안을 중심으로 서사가 펼쳐지는 이 소설 전반의 분위기를 좌우한다. 어둡고 냄새나고 불결한 곳, 이곳이 바로 식민지 도시 경성의 뒷골목이다.

> 어려운 사람들이 모여 사는 곳이란 으레들 그러하듯이, 그 골목 안도 한걸음 발을 들여놓기가 무섭게 확 끼치는 냄새가 코에 아름답지 않았다. 썩은 널쪽으로나마 덮지 않은 시궁창에는 사철 똥오

줌이 흐르고, 아홉가구에 도무지 네개 밖에 없는 쓰레기통 속에서는 언제든지 구더기가 들끓었다.

제각기 집안에 뜰을 가지지 못한 이곳 주민들은 그들이 '넓은마당터'라고 부르는 이 골목안에다 다투어 빨래들을 널었다. 이름은 넓은 마당터라도 고작 열아문평에 지나지 않는 터전이다. 기둥에서 기둥으로, 처마 끝에서 처마 끝으로, 가로, 세로, 건너매어진 빨래줄 위에, 빈틈 없이 빤빤하게 널려진, 해여지고 미어지고 이미 빛조차 바랜 빨래들은 쉽사리도 하늘을 가리고 볕에 바람에 그것들이 말라갈때, 그곳에서도 이상한 냄새는 끊이지 않고 풍기어지는 것이다.[4]

"어려운 사람들이 모여 사는" 이 골목의 특징은 '시궁창'과 '구더기'로 대표될 수 있다. 누군가가 싸놓은 똥과 오줌으로 인해서 이곳의 냄새는 아름답지 않다. 게다가 골목 안에 널려 있는 "빛조차바랜 빨래들"은 하늘을 가려서 더러운 골목을 더 어둡게 만들 뿐 아니라 "이상한 냄새"까지 풍기면서 골목 안에 사는 사람들의 시각과 후각을 어지럽힌다. 이런 곳에서 사는 도시 하층민들의 삶 역시 밝고 깔끔하기는 어려울 것임을 이 묘사는 암시한다.

「골목안」이 경성 뒷골목의 풍경을 핍진하게 제시하는 장면에서 시작하고 있는 것과 달리 『애경』에서는 골목과 이어진 집의 긍정성과 부정성이 아내들, 다시 말해 가사를 돌보는 주부들의 성격과 같은 맥락에서 설정되어 있다. 그리고 집을 찾는 과정 역시 그 집의 성격을 반영한

4. 박태원, 「골목안」, 『한국단편소설대계 8』, 태학사, 1988, 317쪽.

다. '배척'의 대상인 부정적인 여성의 집들은 골목 안에서 길을 헤매거나 시선의 엉킴을 경험한 후에만 찾을 수 있지만, '교화'의 척도로 등장하는 긍정적인 여성이 거주하는 집은 문 밖에서도 그 여성을 훤히 볼 수 있게 대문이 열려 있다.

이 작품에서 부정적 여성이 거주하는 집이 등장할 때는 남성 인물들이 '집 찾기'를 시도한다. 그리고 부정적인 여성의 집에 도달하기 위해서는 미로 같은 골목을 거쳐야만 한다. 이때 작품 속에서는 작가와 서술자, 그리고 소설 속의 남성 인물의 시점이 겹쳐지면서, 집을 바라보는 혹은 여성 인물을 바라보는 비판적인 시선이 작동한다. 골목 안은 태석이 숙자와 단둘이 있기 위해서 준길을 따돌리는 공간이며, 남성 인물들이 친구의 아내들에게 수작을 거는 공간이기도 하다. 다음은 '여급의 남편들'이라는 장에서 여급인 숙자와 시인인 수길이 만나는 골목에 대한 묘사이다.

> 그믐날이었다.
>
> 도회의 밤은, 본래, 보름도 없는 것이었으나, 이곳 골목 안은 달 없는 밤에는 아낙네의 왕래가 불안스러웠다.
>
> 밤도 깊어, 새로 한 시 반. 한 젊은 여자가 핸드백 든 손을 호기 있게 흔들며 까딱 까딱 그 골목 안을 걸어 들어간다. 그리 대단한 정도는 아니지만, 그래도 약간 몸의 안정이 위태로운 것으로 미루어 그는 술이 좀 취한 듯도 싶다. 그의 뒤를 맨머리바람의 한 남자가 말없이 따라가고 있었다.[5]

5. 박태원, 『애경』 6회, 『문장』, 1940.6., 157쪽.

'도회의 밤'과 '골목 안'이라는 설정은 '불안'을 떠오르게 한다. 특히 혼자 길을 걷는 여성의 경우에는 더욱 그러할 것이다. 그러나 길을 걷는 숙자의 모습은 두려움을 느끼기보다는 오히려 누군가를 유혹하려는 자태에 가깝다. 배경으로 주어진 시공간은 그녀에게 지극히 익숙한 것이며, 그녀를 바라보고 쫓는 누군가의 시선 역시 예정된 듯 보인다. 결국 숙자는 수길을 데리고 "까딱까딱 골목 안을 걸어"(431) "다시 옆골목으로 꼬부라들"(431)어 가서 자신의 집으로 향한다.

수길은 늦은 밤 여급의 뒤를 밟고, 숙자는 "언제든 한번 만나 이야기하고"(430) 싶었던 남자와 이렇게 만나게 된 것을 신기해 하며 그를 자신의 집으로 데려온다. 그러므로 이 장면에서 골목은 '불안'의 공간에서 출발하는 듯하였으나, 인물들의 '욕망'이 발생하는 공간으로 의미가 전이되고, 최종적으로는 여성의 '문란함'이 담겨 있는 숙자의 '집'과 연결된다. 깊은 밤 숙자의 집에서 이 둘은 수작을 부리지만 수길과 숙자의 남편이 친구임이 밝혀지면서 이 둘의 관계는 더 나아가지 못하고 이 둘의 수작도 멈추고 만다.

또한 『애경』에서는 부정적인 여성의 이미지와 그 집의 부정성이 함께 이야기될 수 있는 곳으로 신호와 정숙의 집이 제시된다. 신호의 집을 찾는 수진은 "관동정 ×번지 노 일백이십칠 호"를 찾기 위해 계속해서 "독립문 밖, 현저정 파출소 뒤" 골목을 헤매고 다닌다.

> 들어가며 또 살피어 보니, 같은 ×번지의 호번이 '오십삼' '오십사'로 조금씩 늘어 가는 통에, 이대로만 한참 더듬어 가면 마침내 찾는 집이 나타나리라 하였던 것이, 얼마가다 다시 보니까, 호번은

그만 두고 정작 번지가 하나 늘어, 그는 여남은 집이나 되돌쳐 와서, 두부집 골목으로 새로 접어 들었다.

이번에는 어떻게 용하게 찾으려나 보다. '팔십구' '구십'으로, 호번이 '일백이십칠'에 차차 접근하여 가는 것이 마음에 반가웠으나, 그것도 잠시요, 대체 이 동리 통호수는 어떻게 맥인 놈의 것인지, '구십오호' 이웃부터 '칠십팔' '칠십칠'로 다시 숫자가 줄어들기 시작하여,

'온, 빌어 먹을…….'[6]

인용문을 통해서도 알 수 있듯이 번지수가 백이 넘는 신호의 집은 쉽게 찾을 수 있는 곳이 아니다. 약도를 가지고 있는 '용달사 아이'도, '수통 골목 담배가게' 주인도 소설가 '최신호'의 집은 알지 못한다. 뿐만 아니라 골목 안의 번지수는 체계적으로 정돈되어 있지 않다. 그러니 초행인 수진이가 이 골목을 미로처럼 느끼는 것은 당연한 일이다.

게다가 어렵게 찾아간 신호의 집에는 안주인인 정숙이 없고 그 집의 시계는 사십오 분이나 늦다. 집안의 시계가 제대로 가고 있지 않다는 것은 그곳에서 이루어지는 생활이 규칙적이지 않을 것임과 가정을 돌보는 주부의 손길이 부재함을 짐작케 한다. 이 장면에서 수진의 시선은 정숙을 '배척'하는 방식으로 작동한다. 물질적 풍요에 대한 욕망을 버리지 못하고 가정을 돌보기보다는 거리를 방황하는 정숙에 대한 비판은 정돈되지 않은 정숙의 집을 훑어보는 수진의 시선을 통해서 독자에

---

6. 박태원(1940.2), 앞의 글, 63쪽.

게 전달된다.

골목 안에 침투한 제국의 시선

그런데 여기서 한 가지 주목해야 할 것은 골목 안의 풍경이 개인들의 문제를 보여주는 데서 그치는 것이 아니라 사회의 문제와 더 나아가 사회가 작동하는 방식을 제시하는 척도로 작용한다는 점이다. 수진이 신호의 집을 찾지 못해서 골목을 헤맬 때 그를 도와주는 것은 '정회친구'였다. 복잡한 골목 안에서 유일하게 길을 아는 사람, 즉 길을 헤매지 않고 자신의 지향점을 찾을 수 있는 사람이 '정회비'를 받으러 다니는 사람이라는 점은 시사하는 바가 크다.

이 시기 '경성의 정회'는 지역 주민들의 인적 · 물적 동원을 확대시키고 사상교화를 강화하여 정신동원 · 내선일체 · 황국신민화를 중요한 목표로 삼고 있었다.[7] 같은 동네의 주민들조차도 알지 못하는 신호의 집을 정회 직원은 정확하게 알고 있을 뿐만 아니라, 그가 다녀간 듯한 신호의 집 대문에는 "추기청결방법시행제중"이라는 쪽지까지 붙어 있다. 여기에서 우리는 골목 안까지를 관리해야 할 정보로 인식하는 식민권력의 시선과 직면하게 된다.

이것은 자신의 작품 속에서 국가로 대변되는 거시정치의 상황을 가

---

7. 김영미, 『해방 전후 서울의 주민사회사 - 동원과 저항』, 푸른역사, 2009, 102~144쪽.
정회의 업무는 신사 관련 사항, 법령전달과 각종 신고, 납세장려, 위생사무, 재해예방 및 구휼, 기타 관공서와 주민의 연락, 교육과 교화, 생활 개선, 공동체 정신 함양 등이다.

능하면 서술하지 않으려고 했던 박태원의 무의식이 남긴 흔적으로 보인다. 섬세하게 묘사하는 것에 익숙한 작가는 본인이 의도했든 의도하지 않았든 중요한 지점, 즉 전시기 식민권력의 인구관리라는 지점을 포착한 것이다. 이 시기 경성 주민들의 삶은 식민권력의 시선 속에서 자유롭지 못했다. 이 장면은 골목 안에 있는 어느 집에 누가 살고 있고, 그의 직업이 무엇인지에 대한 국가의 조사가 이미 끝났음을, 그래서 국가가 그들을 필요로 할 때 바로 동원할 수 있는 기반이 구축되어 있었음을 알게 해준다.

한편 작품 속에서 가장 긍정적으로 그려지는 '유실이'의 집은 부정한 만남이 이루어지는 골목에서 오랜 시간을 지체할 필요가 없는 곳에 위치한다. "관수정 ×××번지, 화광교원 바로 뒤라고, 찾기 쉽다던 말은 허언이 아니어서 정숙은 사실 어림대서 첫 번 들어선 골목 안에, 유실의 집을 쉽사리 찾았다." 유실의 집 찾기 과정은 이 구절로 끝이 난다. 골목 안에서 한 번에 찾을 수 있는 곳, 그리고 대문이 열려 있어서 안을 들여다볼 수 있는 곳이 바로 "가난한 소학교 교원의 거처"이자 그의 아내가 유치원 보모로 나가는 집이다.

> 문간이 한간-, 찌가 얄고 벽이 껌읳게 걸어서, 우중충한 것이 답답하였으나, 왼편 벽에 기대어 한길 넘어나 꽉 차게 쌓여 있는 장, 장은 가뜩이나 좁은 문깐을 더욱 답답하게는 만들어 놓았으나, 그래도 보는 사람의 마음을 든든하게 하여 주는 것이 있었다. (……) 명색만인 장독대 옆, 수채 앞에가 자리를 잡고 앉아 지금 빨래가 한창인 이 집 주부의 모양은 그대로 화안히 정숙의 눈에 띌 밖에 달리

도리가 없는 노릇이었다.[8]

유실네의 외관은 정숙이 판단한 것처럼 초라한 것이었다. 낡았을 뿐 아니라 수평을 유지하지도 못하고, 그렇다고 넓지도 않다. 그러나 이 집에는 "보는 사람의 마음을 든든하게 하여 주는 것"이 있다. 그것은 사실 집의 모양보다는 골목에서도 볼 수 있는 주부 유실의 노동하는 모습과 관계가 있다. 평일에는 유치원에 나가서 아이들을 돌보고, 일요일에는 밀려 있는 집안일을 해야 하는 유실의 삶은 한가할 겨를이 없다. 그러나 하는 일 없이 거리를 배회하는 정숙에 비해서 "세차게 방망이를 놀리고 있는 유실의 모양"은 훨씬 활기에 넘친다.

일요일마다 남편은 큰 아이들을 데리고 낚시터에 가고, 자신은 남아서 집안일을 보는 유실은 정숙이 자신의 삶과 그의 삶을 비교하게 만든다. 그리고 이곳에서 정숙은 유실네집이 가지고 있는 "평범한 무대장치" 앞에서야 비로소 "진실한 생활"이 경영될 수 있음을 느낀다. 성실한 주부의 손길이 닿은 집이야말로 생활의 기반이고, 이 기반 위에서 가정의 약속이 지켜질 수 있기 때문이다.

돈에 대한 욕망과 그 욕망을 채워주지 못하는 남편에 대한 불만, 그리고 그러한 자신의 삶을 씁쓸해 하는 정숙은 유실의 집을 방문하여 '생활'을 유지할 수 있는 두 가지 요소, 즉 진실한 생활이 경영될 수 있게 해 주는 물질공간으로서의 '집'과 정신적 기반인 '약속'의 의미를 깨닫는다. 가족 간에는 "'약속'이 있기 때문에 비로소 그것은 한 개의 '가

8. 박태원, 『애경』 7회, 『문장』, 1940.9., 62~63쪽.

정'이라 불리워지는 것"이다. 그러나 정숙과 신호의 "생활에는 이 '약속'이 없었다. 이 '약속'을 지켜보려는 노력도 없었다."

정숙과는 정반대의 위치에 놓여 있는 유실의 모습은 전시기 후방을 지원하는 여성의 모범적인 형상이라고 할 수 있다. '유치원 보모'라는 직업과 '가사'에 충실한 유실의 모습은 총동원체제 하에서 제국 일본이 조선의 여성들에게 강요했던 이미지와 중첩된다. 유실의 모습은 시대가 요구하는 건전한 가정의 확립과 명랑한 생활에 가장 부합하는 것으로 그려지고, 은연중에 독자들이 본보기로 삼아야 할 존재로 제시된다.

집 밖에서 유실을 바라보는 정숙의 시선은 식민지 조선을 관리하는 식민권력의 시선뿐 아니라 작가와 서술자의 시선과도 겹친다. 이 시기에 일본에 의해 국민으로 호명된 여성 주체는 여전히 아내와 어머니의 역할만을 부여받았다. 여성에게 강요되었던 주요한 두 가지 역할은 일본 제국의 군인이 될 아이를 낳아 기르는 '군국의 어머니'와 근검절약과 저축으로 전시의 가정과 국가 경제를 부양하는 '가정주부'였다. 이 작품 속에서 유실은 이 두 형상을 모두 담고 있기 때문에 유실과는 판이한 삶을 사는 정숙은 공허를 느끼게 된다.

이렇게 전시체제 아래에서 만들어진 '총후 부인' 담론이 완성된다. 각각의 가정이 전쟁에서 후방을 지원해야 하는 주체로 호명되면서 치안 및 질서 유지와 물자/노동력/군인의 재생산을 담당하게 되었다. 이러한 임무를 수행하는 것이 바로 '부인'들의 역할로 상정된 것이다. 가정이 정치 단위로 호출되면 '국민'과 '비국민'의 경계는 '가정'의 안과 밖을 중심으로 짜여진다. 다시 말해 부인이 '가정'의 안에 놓일 경우 '안전한 국민'의 표상이 되고, 가정 바깥에 놓인 여성의 정체성은 '불안

한 비국민'의 표상이 되는 것이다.[9]

사라진 세계와 사랑의 길

사회주의 문학은 억압 받고, 예술의 가치보다 생존의 문제로 문학의 무게 중심이 옮겨지던 1940년, 박태원의 관심은 공적 공간인 경성의 거리를 걸으며 근대 도시와 예술가의 삶을 그리는 것에서 사적 개인의 삶을 기록하는 쪽으로 이동하는 중이었다. 그리고 그 이행의 과정 중에 『애경』이 자리한다. 이 작품에서는 복수의 개인들이 만들어내는 관계의 문제에 초점이 맞추어져 있는데, 특히 가족과 부부, 그리고 연인 사이의 '사랑'이라는 관계맺음이 주로 형상화되고 있다.

한나 아렌트도 지적하듯이 '사랑'은 두 사람만의 무대를 만들어내기 때문에 공적 영역을 창조해 내야 하는 '행위'나 거기에서 생성되어야 하는 '정치'의 영역으로까지 나아가지는 못한다.[10] 그러나 미시정치의 영역에서 사랑은 사람들과의 관계 속에서 크고 작은 사건들과 대면케 하고 동일성의 충동을 차이와 충돌케 하는 물음들을 낳을 수 있다.[11] 사랑은 둘 사이에 존재할 수 있는 가장 긴밀한 관계성을 상징한다.

그렇다고 해서 이 시기에 사랑을 둘러싸고 있는 일상 세계가 무조건 긍정될 수만은 없었을 것이다. 식민지 말기에 미시정치가 이루어졌던

---

9. 권명아, 「총력전과 젠더 : 총동원 체제하 부인 담론과 『군국의 어머니』를 중심으로」, 『성평등연구』 Vol. 8, 2004.
10. 한나 아렌트, 『인간의 조건』, 이진우 · 태정호 역, 한길사, 1996, 307쪽.
11. 알랭 바디우, 『사랑 예찬』, 조재룡 역, 도서출판 길, 2010, 72쪽.

이 지점이 작가들이 주목해야 할 장소인 것은 사실이지만 그곳이 삶의 궁극적인 지향점은 아니었기 때문이다. 제국주의를 매개로 한 '공적 영역'이 더 넓어진 시기에 둘만의 무대 안에서 펼쳐지는 '사랑'의 재현은 타자들과 공유해야 하는 '세계'의 '상실'을 의미하는 것이기도 하였다. 이제 사랑이 재현되는 자리에서 공적 영역은 후경화되어 명멸하듯 비춰진다.

『애경』에서 보여주는 박태원의 글쓰기 전략은 '언어'를 매개로 해서 세계와 관계를 맺기 위한, 혹은 사라진 공론장을 복원하기 위한 행위라고 적극적으로 해석해 볼 수도 있을 것이다. 이때의 '세계'란 사람들을 통합시키면서 동시에 분리시키는 '공동의 세계'이며, 이러한 '세계'는 제도적으로 인간의 복수적 실존을 지탱한다. 일제의 강압에 의해 사람들 사이에서 의견을 교환하며 구성해야 하는 공론장은 점점 사라져 갔지만, 박태원은 소설 창작을 통해서 '세계'를 구성하는 일을 포기하지 않았다. 그 이유는 아마도 소설을 매개로 하지 않고서 작가가 세계와 접촉할 수 있는 길은 존재하지 않았기 때문일 것이다.

박태원이 『애경』을 완성하지 못하고 중단한 이유도 이와 같은 맥락에서 생각해 볼 수 있을 것이다. 김남천의 지적처럼 「문장」에 『애경』을 연재하던 박태원은 돌연 연재를 멈추고 자화상 연작인 「음우(淫雨)」를 발표한다. 소설을 쓰지 못하는 소설가의 내부 생활을 엿보게 하는 「음우」는 박태원이 『애경』을 중단한 이유 중 일부가 '장마' 때문일지도 모른다는 것을 알려준다. 그러나 이미 비는 그쳤고 집은 수리되었을 것이다. 하지만 김남천의 눈에 박태원은 여전히 '피로'한 듯 보였다. 그는 이러한 현상을 박태원이 세태인정의 외부적인 묘사에 집중하다가 이제는 실증이 나서 내부적 탐색의 길을 떠나보려는 징조로 해석한다. 문학을 창작할 때 형식뿐 아니라 그 내용까지 통제의 대상이 되던 시기에, 작가들이 공적인 성격을 지니는 정치적이고 사회적인 문제를 탐색하기보다는 개인이라는 사적 영역으로 침잠하게 되는 것은 당연한 귀결일지도 모른다. 임화는 이러한 배경 속에서 작가들이 애정이나 연애의 문제를 취급하는 것은 연애가 영원한 테마여서가 아니라 "커다란 사사(私事)는 또한 어느 때나 커다란 사회성의 표현"이기 때문이라고 지적한다.

'연애' 혹은 '사랑'이 이루어지는 관계의 장이자 미시정치의 장은 시국이라는 거시정치의 상황과 불가분의 관계를 지닌다. 거시정치가 가해오는 압력이 거세진다면 미시정치의 영역 역시 그 힘의 작용을 받아 변화될 수밖에 없다. 박태원은 척박한 시대에 개인들의 서사를 진행해 나갔으나 『애경』에 등장하는 주요인물들 사이에 새로운 세계성을 담보하는 '자식'이 없는 것을 통해서도 알 수 있듯이, 그들의 삶 속에서 밝은 미래의 가능성을 찾지는 못한다. 그러므로 이 시기의 박태원 소설들이 전망을 상실한 채 미완으로 끝나고 있는 것은 거시정치의 위기로 인해 소설 쓰기가 갈수록 요원해지는 시대적 상황과 그 속에서의 작가적 위치, 그리고 공적 영역과 생활인의 삶 사이에서 사랑을 재현해 보려다 실패하고 지친 작가의 피로가 낳은 결과라 할 수 있을 것이다.

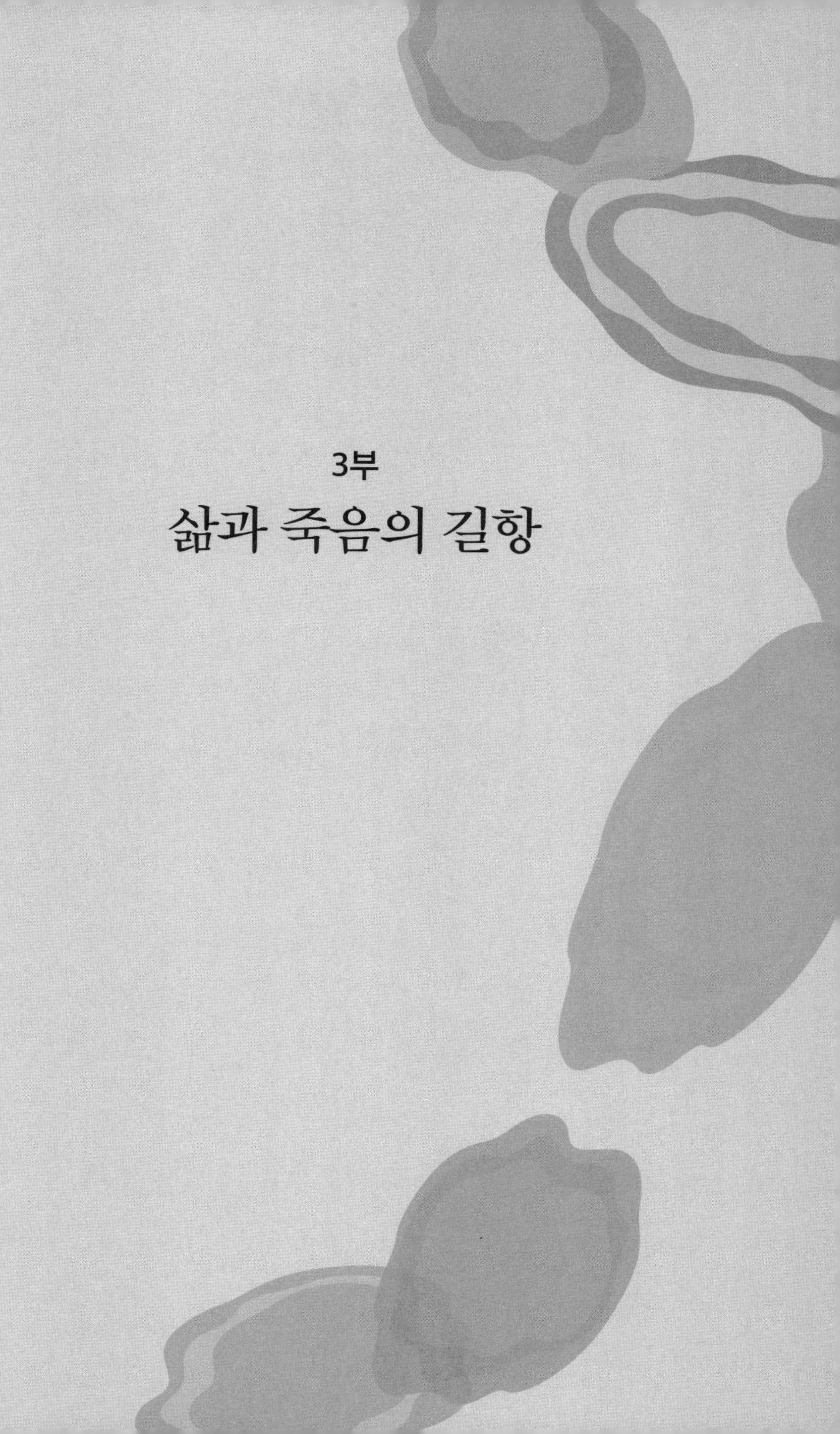

3부

삶과 죽음의 길항

7장

죽지도 못하는 남자[1]

식민지 자본주의와 다층적 권력관계

1925년 10월 17일부터 1926년 1월 17일까지 총 85회에 걸쳐 『동아일보』에 연재되었던 염상섭의 『진주는 주었으나』는 진 변호사의 첩으로 살고 있는 효정의 집에 문자가 찾아오면서 시작된다. 효정과 문자는 여학교 때 친한 동무로 지내다가 3년 전 문자가 M과의 연애사건에 얽히고, 효정이 결혼을 하게 되면서 한동안 만나지 못한 상태였다. 그러다 우연히 효정의 동생이자 경성제국대학 예과생인 효범과 학교 교원인 문자가 인연이 닿아, 문자는 효정의 집에 놀러 온다. 그런데 진 변호사와 효정의 집에는 효범과 문자의 사이를 의식하는 묘령의 처녀 인숙이가 같이 살고 있다. 진 변호사와 효범, 인숙과 문자, 여기에 미두 대왕

---

1. 이 장은 2016년 『현대소설연구』 62에 수록된 「염상섭의 〈진주는 주었으나〉에 나타난 권력관계 연구」를 수정 보완한 것이다.
황지영, 「염상섭의 〈진주는 주었으나〉에 나타난 권력관계 연구」, 『현대소설연구』 62, 2016.

인 이근영이 결합하면서 만들어지는 서사가 바로 이 작품이다.

이 장에서는 이 작품에 나타나는 근대성과 식민성, 물질만능주의 등에 대한 작가의 비판의식을 긍정하면서, 이 문제들을 보다 심도 있게 다루기 위해 인물들 사이에서 작동하는 '권력관계'에 주목하여 작품을 살펴볼 예정이다. 작품 속에는 '자본력', '학력', '식민권력과의 접근성', '매체 장악력' 등을 지닌 인물들과 그렇지 않은 인물들이 등장한다. 그리고 전자와 후자 사이에서는 제휴와 협력, 갈등과 대결 등 다양한 관계성이 발견된다.

이때 중요한 것은 자본력이 아닌 권력적 요소들 역시 자본의 논리에 따라 작동한다는 사실이다. 근대적인 권력의 특징을 설파한 미셸 푸코는 '권력은 이미 거기에 있다'는 말로 권력의 편재성을 설명하였다. 푸코의 설명에 따르면 권력은 이미 존재하며, 누구도 권력 밖에 있을 수 없다. 권력의 형성은 관계의 형성과 동시에 이루어지고, 권력의 개입이 없이 이루어지는 관계는 존재하지 않는다. 모든 사회적 관계는 권력의 효과이며 권력은 그러한 사회적 관계의 효과라고 할 수 있다.[2]

『진주는 주었으나』에서는 자본주의의 방식으로 나타나는 '권력의 편재성'을 확인할 수 있다. 푸코의 말을 이 작품의 주제의식에 맞게 조금 바꾸어 본다면 '자본의 논리는 이미 거기에 있다'라는 말이 될 것이다. 제국들이 식민지를 만들었던 근본적인 이유가 경제적인 문제에 있었음을 상기한다면 이 설명은 조금더 쉽게 받아들여질 수 있을 것이다. 정리하면 식민지 근대에는 다양한 권력의 요소들이 존재하고 있었지

2. 김부용, 「권력의 행사방식 논의에 대한 푸코의 비판과 보완」, 『철학사상』 제38호, 2010. 11, 242~243쪽.

만, 그 요소들은 교환을 중심으로 한 자본의 논리처럼 작동하였다. 이와 같은 권력의 편재성은 권력의 관계성으로 이어진다.

권력의 관계성은 권력이 사물처럼 누군가가 소유하고 넘겨줄 수 있는 실체가 아니라 관계 속에서 작동하는 것임을 보여준다. 권력은 제도도 구조도 아니기 때문에, 실체로서 유일한 권력이란 존재하지 않는다. 권력은 둘 이상의 주체가 있을 경우 발생하는데, 이때 권력은 한 명이 소유하는 것이 아니라 주체들 사이에 존재한다. 그렇기 때문에 권력관계는 절대적으로 고정된 것이기보다는 상황과 맥락에 따라 다르게 작동하는 상대적인 것으로 이해해야 한다. "실제로 권력은 유기적이고 서열적이며 잘 조정된 관계의 묶음"[3]이다.

이러한 권력은 정태적인 것이 아니라 운동성을 지닌다. 그러므로 권력은 명사보다는 동사로 보는 것이 타당하며, 권력에 대해 질문할 때는 '권력이란 무엇인가?'보다는 '권력은 어떻게 작동하는가?'를 생각해야 한다.[4] 절대주의 시대에 군주권력이 개인의 신체를 훼손하는 방식으로 작동하였고, 근대의 규율권력이 개인의 신체를 훈육하는 방식으로 작동하는 것처럼 권력에서 중요한 것은 그 작동 방식이다.[5]

이 장에서는 권력에 대한 푸코의 논의를 정리하여 권력의 성격을 편재성, 관계성, 운동성으로 규정한 후, 『진주는 주었으나』에 등장하는 여러 권력관계들과 그 의미에 대해 논의할 것이다. 다층적인 '권력관계'는 사회적 삶을 사는 인간들의 행위에 지대한 영향을 미친다. 그리고

---

3. 콜린 고든 편, 『권력과 지식』, 홍성민 역, 나남출판, 1991, 241쪽.
4. 이수영, 『권력이란 무엇인가』, 그린비, 2009, 7쪽.
5. 황지영, 「식민지 말기의 권력 담론 연구」, 이화여자대학교 박사학위논문, 2014, 29~31쪽.

특정 권력관계는 그 관계에 연루된 개인의 생각과 판단, 행위 등을 좌우할 수 있다. 그러므로 작품 속에 등장하는 다양한 권력관계를 살펴보는 이 장은 식민지 조선에서 개개인들의 삶이 구성되는 방식과 그들 사이에서 대립이나 유대가 형성되는 방식 등을 짐작케 할 것이다.

이 작품의 주요 등장인물들은 대학생, 변호사, 언론사 사장, 경제인, 예술가 등 근대적 직업을 가지고 있는 식민지 조선 사회의 엘리트들이다. 이 근대인들 사이에서 다층적인 권력관계가 형성되기 때문에, 이 장에서는 권력층 사이의 '네트워크'와 주인공 효범이 다니고 있는 '경성제대'라는 학력자본의 장, 그리고 공정성을 상실한 '신문사' 등을 중점적으로 분석할 것이다.

이 작업을 통해 확인할 수 있는 것은 조선의 근대적 시민들 사이에서 작동하는 권력관계가 '자유'나 '정의', '정직'이나 '성실'처럼 긍정적 가치를 추구하지 못한다는 사실이다. 작품 속에 등장하는 다양한 권력관계들은 올바른 삶의 가치에 다가가지 못하고, 권력층의 영달을 위한 계교를 지원하고 그들의 특권을 공고히 하는 방식으로 구성된다. 그래서 권력층은 자신이 원하는 사물이나 인간, 권력의 요소들을 결국에는 수중에 넣고 만다.

이러한 모습은 식민지 조선에서 공적 영역이 이미 훼손되었음을 보여줄 뿐 아니라, 이 작품에서 그려지는 권력관계 안에서는 약자의 존엄이 확보될 수 없음을 암시한다. 또한 다층적인 권력의 요소들이 자본력의 방식을 따라 일원화되면서 자본력을 지닌 자가 권력관계의 정점을 차지할 수 있음을 추측할 수 있다. 주체의 존엄과 권력의 문제가 이렇게 연결될 때 미래의 시간은 빛을 잃게 되고, 이 작품 속에서 새로운 삶의 가능성을 찾아가는 여정은 정지된다.

권력의 네트워크와 교환의 외부

이 작품 속에서 주된 갈등은 젊은 혈기와 의협심을 지닌 김효범과 진 변호사 사이에서 발생한다. 효범은 진 변호사가 공식적인 자리에서는 '수양딸'처럼 대하는 인숙이에게 첫사랑 비슷한 감정을 느꼈었다. 그러나 알고 보니 인숙은 효범의 매부인 진 변호사와 내연관계였을 뿐 아니라, 진 변호사의 계략에 의해 인천의 미두 대왕인 이근영에게 곧 이만 원에 팔려갈 운명이었다. 그래서 효범은 이 일을 막기 위한 계획을 세운다.

소설의 이러한 설정은 이 시대를 나타낼 수 있는 핵심 키워드인 '식민 자본주의' 및 '교환'과 관련이 있다. 작품 속에는 '선/악'의 대립구조가 등장하기도 하지만, 그보다는 권력관계의 대표적인 형태라고 할 수 있는 '교환관계'가 중심에 놓여 있다. 이 시기에 교환관계가 이처럼 확산될 수 있었던 이유는 자본의 위력이 갈수록 강력해졌기 때문이다. 그래서 이전에는 교환의 대상이 아니었던 삶의 다양한 측면들이 교환의 대상으로 재구성될 수 있었다.

작품 속에서 첫 번째로 드러나는 교환은 여성들을 둘러싸고 이루어진다. 특히 작품 속에서 가장 전면화된 교환의 대상은 인숙이다. 일본인처럼 유창한 일본어로 전화를 받고, 일본 여성 같은 애교도 지니고 있으며, 조선 예술계에서 일류 음악가로 칭송받는 인숙이는 작품의 중반부까지 진 변호사와 이근영을 계속해서 피해 다니기 때문에 이러한 교환관계 속에 갇힌 피해자처럼 그려진다.

그러나 작품의 결말 부분에서 인숙은 '피아노'와 함께 하는 부유한 삶을 유지하기 위해, 처자식과 첩도 둘씩이나 있는 이근영과 자발적으로 결혼한다. 이로 인해 그녀는 자신의 교환가치를 활용하고 그에 따라 행동할 수 있는 인물임이 밝혀진다. 서사가 진행될수록 인숙은 교환의 대상이라는 수동적 차원에 머무르지 않고, 이근영에게 화려한 결혼식을 요구하는 등 능동적이고 적극적인 교환의 주체로 변해간다. 이제 인숙은 예술이라는 근대적인 재능과 아름다운 외모를 자산으로 지닌 주체로서 권력 네트워크의 한 축을 담당한다.

한편 주인공 효범의 누나인 '효정'은 가정의 경제적 어려움 때문에 진 변호사와 결혼하였다. 그래서 효정은 '스위트홈'이라 불리는 부르주아 가정, 다시 말해 찬장이나 뒤주 대신에 피아노와 안락의자가 거실에 놓여 있는 집에서 산다. 그리고 진 변호사는 효정의 친정집 살림을 도맡고, 효정의 동생인 효범이의 학비 역시 대준다. 그래서 효정이는 남편과 동생이 대립하는 순간에, 동생의 말이 옳다는 것을 알면서도 섣불리 동생의 편을 들지 못한다. 만약 동생으로 인해 남편의 기분이 상할 경우 자신은 물론이고, 친정의 생활 전체가 어려워질 수도 있기 때문이다.

젊고 아름다운 효정과 돈 많고 나이도 지긋하며 이미 부인도 있는 진 변호사의 결혼은 여성의 아름다움이 남성의 재력과 교환됨을 보여준다. 진 변호사는 자신의 지위와 권력을 과시하고 여인의 마음을 사로잡기 위해 세간에 소문이 날 정도로 화려한 결혼식을 올린다. 하지만 기존 부인과의 관계를 정리하지 않은 상태이기 때문에, 아무리 예식이

거창하더라도 효정은 '중혼'이라는 오명과 '첩'이라는 지위에서 벗어나지 못한다. 경제력 없는 부모 밑에서 자란 효정은 자신과 가족의 안정된 삶을 위해 교환의 대상이 된다.

작품 속에서 두 번째로 드러나는 '교환'의 방식은 식민지 조선 사회에서 실권을 지닌 인물들 사이에서 구성된다. 정치계 인사로서의 안 남작과 경제계 인사인 이근영, 언론계를 대변하는 ××신문의 태 사장, 법조계의 진 변호사, 그리고 예술계의 인숙이까지 결합되면서 이들 사이에서 수상한 교환들이 이루어진다. 진 변호사는 ××신문의 유령주를 구입하고 태사장은 진 변호사의 악행이 폭로될 뻔한 기사를 막아주며, 이근영은 진 변호사에게 돈을 주고 진 변호사는 이근영에게 인숙을 넘긴다. 또한 안 남작은 자신의 법률 대리인인 진 변호사가 위기에 처했을 때 힘을 보태주고, 이근영의 결혼식에서 축사도 한다.

이처럼 권력층 사이에서 벌어지는 교환들은 식민지 조선 사회가 가지고 있는 부조리들이 어떤 방식으로 연결망을 구성하고 있었는지를 추측하게 한다. 여기에서 정의와 평등을 중시하는 시민사회의 모습은 찾아볼 수 없고, 이들 관계에서는 자신의 이익을 위한 협잡과 음모만이 가득하다. 자신이 원하는 것을 얻기 위해서 다른 사람이 원하는 것을 얻도록 돕는 관계, 그리고 그 욕망의 기저에는 권력의 요소를 증식시키려는 본능이 깔려 있다.

특히 진 변호사에게 이 교환의 '네트워크'는 거짓말을 반복해서라도 반드시 지켜내야 하는 것이었다. 이 네트워크 안에서 진 변호사는 법률에 대한 지식과 자신의 명예를 이용해 아름다운 여성과 재화를 얻는다. 그리고 서로 다른 권력의 요소들을 지닌 권력층들을 연결해 주는 역할을 담당하여 권력층 사이의 부도덕한 공조관계를 구축한다. 이 공조관계가 유지되어야만 자신 역시 얻을 수 있는 것이 많아지기 때문이다.

이처럼 작품 속에서는 교환의 방식이 세분화되고, 교환의 영역이 점차 확산되는 식민지 조선이라는 시공간이 그려진다. 그리고 이 속에서 등장인물들의 삶은 다양한 가치를 추구하기보다는 이 교환관계에 대한 태도를 중심으로 구분된다. 인간과 인간의 능력을 교환의 대상으로 보는 축들과 인간을 교환 불가능의 영역이라고 생각하는 축이 갈리는 것이다. 전자는 정치, 경제, 언론, 법률, 예술 등에서 활약하는 기득권층이 대부분인데, 이들은 이 네트워크를 갈수록 공공하게 만든다. 반면에 후자에는 전자에 반하는 인물들이 포함된다.

『진주는 주었으나』에서 그려진 식민지 조선의 1920년대를 타락한 '교환'의 시대라고 명명하고, 대부분의 등장인물들이 이 네트워크 속에서 활동한다고 전제할 경우, 이 교환관계에서 자유로울 수 있는 자는 누구인지 묻지 않을 수 없게 된다. 교환관계 속으로 회수되지 않는 이들은 대학생인 효범과 신문 기자인 신영복인데, 이들은 자신의 모든 것을 걸고 자본의 논리 속으로 흡수되어서는 안 되는 '정의'를 위해 싸운다. 이들은 기성세대인 권력층들이 하는 것처럼 하나를 받으면 그에 상응하는 다른 하나를 내어주는 교환의 법칙을 따르기보다는, 올바른 하나를 지키기 위해 자신을 내던지고 권력층의 비열한 거래를 폭로한다.

작품 속에서 신세대에 속하는 효범이나 영복은 자신들이 원했다면, 체제에 순응하면서 기득권층과 더불어 안정적인 삶을 유지할 수 있었다. 하지만 이들은 '정의'라는 삶의 가치를 추구하기 위해 기존의 삶과 절연한다. 효범은 불의의 세력인 진 변호사의 집에서 나옴으로써 진 변호사의 경제적 원조를 거부하고, 영복은 신문사를 그만둠으로써 이 교환의 네트워크에서 이탈한다.[6] 이들의 이탈로 인해 근대적 장소이자 공기(公器)로서의 대학과 신문사가 본래의 의미와 기능을 유지하지 못한 채 훼손되어 있음이 부각된다.

효범과 영복이 의미를 부여하고, 자신의 신념을 밀고 나가려고 할 때 이들이 소속되어 있었던 경성제대와 신문사는 이들의 정신적인 기둥으로서 기능했다. 하지만 실제로 이 두 곳은 진 변호사와 태 사장이라는 불의한 세력의 힘, 좀 더 큰 맥락에서는 자신의 이익을 지키기 위해 혈안이 되어 있는 기득권의 권력이 강력하게 작동하는 장소이다. 기득권층들은 자신에게 반기를 드는 이들을 밀어내고, 자신에게 우호적인 사람들로 주변을 채운다. 그래서 이것을 깨달은 후 효범과 영복은 이 공간들과 분리된 채 기존과는 다른 삶을 추구한다.

경성제대의 양가성과 불온의 역설

이 작품에서 경성제국대학 예과생인 효범은 순수함과 정의로움을 상징하는 청년이면서, 진 변호사가 만들어놓은 네트워크 안에 포섭되지 않는 것으로 그려진다. 작가는 이러한 효범을 주인공으로 내세워 식민지 지식인의 향방이라는 문제를 구체적이면서도 심도 있게 다룬다. 이 소설의 연재를 마치고 얼마 지나지 않아 염상섭은 「육년후(六年後)

---

6. 박광현, 「식민지 '학지'의 경합과 형성 양상」, 『이동의 텍스트 횡단하는 제국』, 동국대학교출판부, 2011, 21쪽.

의 (동경)東京에 와서」에서 청량리에 생긴 경성제대, 즉 "장래에 조선의 학자를 길러낼 큰 집"이지만 "조선사람의 손으로" 세운 것은 아닌 "대학의 달걀"에 대한 소감을 밝힌다.[7]

이 글에서 염상섭은 경성제대에서 "훈육하는 자와 훈육되는 자의 이분법적 권력관계"를 읽어낸다.[8] 효범의 삶의 기반이라고 할 수 있는 '경성제대'는 이 이분법적 구도 속에서 '제국에 협력하는 주체'와 '조선의 지성인'을 양성하는 곳이라는 양가성을 발휘한다. 그리고 작품의 서사는 경성제대에 대한 효범의 애착에서 시작하여 점차 이 장소와 효범이 분리되어 가는 쪽으로 진행된다.

경성제대는 제국 일본과 식민지 조선의 관계 위에 설립된 지적 제도의 하나였다. 또한 그곳은 지배와 피지배 민족간에 성립하는 '일선공학(日鮮共學)'이 실천되는, 조선과 일본의 경계를 모호하게 만드는 곳이었다. 경성제대는 조선과 일본이 분리될 수 없는 공통의 이데올로기를 지니고 있으며, 조선의 경성에서 조선인과 일본인 사이를 아우르며 존재했다.[9]

그러므로 경성제대의 개교는 '내지'와 '조선' 사이에서 발생한 대립과 길항, 타협과 합의 과정의 산물이었다. 이 작품 속에서 경성제대의

---

7. 염상섭, 「六年後의 東京에 와서」, 『신민』 13호, 1926.5.
8. 이만영, 「염상섭의 『진주는 주었으나』론」, 『어문연구』 43(1), 2015, 346쪽.
9. 박광현, 「경성제국대학의 문예사적 연구를 위한 시론」, 『한국문학연구』 제21집, 1999, 347, 358쪽. 경성제대가 일본에 있는 다른 제국 대학들과 달리 문부성이 아닌 총독부의 산하에 있었기 때문에, 식민지 조선의 최고 교육 기관을 중심으로 한 '지적 체제'가 총독부를 중심으로 완전히 법적으로 체계화되었다고 볼 수 있다. 또 '조선 교육령' 제2조에는 '총장은 조선 총독의 감독을 받아 경성제국대학 일반의 사무를 장악하고 소속직원을 통솔함'이라고 되어 있듯, 이 대학은 식민지 지배 체제의 구조적 특성인 총독정치로부터 독립이 인정되지 못하였다.

특수성은 효범과 경성제대의 연관성이 서술되는 부분에서 우회적으로 구성된다. 효범이 경성제국대학에 수석으로 입학했을 때, "각 신문지에 일본인을 몇 백 명 몇 천 명씩 때려눕히고 우뚝 올라섰다는 단순한 이유로 천재라고 떠든 기사"가 실렸었다. 효범의 사진과 기사가 실린 신문이나 이 학교의 '교복'을 입은 효범의 당당함, 그리고 학교에 나갈 수 없게 된 효범의 초췌함 등이 경성제대의 위상을 보여준다.

효범이 진 변호사와 이근영이 인숙을 기다리는 여관에서 인력거꾼으로 변신했다가 학생복으로 다시 갈아입는 장면에서, 서술자가 그의 '늠름함'을 강조했던 것만 보더라고 효범에게 '경성제대 학생'이라는 신분은 그의 정체성을 구성하는 데 중요한 요소였다. 경성제대가 조선에 있는 유일한 '제국대학'이라는 의미에서, 그리고 매국과 친일을 일삼는 부정한 기성세대와 결별하고 미래 지향적인 신세대가 되기 위해서라도 효범의 학생 신분은 지켜져야 했다. 그래야만 효범이 진 변호사와의 권력관계에서 우위를 차지할 수 있기 때문이다.

> 방으로 썩 들어선 그는 웃통을 벗어놓고 신문보퉁이를 풀어서 퍼런 학생복의 위아래를 후다닥 입고 모자에 이화표와 두 줄을 다시 돌려 우그려 썼다.
>
> 이렇게 꾸며 놓고 보니 비로소 경성제국대학 예과생 김효범이가 다시 살아온 것 같다.
>
> "여보 전화 좀 합시다."
>
> 효범이는 될 수 있는 대로 완만한 태도를 보이었다.
>
> "네- 하십쇼."

이때껏 웬 놈의 자식이 들어와서 이 법석을 하누 하며 눈을 희동그랗게 뜨고 경계를 하면서 여차직하면 집어치거나 파출소에 전화를 걸려고 잔뜩 벼르고 앉았던 주인이며 두세 명의 차부는 인제서야 안심한 듯이 얼굴빛이 피면서 말씨가 고와졌다.[10]

'경성제국대학'이라는 이름을 통해서도 알 수 있듯이, 이곳은 식민지 조선의 수도인 '경성'이라는 물리적 공간을 점유하고 있으면서도 '제국'의 대학이기 때문에 제국 일본과 친연성을 지닐 수밖에 없는 장소였다.[11] 그래서 경성제국대학은 제국과 식민지 사이의 존재인 조선 지식인의 분열적인 성격을 보여준다.[12] 염상섭은 일본 혹은 친일적 세력들이 만들어내는 파행성 속에서 이들과 대결할 수 있는 세력으로 경성제대 학생들을 몇몇 작품들에서 그려낸다.

그런데 여기서 놓치지 말아야 할 점은 '경성제국대학'의 제국 의존적인 성격 때문에, 조선의 청년이 오롯한 저항의 주체로 서기 위해서는 이 장소와 분리되어야 한다는 사실이다. 이 학교는 한편으로는 조선인 청년들에게 자부심을 심어주고 그들의 명예로운 삶을 보장했지만, 다른 한편으로는 재학생들에게 제국 일본에 기생하는 존재라는 정체성도 부여하였다. 이러한 양가성으로 인해 효범이 친일적인 진 변호사의 굴레에서 벗어나기 위해서는 진 변호사의 돈으로 다녔던 경성제대에서도 벗어나야 했다. 경성제대 학생이라는 신분을 유지하는 한 효범의 삶은

10. 염상섭, 「진주는 주었으나」 19화, 『동아일보』, 1925.11.4. (이하 연재 횟수만 기록함)
11. 전봉관, 「옛날 잡지를 보러가다 - 경성제대 입시소동」, 『신동아』, 2005, 548~550쪽.
12. 황지영, 「김남천 소설의 통치성 대응 양상 - 전시 총동원 체제와 정치적 내면의 형성을 중심으로」, 『어문연구』 제43권 제2호 통권 제166호, 2015, 320~322쪽.

자본의 논리를 따르는 친일세력인 진 변호사에게 종속되기 때문이다.

『광분』에서 경성제대 의학과에 다녔던 '이진태'가 친일세력가 민병천의 집을 나오고 학교도 그만두고 나서야 사회주의와 접속할 수 있었던 것처럼, 그리고 『불연속선』에서 경성제대 법문과를 졸업한 '최영호'가 속물형 인간으로 살아가는 것처럼[13] 염상섭에게 경성제대는 양가성을 지닌 장소였다. 그래서 염상섭은 이 양가성을 인지한 후에도 개인의 영달을 추구하며 현실에 순응하는 삶을 살고자 하는 인물들은 경성제대의 학적을 유지하게 만들었다. 하지만 시대와 대결하는 삶을 선택하기 위해서는 작중인물이 경성제대와 분리되는 과정이 필요했다.

특히 '본과'가 아니라 '예과'에 다녔던 김효범은 이 양가적 장소의 초입에 있다가 분리되었기 때문에, 그의 위치는 염상섭의 다른 작품에 등장하는 경성제대 출신들보다 허약한 것일 수밖에 없었다. 경성제대는 효범에게 자부심을 주고, 그가 불의하다고 판단한 진 변호사에게 대항할 수 있는 정신적 힘을 주기도 하였다. 하지만 그 자부심은 진 변호사의 도움에 기반한 것이었다. 그래서 효범은 진 변호사와 대결한 후에 '불온한 사상'을 가진 청년, 그리고 학생이면서 얌전하지 못하게 여성들과 관계하는 청년이라는 오명을 얻는다. 이 시기에 효범은 이 오명을 벗어버릴 수 있는 힘을 스스로 확보하지 못한 상태였기 때문에, 친구들에게조차 자신의 처지를 해명할 기회를 얻지 못한다.

작품의 구도가 이렇게 짜여 있기 때문에 효범과 진 변호사의 대립과 갈등은 대등한 상태에서 진행되지 않는다. 경성제대에 다니고 있던 시

13. 이만영(2015), 앞의 글, 346쪽.

절에 효범은 진 변호사를 골탕 먹이기 위해 연극을 꾸미고, 그에게 입바른 소리를 곧잘 하였다. 하지만 진 변호사가 효범이 대학을 다닐 수 있었던 것은 자신의 도움 때문임을 강조하게 될 때, 효범이 보여주었던 저항의 가능성은 그 힘을 잃고 만다. 경성제대는 당대에 가장 강력한 '학력'을 증명하는 공간이었지만, 진 변호사의 '자본력'이 없었다면 효범이 얻을 수 없는 것이었기 때문이다.

진 변호사가 효범의 학비를 대주면서 바랐던 단 하나는 자신에게 '순종'하는 것이었다. 그래서 이 둘 사이에서 성립되었던 교환관계는 효범이 진 변호사에게 반항을 시작하면서 막을 내린다. 그리고 더 이상 주고받을 것이 없어진 자리, 즉 교환이라는 온순한 방법을 통해서 자신들이 원하는 것을 얻을 수 없는 순간이 오자 둘의 대립각은 본격적으로 가시화된다. 효범이 진 변호사를 파렴치한으로 모는 것도, 진 변호사가 효범에게 '불온'이라는 평가를 내리는 것도 이러한 맥락 속에서 이해해야 한다.

그런데 진 변호사가 효범에게 선사한 '불온한 사상'을 가진 청년이라는 오명은 작품 속에서 역설적인 힘으로 작동하기도 한다. 여기에서 말하는 '불온함'이란 진 변호사가 자신에게 대항하는 효범 개인에게 내린 '낙인'이지만, 사실 이 말은 식민지 조선이 처해 있었던 역사적이고 정치적인 상황에 대한 평가까지로 확대될 수 있다. 이 단어를 사이에 두고 식민지 상황을 이용해서 안위를 추구하는 진 변호사와 삶의 기반 전체를 잃더라도 정의를 위해 싸우는 효범의 모습이 대칭을 이룬다. 그리고 이 구도 속에서 부정한 진 변호사가 효범을 향해 던진 '불온'이라는 말은 역설적이게도 발화 주체인 진 변호사의 부정성을 겨냥하면서 그에게 되돌아간다.

제휴가 끝난 후의 변화들

이 작품에 등장하는 권력관계에서 우위를 점하는 부도덕한 사람들은 안락한 삶을 무리 없이 유지한다. 반면에 권력층과의 제휴를 거부한 채 권력관계에서 열위를 차지했던 효범과 영복 같은 사람들은 삶의 기반이었던 학교나 직장에서 떨어져 나간다. 이런 경향은 실존의 토대에 어떤 변화가 발생했음을 보여준다. 효범과 영복은 '뿌리 내린 삶'을 살다가 이제는 '뿌리 뽑힌 삶'[14]을 견뎌야 하는 상황에 놓인다.

『진주는 주었으나』의 후반부에서는 공적 영역이 그 기능을 상실하고, 주동인물들이 존엄을 유지할 수 없게 되면서, '생존'이 중심에 놓이는 벌거벗은 삶만이 남게 된다. 삶의 자리를 잃는 경험은 존엄의 상실로 이어지는 것이다. 효범과 문자가 한강에 투신한 후에 발견된 일기 형식의 '유서'가 이것을 잘 보여준다. 효범의 존엄 상실을 증언하는 이 유서에는 육체적 질병을 거쳐 죽음으로 나아가는 여정에서, 효범이 느낀 점과 생각한 점들이 담담하게 적혀 있다.

효범은 이 글에서 자신과 문자의 관계가 단순한 연인관계는 아니었음을 증언한다. 이 둘은 육체적인 관계를 통해 연인관계를 유지한 것이 아니라, 오히려 권력층의 압력으로 인해 삶의 기반을 상실하는 유사-죽

---

14. 에드워드 렐프, 『장소와 장소상실』, 김덕현 외 역, 논형, 2005, 35쪽.

음을 함께 경험하면서 동반자적 관계로 진입하였다. 효범은 경성제대의 학생이라는 자리를 더 이상 지킬 수 없게 되었고, 문자는 약혼자와 직업을 잃게 되면서 병든 효범과 삶뿐 아니라 죽음도 함께 하리라 다짐한다.

그러나 효범과 문자가 함께 하는 삶이 그들 자신에게 어떤 만족을 주었는지는 작품 속에서 잘 나타나지 않는다. 작품의 말미에서 효범은 문자가 곁에 있어서 다행이라고 생각하지만, 이러한 내면이 서술될 때의 목소리는 '일기'라는 형식을 통해 단선적이고 제한된 형태로 제시된다. 작품의 전반부에서 인숙이를 위해 '연극'을 꾸밀 때의 효범이 보여준 역동성과 생기발랄함을 떠올려 본다면, 후반부에 등장하는 효범과 문자의 관계는 사회적 죽음 이후에 오는 육체적 · 정신적 쇠락을 연상시킨다.

'연극'이 가지고 있는 수행성과 그 수행이 완수되었을 때 만들어지는 힘, 다시 말해 그 배역이 지니고 있는 사회적 인간으로서의 역할과 가치는 설사 연극이 끝나더라도 계속해서 남을 수 있다. 물론 인숙을 위해 효범이 꾸민 연극, 즉 효범의 도청, 지성룡의 잠입과 연기, 그리고 이근영에 대한 효범의 폭행[15] 등이 연극임을 알고 관람하는 관객은 이 작품 속에 존재하지 않았다. 하지만 효범은 그 연극 속에서 사회의 정의와 인간적 가치를 실현하는 역할에 최선을 다함으로써 활력과 자부심을 얻을 수 있었고, 여러 사람들과 함께 연극의 무대를 채워나갈 수 있었다.

그러나 사회적 삶이 이루어지는 경성제대로 돌아가지 못하고, 경제

---

15. 이보영, 『난세의 문학』, 예림기획, 2001, 210쪽

적 문제를 해결해 주었던 누나의 집에서도 나온 후에 효범이 쓴 '일기'라는 사적 형식은 '연극'이 보여주었던 활력이 소거된 상태로 서술이 이루어진다. 사람들은 자신이 죽은 후에도 자신의 삶이 한 편의 이야기로 남기를 바라는데, 효범의 삶에 대한 이야기는 잘못된 신문 기사로 인해 이미 오염되어 버린 상태였다. 그렇기 때문에 그는 얼룩진 자신의 이야기에서 그 얼룩들을 제거하지 못한 채, 그리고 자신의 진정한 이야기를 공적인 형식으로 남기지 못한 채, '일기' 속의 이야기라는 독백의 형식으로 남기려 한다.

그리고 이 지점에서 이 작품의 제목에 들어가 있는 '진주'의 의미를 생각해볼 수 있다. 이 단어는 소설 속에서 두 차례 정도 등장한다. 부정적 인물인 이근영이 인숙에게 보낸 편지에서 사용되고 있기는 하지만, 그 의미는 상식적인 수준에서 상상할 수 있는 것처럼 '사랑' 혹은 '진실한 가치' 정도이다. 제목의 또 다른 단어인 '주었다'를 통해서도 알 수 있듯이 사랑이나 진실에 해당하는 '진주'는 교환될 수 있는 것이 아니라 '주는 것'이다. 효범은 자신의 전부를 주어 '진주'를 지키려 했고, 문자는 효범의 죽음을 예견하고도 헌신적인 사랑을 주었다. 폐병에 걸린 후 효범은 자신은 이미 쓸모없는 인간이라고 생각하지만 문자는 그런 효범 곁을 떠나지 않는다.

만약 '진주'를 효범과 문자 사이의 동반자적 관계 혹은 사랑이라고 정의한다면, 제목이 가지고 있는 문장 형식이 더욱 두드러진다. 제목을 두 개의 문장 형태로 다시 구성해 보면 "진주는 주었다. 그러나" 정도가 될 것이다. 이 구성을 통해 '진주'에 해당하는 '진실한 가치' 혹은 '사랑'을 누군가는 주었지만 그것 말고 다른 무엇인가는 '주지 못했'거나, 혹은 아무도 그것을 '얻지도 못했음'을 유추할 수 있다. 특히 '그러나'라는 접속어는 '주었음'이라는 증여 행위와 반대되는 이미지를 환기시킴으로써 상실의 기운을 자아낸다.

이 상실의 기운은 효범과 문자의 '정사'가 결국 완성되지 못하고 '미수'로 끝나고 만 것과도 연결된다. 졸부 이근영과 음악가 인숙의 결혼식만큼이나 이 둘의 정사 미수 사건 역시 '신문'에 소개되어 사람들 사이에서 의미 없이 소비된다. 사람들에게 이 사건은 '목숨을 건 사랑'이나 '명예 회복을 위한 자살'이 아니라 하나의 스캔들에 불과한 것이었고, 시간이 좀 더 지나면 곧 대중의 머릿속에서 지워질 것이었다. 이것은 자신의 자리를 상실한 자들이 점점 비가사화된 타자성의 영역 안으로 들어가게 됨을 상징적으로 제시한다.

사회적 삶을 사는 사람에게 어떤 자리가 주어지고, 그 자리에 해당하는 '권리'가 만들어진다면, 죽음이라는 것 역시 이러한 자리와 권리의 문제에서 자유로울 수 없다. 사람은 제때 죽을 권리가 있고, 누구든 원하는 방식으로 죽음으로써 인생을 완성할 권리가 있다. 죽음은 삶의 일부이자 완성이기 때문이고, 개인이 죽은 후에도 삶의 '이야기'는 남아 그 개인의 존엄은 계속 유지되기 때문이다.[16]

하지만 진 변호사와의 권력관계에서 밀린 후 삶의 자리를 상실한 효범은 자신이 원하는 때에 원하는 방식으로 죽지도 못하는 존재가 되었다. 죽음이 완성되지 못하고 자살이 '미수'에 그치게 된 것은 그가 살아서 뿐 아니라 죽어서도 얻을 수 있는 자리가 없음을 암시한다. 게다가

16. 김현경, 『사람 장소 환대』, 문학과지성사, 2015, 260쪽.

효범과 문자는 자신들의 관계가 세간의 스캔들과 달리 순수했음을 증명하기 위해, 자신들의 시체가 해부될 수 있는 '병원'에 도달하길 바랐다. 하지만 이 역시도 이루어지지 못했고, 이들에게 죽음의 자리와 죽은 후의 자리는 부여되지 않았다.

그러므로 각혈하는 효범의 몸은 권력관계에서 패배한 후 상처 입은 자가 흘리는 피, 더 나아가 흔적으로밖에 남을 수 없는 삶의 조각을 상징적으로 보여준다. 경성제대를 떠난 효범은 이제 학적부에 하나의 흔적으로 남게 될 것이고, 시간이 흐른 후에 효범과 문자의 이야기는 신문지상의 흔적으로 기억될 것이다. 그리고 물에 젖은 효범의 유서는 잉크의 흔적과 감정의 파편들로 얼룩진 채 누군가에게 발견될 것이다.

앞에서 언급했다시피 작품 속에서 진행된 권력층들의 수상한 교환 역시 사회적 지위, 혹은 그들만의 '네트워크'를 지키기 위한 것이었다. 이들에게는 풍요로운 삶을 유지할 수 있는 돈이 있어야 하고, 자신에게 반하는 타인의 의지를 굴복시킬 수 있을 만큼의 권위도 있어야 하며, 자신의 비밀이 폭로되었을 때 그것을 무마시킬 수 있는 수단 역시 있어야 한다. 그래서 진 변호사와 이근영, 태사장과 인숙 등은 자신들이 우위에 서는 권력관계를 계속해서 작동시키기 위해 자신과 대결하는 사람들을 그 삶의 터전과 가혹하게 분리시킨다.

세대교체의 실패와 사회주의의 가능성

『진주는 주었으나』는 "힘 있는 불의와 힘없는 정의 사이의 대결을 중심"으로 서사가 진행된다. 대부분의 작품에서 "먹고 사는 것이 가장 중요하고 생존과 생활이 최우선 과제임을 계속 강조해왔던 염상섭이 정의의 실천을 주장"[17]하는 것은 지극히 예외적인 일이다. 하지만 결국 승리하는 것은 "힘 있는 불의"이고 "힘없는 정의"가 실현하고자 했던 불의에 대한 응징은 실패로 돌아간다.[18]

작품 속에는 '불의한 자'와 '정의로운 자', '힘 있는 자'와 '힘없는 자', 그리고 '구세대'와 '신세대', 권력관계에서 '우위에 있는 자'와 '열위에 있는 자'가 등장한다. 그리고 이 네 가지 조건에서 앞항들을 묶으면 '불의하지만 힘 있는 구세대가 권력관계에서 우위를 점하고', 뒤의 항들을 묶으면 '정의롭지만 힘없는 신세대는 권력관계에서 열위를 차지한다'라고 정리할 수 있다. 작품 속에서는 전자를 대변하는 진 변호사와 후자를 상징하는 효범의 대결에서 효범이 패배하면서 '불의한 세대'에서 '정의로운 세대'로의 세대교체가 실현되지 못한다.

> "내가 형님의 은혜를 모르는 것이 아니에요. 또 제 처지를 모르고 함부로 덤비는 것도 아니에요. 누님은 나더러 인숙 씨에게 무슨 딴 생각이나 두고 어찌하는 듯이 가끔 말씀을 하십디다만은 결단코 그런 것도 아니에요……." (중략)
>
> "…… 의지 가지 없는 것을 거두어서 공부를 시켰겠다 공부를 마친 뒤에는 내 딸에 지지 않게 먹이구 입히구 하다가 가연(佳緣)이

---

17. 조남현, 『한국 현대소설사1』, 문학과지성사, 2012, 517~518쪽.
18. 김명훈, 「염상섭 초기소설의 창작기법 연구- 『진주는 주엇스나』와 『햄릿』비교를 중심으로」, 『한국현대문학연구』 39, 2013, 28쪽.

있어서 시집까지 보내준다면야 누가 듣기로서니 나를 그르달 사람이 어디 있단 말이냐? 헝! 참 세상이 망하랴니까 나중에는 별소리를 다- 듣겠군! 그래 신시대의 윤리도덕이란 것은 은인을 은인으로도 안 알고 제 멋대로 날뛰면 고만이란 말이냐? 너는 지금 배은망덕하는 년의 변호를 하는 수작이란 말이냐? 그렇지 않으면 그따위 년의 서방이 못 되어서 내가 다른 데로 시집을 보내려는 것이 야속하다는 말이냐?"[19]

인용문에서도 확인할 수 있듯이, 불의하지만 힘 있는 진 변호사는 인숙이에 대한 입장을 설파할 때도 자신이 그녀를 "먹이구 입히구" 한 것에 초점을 맞추고 있다. 그리고 이 문제는 공부를 시키고 시집을 보내준다는 차원으로 확대되고 있지만, 그 핵심에는 진 변호사가 인숙에게 들인 '돈'의 문제, 다시 말해 교환가치의 문제가 놓여 있다. 그렇기 때문에 자신이 정한 이근영과 혼인을 거부하고 자꾸 도망을 가는 인숙이는 "배은망덕하는 년"이 되는 것이고, 인숙을 변호하는 효범은 진 변호사 눈에 "그따위 년의 서방이 못 되어서" 안달이 난 것으로 비춰진다.

이와 달리 효범은 자신이 놓인 처지와 진 변호사의 은혜를 긍정하면서 이야기를 시작한다. 하지만 진 변호사가 자신에게 베푼 은혜와는 별개로, 효범은 인숙이의 혼인에 대한 부당함을 지적한다. 자신의 문제와 타인의 문제를 분리해서 생각하고 은혜를 입은 사람이더라도 그가 잘못한 점이 있으면, 그것을 짚고 넘어가는 것이 효범이 생각하는 '정의'

19. 염상섭(1926), 앞의 글 49회, 『동아일보』

이고 "신세대의 윤리도덕"이기 때문이다. 이것은 진 변호사의 사고를 지배하고 있는 교환관계를 넘어서는 것이기에 효범과 진 변호사의 대결은 불가피하다.

그러나 위의 대화가 진행되는 장소가 진 변호사의 집이다 보니 이 둘 사이의 권력관계는 더욱더 균형을 이루지 못하고, 진 변호사 쪽으로 쏠리게 된다. 그래서 효범 역시 진 변호사의 '은혜'에 감사하는 것으로 발화를 시작한다. 이 집에 머무는 한 효범은 생활의 기반과 정신적 신념 사이에서 배리를 경험할 수밖에 없다. 그래서 효범은 자신의 소신을 지키기 위해 이 집에서 나가지만, 그것은 생계를 잇기조차 힘겨운 상황으로의 투신이었다.

염상섭은 이 작품 이후에 창작한 작품들에서 이 세대교체의 실패가 가져온 결과들을 보여주고 있다. 구세대들은 "'파워 이즈 올 라잇'"이라는 구절을 지상명제로 사용하고 있지만, 식민지 근대라는 특수성 속에서 그들 역시 '파워'의 진정한 소유자일 수는 없었다. 만약 이근영에게서 돈이 나오지 않았다면 "흰 개아미가 파먹어 들어간 기둥뿌리 같은 살림이 언제 폴삭 까부러질지" 모르는 상태가 바로 권력 네트워크의 정점에 있는 진 변호사의 실상이기 때문이다.

어느 시대, 어느 지역에서나 세대교체의 실패는 새로운 가능성의 세계로 진입하는 것을 더디게 만든다. 여기에 식민지라는 특수성이 결합되면 제국 일본과 결탁하고 불의하면서 수구적 성향을 보이는 구세대가, 공적 삶이 가능한 다양한 장소들을 장악한다. 이것은 구세대의 권내에서만 안정을 보장받을 수 있는 신세대들이 구세대와 대립할 경우, 자신들의 장소를 확보하는 것이 사실상 불가능함을 의미한다. '정의'를 추구하는 것만으로 권력관계의 역학을 바꿀 수는 없는 것이다.

그렇다면 신세대가 새로운 길을 개척할 수 있는 가능성은 어디에 있는가? 염상섭은 이 질문에 대한 답을 『진주는 주었으나』에서 하나의 단서 형태로 제시하였다. 이근영과 인숙의 결혼식에 도착한 효범과 신 기자는 집권층의 부도덕을 폭로할 때 특정한 수사를 사용한다. 그들은 비리를 폭로하기 전에 자신이 결코 '주의자'가 아님을 먼저 밝힌다. 사회에 대해 비판적이고 권력층의 부조리를 폭로하는 이들은 식민권력에 의해 '불온사상'으로 낙인찍힌 '사회주의자' 혹은 '공산주의자'일 것이라는 편견을, 자신들이 일단 거두어들이면서 이야기를 시작한다.

이 작품 속에서 '주의자'에 해당하는 인물은 하나도 등장하지 않지만, 자신이 '주의자'가 아님을 밝히는 인물들의 목소리는 역으로 염상섭 혹은 당대 독자들이 생각하는 '주의자' 표상에 대한 실마리를 제공한다. 『진주는 주었으나』에서는 저항의 움직임이 모두 수포로 돌아갔지만, 이후의 작품에서는 친일적인 권력층과 대결하는 인물들이 '사회주의'와 접속하는 모습이 종종 그려진다.

효범과 신 기자는 권력층과 대결에서 패배한 후에 경성제대와 신문사라는 사회적 삶의 장소와 분리되는 경험을 했다. 하지만 이 장소들의 양가성은 제국과 식민지의 이분법적 구도를 넘어서는 '사회주의'라는 외부와 접속할 때 긍정성을 지닌 플랫폼으로 기능할 수 있다. 그리고 이것이 바로 권력을 차지한 구세대와의 대결에서 자신의 장소를 상실한 신세대들이 당분간 나아가야 할 길이다. 그래야만 자신을 살릴 수 있고 신세대와 구세대의 공멸을 미연에 방지할 수 있기 때문이다.

8장

이상(李箱)과 나비의 춤

허공을 가로지르는 나비의 춤

한일병합조약이 체결된 1910년 서울에서 태어나 자란 이상은 이해하기 어려운 작품을 쓴 작가로 유명하다. 그가 1934년 『조선중앙일보』에 시 「오감도」 연작을 연재하자 독자들은 무슨 말인지 알 수가 없다며 이런 시를 내보내는 신문사에 거세게 항의를 하였다. 그래서 원래는 30편까지 연재하기로 한 이 기획은 15편만 실리고 끝이 난다. 이 일화를 통해서도 짐작할 수 있듯이 이상의 작품 중 시는 물론이고 소설들도 한 번 읽어서는 내용을 파악하기 쉽지 않다. 게다가 총독부 건축기사라는 특이한 이력으로 인해서 그의 작품들은 공간적 측면과 더불어서 해석되기도 한다. 이상 작품의 난해함은 많은 연구자들의 지적 호기심을 자극했고, 그로 인해서 폐병으로 요절한 "박제가 되어버린" 천재 시인 이상에 대한 연구는 '산처럼' 쌓여 있다.

이상의 시 「이상(異常)한 가역반응(可逆反應)」에는 다음과 같은 구절이 나온다. "이종류(二種類)의 존재(存在)의 시간적(時間的) 영향성(影響性)/(우리들은 이것에 관하여 무관심하다)". '우리'가 무관심했던 두 종류의 존재는 무엇일까? 그리고 그 두 종류가 지닌 '시간적 영향성'이 뜻하는 바는 무엇일까? 이 장에서는 이 '두 종류'가 직선적 감각과 곡선적 감각이라고 규정하고, '시간적 영향성'은 이 두 존재가 삶의 시간 혹은 죽음의 시간과 맺는 관계 및 그 관계 속에서 형성되는 영향들이라고 전제한 후에 이야기를 진행해 보려고 한다.

좀 더 구체적으로 말해 보자면 이상 문학 전반에 걸쳐서 나타나는 "이종류(二種類)의 존재(存在)"의 감각은 자아와 자아, 자아와 타자, 자아와 세계 사이의 단절을 만들어내는 '직선'적 움직임과 그 단절을 횡단하면서 복구하는 기능을 담당하는 '곡선'적 움직임이다. 이 두 감각을 음악의 영역 안에서 설명해야 한다면 단절과 나열, 그리고 분할의 방식으로 진행되는 박자를 직선적 감각에, 자신만의 운동을 만들어내는 리듬을 곡선적 감각에 비유할 수 있을 것이다.

그리고 이러한 직선적 감각과 곡선적 감각의 문제는 이상의 소설 속에서 시각, 청각, 미각 등으로 구체화된다. 거울 속에 담긴 살풍경과 자연의 풍경이 지닌 대조적인 성격은 시각을 통해서 제시되고, 규칙적으로 울리는 사이렌과 창자의 정체를 정확히 파악하기 힘든 노래는 독자의 청각을 자극한다. 또한 육체가 쇠락해지고 있음을 보여주는 각혈과 신맛의 과일을 본 후에 입안을 맴도는 침 역시 대조적 감각으로 등장한다. 이 감각들 중 직선적 성격을 지닌 전자는 죽음의 이미지를, 곡선적 성격을 지니는 후자는 생명의 이미지를 지닌다.

이상은 처음으로 발표한 소설이자, 유일한 장편소설인 『12월 12일』

을 『조선』에 연재하기 시작했던 1930년부터 각혈을 시작하였다. 그래서인지 이상 문학의 기저에는 죽음에 대한 이미지가 다양하게 변주되면서 등장한다. 죽음은 때로는 모든 삶을 걸고 대결해야 할 대상으로, 때로는 삶과 떼려야 뗄 수 없는 관계 속에서 받아들여야 하는 것으로 설정되면서 이상 문학의 전반적인 분위기를 좌우한다.

여기서 중요한 점은 죽음 이미지의 환유라고 할 수 있는 직선의 이미지들이 가득한 이상의 작품들 속에서, 삶에 대한 욕망을 상징하는 곡선적 감각이 직선적 감각이 만들어내는 죽음의 이미지를 가로지르며 횡단선을 만들어낸다는 사실이다. 분할하고 구획하여 질서를 만들어내는 직선의 방식이 근대적 감각이고, 이상이 이러한 근대적 감각에 대해 매혹과 공포를 동시에 느꼈음은 주지의 사실이다. 반면에 곡선 감각은 이상 소설 속에서 자연과 생명의 움직임을 표상하면서 단절과 정지 대신에 '나비의 춤'처럼 다양한 강도와 속도의 자유로우면서도 연속적인 운동을 만들어낸다.

이때 만들어지는 다수의 운동들은 시각, 청각, 후각, 촉각, 미각 중 하나의 감각만으로 환원되지 않는다. 하나의 감각 안에서 직선 감각과 곡선 감각이 교차하면서 횡단하는 경우도 물론 있지만, 많은 경우 서로 다른 감각들이 전이되고 융합되는 과정 속에서 생명의 이미지를 담지한 운동성이 생성된다. 하나의 감각이 다른 감각으로 전이되고, 그 전이들이 연쇄적으로 작용하기 때문에, 이상 문학은 기저에 죽음의 이미지를 깔고 있는 경우라 하더라도 삶에 대한 욕망을 지속적으로 표출할 수 있었다.

거울 속 살풍경(殺風景)과 자연의 선율적 풍경

이상의 시 속에서 자주 등장하는 시각적 차원의 문제는 거울을 중심으로 거울 속의 나와 거울 밖의 나가 단절되는 '나-거울-나'의 구조이다. 나 이외에 다른 모습을 담아내지 못하는 거울 속에서는 소리마저 소멸된 "조용한 세상"과 그 적막이 생산하는 살풍경이 펼쳐지고, 거울을 사이에 두고 거울 속의 나와 거울 밖의 나는 거리를 좁히지 못한다. "거울 때문에 나는 거울 속의 나를 만져 보지를 못하"고 "거울 속의 나를 만나 보기만" 하는 것에 만족하고 만다.

거울이 만들어내는 '거울 속의 나'와 '거울 밖의 나' 사이의 단절은 물리적 공간의 차원에 국한되는 것이 아니다. 거울을 매개로 그 속과 그 밖이 분할되고 거울의 물질성으로 인해 안과 밖이 구분되는 것은 일차원적인 것이다. 오히려 거울이 만들어내는 분할은 '나'의 의식을 가르는 새로운 분할선을 만들어내고, 의식의 분열에 대한 은유로 작용하기 때문에 문제적이다. 거울을 매개로 가시화되었던 '나의 분열'은 '지킬 박사'와 '하이드'를 언급하면서 이 둘 사이의 불균형을 이야기하는 수필 「혈서삼태(血書三態)」에서 보다 구체화된다.

> 나에게는 가장 적은 '지킬' 박사와 훨씬 많은 '하이드' 씨(氏)를 소유(所有)하고 있다고 고백(告白)하고 싶습니다. 일상생활(日常生活)의 중압(重壓)이 이 나에게 교양(敎養)의 도태(淘汰)를 부득이(不得已)하게 하고 있으니 또한 부득이(不得已) 나의 빈약(貧弱)한 이중성격(二重性格)을 '지킬' 박사(博士)와 '하이드' 씨(氏)에서

'하이드' 씨(氏)와 '하이드' 씨(氏)로 이렇게 진화(進化)시키고 있습니다.[1]

스티븐슨의 소설 『지킬 박사와 하이드』에서 '지킬' 박사는 근대적 제도화의 세례를 받은 규율화된 인간인 반면 '하이드'는 사회의 규범보다는 악마적 본능에 충실한 인물이다. 그래서 심리학에서는 지킬 박사를 도덕원칙에 충실한 '초자아'에, 하이드를 쾌락원칙을 따르는 '이드'에 빗대어 설명한다. 이상의 시 속에서 '거울' 안팎의 '나'들이 서로 만날 수 없듯이, 스티븐슨의 소설 속에서 지킬 박사와 하이드는 서로의 존재를 알고 있지만 대면할 수는 없다.

그런데 「혈서삼태(血書三態)」에서 이상은 '지킬' 박사와 '하이드'를 인용하면서, 자신의 "빈약(貧弱)한 이중성격(二重性格)"이 '지킬 대 하이드'에서 '하이드 대 하이드'로 진화하고 있다고 말한다. 지킬은 거울 밖의 세상에서 환영 받는 근대적 자아의 형상을 띠고 있지만, 사실 거울이 근대적 자아를 탄생시킬 수 있었던 것은 무의식이라고도 부를 수 있는 거울 속의 나를 발견했기 때문이다. 거울 안에 존재하는 나, 혹은 생각이나 마음의 형태로 존재했던 나의 존재가 현현되었을 때 근대적 자아는 완성되었다.

이상은 자신을 '하이드 대 하이드'로 규정함으로써 근대적 자아가 출현하는 계기가 되었지만, 근대적 자아의 속성에서는 배제되었던 '하이드'를 복원해 낸다. 지킬 박사가 지니고 있었던 '교양'을 이상은 '부

---

1. 이상, 「혈서삼태(血書三態)」, 『이상문학전집 3』, 소명출판, 2009, 37~38쪽.

득이'하게 '도태'시키고, 더불어 자신 안에 존재하는 지킬 박사를 하이드로 점점 대체하는 작업을 진행해 나가는 것이다. 지킬 박사가 들고 다니던 직선의 지팡이는 이상의 소설 「집팽이 역사(轢死: 기차나 자동차 따위에 치어 죽음)」에서와 같이 근대를 상징하는 '기차'에 치여 죽음을 맞이하고, 곡선의 형태로 들끓는 하이드의 욕망이 그 자리를 대신 차지한다. 그리고 두 명의 하이드가 대립하는 거울 속의 풍경은 '죽음'을 끌어안은 '살풍경(殺風景)'의 모습으로 그려진다.

반면에 「혈서삼태(血書三態)」 이후 이상의 여러 수필에서는 새롭게 '발견된 자연'의 모습이 나타난다. 이상이 발견한 '자연'의 모습이 모든 작품에서 일관된 것으로 그려지는 것은 아니다. 「권태(倦怠)」에서 이상은 "지구표면적(地球表面積)의 백분(百分)의 구십구(九十九)가 이 공포(恐怖)의 초록색(草綠色)"이라고 말한다. 도시의 현란함에 익숙한, 뼛속까지 도회인인 이상이 요양을 가서 직면하게 된 자연의 초록색은 "너무나 단조무미(單調無味)한 채색(彩色)"이었다. 하지만 시간이 지나면서 자연을 바라보는 이상의 시선과 태도에는 어떤 변화가 일어난다.

이상은 조물주의 몰취미와 신경의 조잡성을 대변하는 것이라고 느꼈던 '초록색' 속에서 새로운 풍경을 발견한다. 초록이 만들어내는 자연의 풍경은 얼핏 보면 같은 모습의 무한 반복처럼 보이지만, 그 안에는 무수한 차이들과 특이점을 발휘하는 선율적인 풍경이 담겨 있었다. 이러한 자연의 모습을 매개로 각혈하는 작가 이상은 죽음을 향해 전진하는 삶을 뒤로 하고, 죽음마저도 넘어선 심연의 세계로 향하는 문을 만난다.

이 문으로 들어가는 비밀은 「첫번째 방랑(放浪)」에 나온다. 이 글에서 이상은 역의 승강대에서 별과 달을 삼켜버린 어둠 속을 바라보았다. 그리고는 머리 위 하늘을 찌르는 곳에 서 있는 한 그루 나무를 발견한다. "거멓게 그을은 수목(樹木)의 유적(遺跡)"은 "유령(幽靈)보다도 처참(悽慘)"한 몰골을 하고 있다. 나무와 나 사이에는 "몽몽(濛濛)한 대기(大氣)"가 가득 가득 차 있고, 나는 "요란하기 짝이 없는 [대기의] 음향(音響) 속에 애매미 소리가 훨씬 선명"함을 이상하다고 느낀다. 그리고 화자는 이 순간 오한처럼 자신을 엄습하는 '따스한 애정(愛情)'을 타고 '태고(太古)'를 생각하기에 이른다.

이 장면에서 자연은 하나의 모습으로 고정되어 있지 않고, 하나의 감각만으로 파악되는 것도 아니다. 시각으로 감지되는 하늘의 어둠은 유적이 된 수목으로 이어지고, 수목은 다시 시각과 촉각을 동시에 사용해서 감지해야 하는 대기로까지 이어진다. 또한 화자는 '몽몽한 대기'를 '음향'이라고 표현함으로써 대기의 감각은 또 한 번 전이된다. '유령'으로 비유되었던 죽음의 '대기'를 생명력을 발산하는 '애매미 소리'가 가로지르면서 자연을 둘러싸고 있던 죽음의 이미지는 모두 거두어진다. 그리고 이 지점에서 화자는 '애매미 소리'가 나르는 '따스한 애정'을 타고 삶과 죽음을 초월한 시공간, 그리고 선율적 풍경의 시원이자 종착점인 '태고'의 문을 연다.

사이렌과 칼소리, 그리고 정체불명의 노래

이상의 「날개」와 「지도(地圖)의 암실(暗室)」에는 자아와 세계 사이의 단절을 상징하며, 서울 곳곳에 울려 퍼지는 공허한 사이렌 소리가 직선적 감각의 형태로 등장한다. 식민권력의 규율화 메커니즘을 전파하는 사이렌 소리는 소설 속 주인공이 세계 속에 편입되게 만들기보다는, 그 소리를 들어야 하는 세계의 한 지점에 자신을 고립시키게 만든다. 사이렌 소리를 전달하려는 자의 의도는 불특정 다수의 청자에게 직선적인 명령의 형태로 내리꽂힌다. 듣기를 거부할 수도 없는 "정오의 사이렌이 호오스와 같이" 뻗어 나오는 모습은 전진만을 일삼는 죽음의 이미지를 담고 있다. 이상은 사이렌이 만들어내는 이러한 죽음의 이미지를 「지도(地圖)의 암실(暗室)」에서 "죽음은 평행사변형의 법칙으로 보일 샤알의 법칙으로 그는 앞으로 앞으로 걸어나가는 데도 왔다"라고 표현했다.

사이렌 소리와 더불어 이상 문학 속에서 죽음의 이미지를 담고 있는 소리는 경관의 '칼소리'라고 할 수 있다. 당대의 쟁쟁한 문인인 김기림, 박태원, 정지용, 김유정의 실명이 등장하고, 서술자는 이상의 분신인 듯 보이는 소설 「김유정」에는 '나'와 문인 친구들이 취해서 노래를 부를 때 순행하던 경관이 '칼소리'를 내며 등장하는 장면이 있다. 취해서 "비장(秘藏)의 민요(歌謠)"를 기탄없이 부르다 술집의 노파가 "가무음곡(歌舞音曲)으로써 가구(街衢)를 소란(騷亂)케 하는 것은 법칙상(法規上) 안" 됨을 일러주었을 때, "불온(不穩)하기 짝이 없는 언사(言辭)로 주파(酒婆)를 탄압(彈壓)"하며, "유정(裕貞)의 강원도(江原道) 아리랑"을 즐겁게 듣고, 또 취해서 싸움을 하던 무리들은 경관의 출현에 기가 죽는다.

이때 옆골목으로부터 순행(巡行)하던 경관(警官)이 칼소리를 내면서 나왔다. 나와서 가만히 보니까 이건 싸움은 싸움인 모양인데 대체 누가 누구하고 싸우는 것인지 종을 잡을 수가 없는 것이다.

경관(警官)도 기가 막혀서

"이게 날이 너무 춥드니 실진(失眞)들을 헌 게로군"

하는 모양으로 뒷짐을 지고 서서 한참이나 원망(遠望)한에 대갈일성(大喝一聲)

"가엣!"

나는 이 추운 날 유치장(留置場)에를 들어갔다 가는 큰일이겠음으로

"곧 집으로 데리구 가겠습니다. 용서하십쇼. 술들이 몹시 취해 그렀습니다."

하고 고두백배(叩頭百拜)한 것이다.

경관의 두 번째 '가에렛' 소리에 겨우 이 삼국지(三國誌)는 아마 종식(終熄)하였든가 한다.[2]

술집의 노파가 노래하는 것을 말렸을 때 유정은 "김형(金兄)! 우리 소리 합시다"라고 말하며 자신의 욕망을 억누르지 않는다. 이 작품 속에서 '소리' 혹은 '노래'는 자신들의 욕망을 억압하려는 상대에 대한 저항의 의미를 담고 있다. 그래서 술에 취한 이들은 밤중에 거리가 소란할 정도로 노래를 부르며 즐거워한다. 그런데 이때 '노래'가 만들어내

2. 이상, 「김유정」, 『이상문학전집 2』, 소명출판, 2009, 337쪽.

는 소란을 제압하기 위해 근대적 제도권력의 산물인 경관이 등장한 것도 주목할 만하다. '경관'은 나와 친구들의 상태를 정신이 나간 상태, 즉 '실진(失眞)'이라고 진단할 수 있으며, '유치장'이라는 유사-죽음의 공간으로 이들을 넘길 수 있을 만큼의 권력을 지닌 존재이다. 그렇기 때문에 경관은 술에 취해 노래를 부르며 소란을 떠는 이들에게 '가엣[돌아가]'이라고 소리를 지를 수 있다.

경관의 칼소리와 '가엣'이라는 명령어가 행동에 구획을 짓고 질서를 만드는 근대적 직선 감각을 대변한다면, 동심원적 파동을 만들어내는 '종소리'나 깊은 밤에 이웃집에서 들려오는 정체불명의 '노래'는 자아와 타자와의 단절을 넘어서서 세계의 아름다움을 현시한다. 「지도(地圖)의 암실(暗室)」에서는 정오의 사이렌이 날카롭게 뻗어 나올 때 그 고집스러움에 대항하듯이 "사원의 종이 땅땅 때린다." 직설적 명령을 동반한 사이렌과 종교적 사색을 담아 울러 퍼지는 종소리의 대비가 이루어지는 것이다.

또한 「휴업(休業)과 사정(事情)」에는 'SS'을 싫어하는 '나(보산)'가 SS의 노래에 매혹되는 장면이 등장한다. 보산의 옆집에 사는 SS는 매일 보산의 마당에 침을 뱉는다. 보산은 이런 SS의 추잡스러운 행동를 혐오하며 분노를 느낀다. 그래서 SS의 아내에게 편지를 쓰거나 SS를 총살하고 싶다는 망상에 젖기도 한다. 하지만 깊은 밤 옆집에서 들려오는 노랫소리를 듣는 보산은 지금껏 SS에게 가졌던 생각과 감정이 잘못된 것은 아닌지 혼란에 빠진다.

> 보산은 다시 몸을 일으켜 책상머리에 기대이면 가만가만히 들려

오는 노랫소리는 분명히 SS의 노랫소리에 틀림이 없는데 (…) 가장 신비로운 것을 보기나 하듯이 노래를 부르고 있는 것이다. 그러나 그것은 그렇다고 하여 두겠지만 아까 낮에 들리던 개선가의 SS의 목소리를 들을 수 없을 만치 지저분히 흉한 것이었음에 반대로 이 밤중의 SS의 목소리의 무엇이라고 저렇게 아름다운가. 하고 보산은 감탄하지 아니 할 수 없었을 만치 가늘고 기일고 떨리고 흔들리고 얇고 머얼고 얕고 한 것을 듣고 앉아 있는 보산은 금시로 모든 것을 다 안 잊어버릴 수밖에 없었을 만치 앉아서 듣기는 듣고 있지만 그것이 과연 SS의 목소리일가 뚱뚱보 SS의 나쁜 뇌로서 저만치 고운 목소리를 자아내일 만한 훌륭한 소질이 어느 구석에 박혀 있었던가. 그렇다면 뚱뚱보 SS는 그다지 업수이 여길 수는 없는 뚱뚱보 SS가 아닐까.[3]

이웃에 사는 'SS'와의 대결구도를 포기하지 않는 '나'는 근대도시의 시민들이 가지고 있는 의식 구조를 대변하는 인물이다. 세련(?)되고 근대적인 감각을 보유한 '나'는 의식 속에서 자신과 SS 사이에 경계선을 설정해 놓고, 그 선은 침범할 수 없는 것이라고 생각한다. 그래서 시각으로 그 경계를 확인할 수 있는 낮에 들리는 SS의 개선가는 '흉한 것'이라고 평가한다. 하지만 시각적 식별이 불가능한 깊은 밤에 이웃집에서 들려오는 "가늘고 기일고 떨리고 흔들리고 얇고 머얼고 얕고 한" 노랫소리는 다채로운 선율의 파동을 만들고 그 소리는 감탄을 자아낸다. 그

---

3. 이상, 「휴업(休業)과 사정(事情)」, 『이상문학전집 2』, 소명출판, 2009, 174~175쪽.

래서 그 '고운 목소리'는 내가 설정해 놓은 경계선을 비웃기라도 하듯 나의 뇌리에 감동적인 '무엇'으로 다가와 박힌다.

경관이 차고 있는 칼소리가 경관이 걸음을 걸을 때마다 일정한 박자대로 울리는 소리라면, 노래 소리는 노래를 부르는 창자를 둘러싸고 동심원적 파동을 만들어낸다. 또한 노래 소리는 일정한 강도와 박자로 진행되는 것이 아니라 굵기와 길이, 떨림과 거리감 등을 자유자재로 조절함으로써 곡선적인 움직임을 만들어낸다. 그렇기 때문에 직진하는 죽음과 같은 사이렌 소리나 규칙적인 박자로 들려오는 칼소리와 대비되면서, 노래는 삶과 생명의 움직임을 싣고 담을 넘어 배타적인 타자의 의식에 균열을 만든다.

각혈의 아침과 입 안을 맴도는 침

이상 문학의 핵심 키워드 중 하나인 '각혈'은 몸 안에서 몸 밖으로 뿜어져 나오는 피의 이미지로, 죽음으로 치닫고 있는 작가 혹은 작품 속 주인공의 삶을 상징적으로 보여준다. 반면에 「동해(童骸)」에서 나스미깡을 깎을 때 입안에 고이는 침은 원초적인 삶의 감각인 식욕의 문제와 맞닿아 있다. 각혈하는 '피'와 입 안을 맴도는 '침'은 모두 입을 경유한다는 점에서 '미각'의 층위에서 바라볼 수 있다. 전자가 내 안에서 직선적으로 분출되는 죽음의 액체라면 후자는 입 안에서 곡선적 이미지를 형성하며 맴돈다.

이상의 시에서 각혈은 살아있는 육체가 급속도로 죽음에 다가가는 체험으로 재현된다. 육체에서 진행되는, 생명을 위협하는 질병인 폐결핵에 따른 각혈은 시 속에서 화자에 의해 거리가 두어진 채 관찰된다. 각혈로 상징되는, 점차 파괴되어 가는 육체는 화자의 시간이 죽음을 향해 나아가면서 소모되는 것으로 만든다. 삶과 죽음이 폐쇄구조 속에서 진행되는 일이라면 각혈은 종말을 향해 나아가는 죽음을 현재화하는 기능을 담당한다.[4]

> 사과는 깨끗하고 또 춥고 해서 사과를 먹으면 시려워진다
> 어째서 그렇게 냉랭한지 책상위에서 하루 종일 색깔을 변치 아니한다
> 차차로— 둘이 다 시들어 간다

「각혈의 아침」이라는 시의 첫 구절은 '사과'에 대한 서술로 채워진다. 인용문에서 확인할 수 있듯이 화자는 책상 위에 놓인 사과가 시들어가는 것을 보고 있다. 하지만 시의 제목과 연관지어 생각해 본다면 이때의 사과는 과일이라기보다는 사과를 닮은 '각혈'의 흔적이라고 할 수도 있을 것이다. 사과가 시들어가는 것처럼 헝겊에 묻은 '사과' 같이 생긴 각혈의 흔적 역시 점점 어두운 빛깔로 변하며 시들어간다.[5]

그런데 여기서 한 가지 문제가 발생한다. 각혈의 흔적인 '사과'가 가지고 있는 형상이 곡선으로 느껴지기 때문이다. 하지만 사과가 각혈의 흔적인 경우 이 곡선은 헝겊이라는 평면 위에 그려진 '곡선', 다시 말해

4. 조해옥, 『이상 시의 근대성 연구』, 소명출판, 2001.
5. 이상, 「각혈의 아침」, 『이상문학전집 1』, 소명출판, 2009, 207쪽.

삼차원적 입체 속에서 만들어지는 '곡선'과는 달리 '직선'적 감각을 동반한다. 각혈할 당시에 입을 막았던 헝겊이 책상에 놓이게 되면 그 헝겊은 2차원의 평면이 되고, 각혈은 직선으로 이루어진 2차원 속에 갇힌다.

이 시에서 화자는 자신이 각혈을 하는 이유가 "나의 호흡에 탄환을 쏘아 넣는 놈"이 있기 때문이라고 말한다. 누군가가 쏜 직선의 탄환이 나의 호흡 속에 들어와서 다시 직선으로 피를 내뿜게 만든 것이다. 그래서 '각혈'은 직선적 움직임에 의한 상호작용을 통해 완성된다. 내 몸 안으로 들어오는 '탄환'과 몸 밖으로 뿜어져 나가는 '각혈'은 둘 다 '죽음'의 이미지을 나르는 도구로 작동한다.

이와는 반대로 이상은 수필 「산촌여정(山村餘情)」에서 유자의 "풍염(豊艶)한 미각(味覺)"으로 인해 병든 자신의 몸이 "조금씩 조금씩 살이 오르는 것" 같다고 표현한 바 있다. 유자나 나스미깡처럼 신맛이 나는 과일을 볼 때 입 안에 침이 고이는 조건반사는 식욕을 매개로 해서 삶에 대한 욕구로까지 발전한다. 배가 고프지만 식욕이 없어서, 혹은 음식이 맛이 없어서 음식에 대한 욕구가 별로 없는 주인공이 등장하는 글에서도 '신맛'에 대한 반응만은 여러 번 등장한다.

신맛이 생의 욕구와 연결됨을 확인할 수 있는 소설 「동해」의 줄거리는 다음과 같다. 임이와 결혼했지만 그녀의 애정과 남자관계를 의심하는 '나'는 그녀에 대한 복수를 선언한다. 그리고 임의의 애인으로 추정되는 윤을 찾아가지만 모욕만 당하고 돌아온다. 결국 임이와 윤이 함께 떠나가고 절망에 빠진 나에게 친구 T는 칼과 나쓰미깡을 건넨다.

「동해(童骸)」에는 나쓰미깡에 대한 서술이 두 번 등장하는데, 처음 등장할 때 나는 나쓰미깡을 깎는 것을 보고 "입 안으로 침이 좌르르 돌더니 불연듯이 농담(弄談)이 하고 싶어 죽겠다"고 말한다. 입 안에서 맴도는 '침'은 이제 식욕의 차원을 넘어 정신적 요소이면서, '웃음'이라는 긍정성을 담고 있는 삶의 언어, 다시 말해 '농담'으로까지 이어진다.

> T군은 은근히 내 손에 한 자루 서슬 퍼런 칼을 쥐어준다.
>
> (복수(復讐)하라는 말이렷다)
>
> (윤(尹)을 찔러야 하나? 내 결정적(決定的) 패배(敗北)가 아닐까? 윤(尹)은 찌르기 싫다)
>
> (임(姙)이를 찔러야하지? 나는 그 독화(毒花) 핀 눈초리를 망막(網膜)에 영상(映像)한 채 왕생(往生)하다니)
>
> 내 심장(心臟)이 꽁 꽁 얼어 들어온다. 빠드득빠드득 이가 갈린다.
>
> (아 하 그럼 자살(自殺)을 권(勸)하는 모양이로군, 어려운데- 어려워, 어려워, 어려워)
>
> 내 비겁(卑怯)을 조소(嘲笑)하듯이 다음 순간 내 손에 무엇인가 뭉클 뜨듯한 덩어리가 쥐어졌다. 그것은 서먹서먹한 표정(表情)의 나쓰미깡, 어느 틈에 T군은 이것을 제 주머니에다 넣고 왔든구.
>
> 입에 침이 쫘르르 돌기 전에 내 눈에는 식은 컵에 어리는 이슬처럼 방울지지 않은 눈물이 핑 돌기 시작하였다.[6]

이 작품의 결말 부분 역시 나쓰미깡으로 인한 침과 그것이 지닌 생명력을 보여주고 있다. T군이 나에게 칼을 건네주자 나는 처음에는 윤

6. 이상, 「동해(童骸)」, 『이상문학전집 2』, 소명출판, 2009, 329쪽.

혹은 임이에 대한 '복수'를 떠올리고, 조금 지나서는 자살을 권하는 것이라고 생각한다. 앞 장에서 경관의 '칼'을 분석할 때 살펴본 것처럼 일차적으로 '칼'이라고 하는 도구는 죽음의 속성을 포함하고 있다. 윤, 임, 나 등의 인간과 칼이 만나면 칼은 죽음을 불러오는 도구가 되지만 나쓰미깡과 칼이 만나게 되면 그 칼은 입안의 생기를 돌게 만드는 도구로 전환되고, 내 입에 침이 '쫘르르' 돌면서 나에게는 식욕으로 대변되는 삶에 대한 욕망이 되살아난다.

날아라, 종이비행기 타고

이상 문학 속에는 직선적 박자로 대변되는 죽음의 이미지와 곡선적 리듬을 표상하는 삶의 이미지가 서로 반복 · 교차 · 횡단하면서 그려진다. 상반되는 두 이미지는 반복과 변주를 일삼는 리토넬리적인 방식으로 사용되면서도 결국에는 운동과 삶을 지향하는 방식의 선을 만들어낸다. 빛을 반사하거나 굴절시키는 거울 속의 살풍경은 우주의 심연으로 들어가는 문인 자연의 선율적 풍경으로 이어진다. 또한 확산과 전파를 목적으로 직선적 경로를 추구하는 '사이렌 소리'와 일정한 박자를 지닌 경관의 '칼소리'는 창자를 둘러싸고 동심원적 파동을 만들어내는 '노래'로 전이된다. 마지막으로 각혈의 횟수와 양으로 측량되던 죽음의 질량은 입 안을 맴돌던 침이 목을 타고 넘어갈 때 생에 대한 욕망과 공존할 수 있게 된다.

이처럼 이상 문학은 건강한 사람들이 죽음에 다가가는 속도와는 달리, 엄청난 가속도를 동반한 채 죽음을 향해 나아가는 이상이 죽음에 매몰되지 않고 극한의 순간에서도 삶에 대한 욕망을 포기하지 않았음을 증언하는 기록이다. 양적인 분석을 시도한다면 이상 문학 속에서 죽음의 이미지가 삶의 이미지에 비해 많이 등장하는 것이 사실이다. 그러나 삶에 대한 의지를 담고 있는 서술들은 만연한 죽음들을 가로지르면서 삶을 향한 이상의 의지를 그려낸다.

이상은 죽음에 다가가고 있는 자신의 상태를 「공포(恐怖)의 기록(記錄)」에서 다음과 같이 표현했다. "그저께는 그끄저께보다 여위고 어저께는 그저께보다 여위고 오늘은 어저께보다 여위고 내일은 오늘보다 여윌 터이고— 나는 그럼 마지막에는 보숭보숭한 해골(骸骨)이 되고 말 것이다." 하지만 작가는 계속해서 여위어가는 자신의 육체를 보면서 절망하지 않는다. 계속 여위어 가서 결국 '해골'이 되더라도 그 해골은 아이와 해골을 동시에 뜻하는 조어이자 이상 소설의 제목인 '동해(童骸)'처럼 여전히 '보숭보숭'함을 유지할 것이기 때문이다.

> 나의 영양(營養)의 찌꺼기가 나의 피부(皮膚)에 지저분한 수염을 낳았다. 나는 나의 독서(讀書)를 뾰족하게 접어서 종이비행기(飛行機)를 만든 다음 어린 아이와 같이 나의 자기(自棄)를 태워서 죄다 날려버렸다.[7]

또한 「공포의 기록」의 나는 자신이 그동안 읽었던 책들을 접어서 종

7. 이상, 「공포(恐怖)의 기록(記錄)」, 『이상문학전집 2』, 소명출판, 2009, 231쪽.

이비행기를 만들고, 그 비행기에 자신의 '자기(自棄)'를 태워서 날려 버린다. 이제 자신을 포기하려는 마음, 삶을 포기하려던 마음은 종이비행기에 실려 날아간다. 그 종이비행기는 이상 문학에서 생명과 영혼을 상징하며 여러 번 등장했던 '나비'가 곡선을 그리며 나는 것처럼 혹은 음악이 선율을 담아 퍼지는 것처럼, 죽음의 공포를 싣고 날아올라 삶의 파동을 만들어낸다.

이상은 결핵에 걸린 이후 자신이 남들과는 다른 속도로 죽음에 다가가고 있음을 감지했다. 생기가 가득한 '아이(童)'의 이미지와 죽음의 기운이 가득한 '해골(骸)'의 이미지를 결합하여 소설의 제목을 지을 때 이상은 죽음이 자신을 끌어당기는 힘만큼의 강도로 삶을 자신 쪽으로 끌어당기고 싶어 했는지도 모른다. 우리 모두 알다시피 종이비행기는 멀리 갈 수도 없고 오래 날 수도 없다. 이상은 이 사실을 이미 알고 있었을 것이다. 그럼에도 이상은 종이비행기를 날림으로써 점점 가까이 다가오는 죽음을 잠시나마 밀어내는 동시에 삶에 대한 끈을 끝까지 놓지 않았다.

9장

삶의 정치? 죽음의 정치![1]

내선일체의 허구성

식민지 말기의 대표적인 인구 정책은 '민족동화정책'이었다. 이 정책은 1910년대부터 시작되었지만 1930년대에 이르러 보다 본격적이고 강력하게 실시되었다. 일제는 중일전쟁의 발발과 함께 민족동화정책을 기저에 두고 '내선일체' 정책을 시행하게 되는데, 이는 조선을 완전히 일본과 동화시켜서 전쟁의 병참기지로 활용하기 위한 방편이었다. 이전까지 강조해 오던 '내선융화'에서 한걸음 더 나아가 조선인에게 보다 적극적인 동화를 요구하는 '내선일체'를 주창하기에 이른 것이다.

그러나 내선일체가 국가의 존망을 결정하는 사안으로 거론되는 이때에도, 현실 속에서 일본인과 조선인 사이의 위계는 여전히 존재했었

1. 이 장은 2015년 『한국문학이론과 비평』 19(1)에 수록된 「한설야 소설에 나타난 통치성 연구 - 중일전쟁 이후의 단편소설들을 중심으로」를 수정 보완한 것이다.
황지영, 「한설야 소설에 나타난 통치성 연구 - 중일전쟁 이후의 단편소설들을 중심으로」, 『한국문학이론과 비평』 19(1), 2015.

다. 그리고 그 위계는 '내지'인 제국 '일본'과 '외지'인 식민지 '조선'의 이질성을 강조하는 기능을 담당하였다. 일본과 조선의 관계가 수평적으로 대등한 것이 아니라 수직적 관계 속에 놓이게 될 때, 이 둘의 동화는 현실적인 것이기보다는 관념적인 색채를 지닐 수밖에 없었다.

이런 상황 속에서 한설야는 1939년에 발표한 「술집」에서 병원 안의 동일한 삼등실이더라도 조선인과 일본인이 기거하는 병실에는 차이가 있음을 보여준다. 아래의 인용문에서도 확인할 수 있는 것처럼 민족적 차별이 발생하는 지점은 '무심코' 발견된다. 같은 삼등실이지만 그 실상은 '판판결' 다른 조선인과 일본인의 병실을 목도하고, 주인공 한민은 '조선인'과 '가난'이라는 이중의 속박 상태에서 돌파구를 찾지 못한 채 자신의 처지를 한탄한다.

> 그[한민]는 돌아오다가 무심코 저편 방을 들여다보았다. 그 방 역시 이편 방만큼 너른 방으로 얼른 보기에 환자가 여럿이 누워 있으나 이편 방과는 판판결 다르게 정결하다. 환자들도 그렇고 의복도 그렇고 이불까지도 그렇다. 방바닥은 쓸리고 닦이고 해서 이편과는 딴방같이 번들거리고 반반하다. 지저분한 살림 도구도 보이지 않는다. (……) 같은 삼등이면서 정결하고 환자도 많지 않은 방은 일본 사람들 방이라서 길이 막히고 이등은 돈으로 길이 막혀 부득이 냄새 나는 그 방에 눌러 있는 수밖에 없었다.[2]

---

2. 한설야, 「술집」, 『한국근대단편소설대계 29』, 태학사, 1988, 227쪽.

일본인의 병실을 표현하는 '정결하다'라는 구절은 의학권력이 민족에 따라서 환자들을 차등적으로 관리하고 있음을 짐작케 한다. 한민이 자신에게 배당된 방의 특징으로 '불결' 혹은 '비위생'과 동궤에 있는 '냄새'를 지적할 때, 병을 둘러싸고 벌어지는 민족간 차별은 보다 구체적인 감각을 획득한다. 일본인 환자들이 머무는 "번들거리고 반반"한 방은 시각을 중심으로 그 청결함이 강조되는 것과 달리, 환자도 많고 살림 도구들이 지저분하게 널려 있는 조선인의 병실은 시각뿐 아니라 후각을 통해서도 비위생적인 측면이 강조된다.

그러므로 한민의 의식 속에서 조선과 일본은 일체의 대상은 물론이거니와 융화의 대상도 될 수 없는 것이다. 이 장면에서 병실의 '벽'은 물리적 공간만을 분할하는 것이 아니라, 조선인과 일본인이라는 민족, 그리고 이등실과 삼등실이라는 빈부까지도 분할한다. 이와 같은 구분은 이 시기 조선 사회 안에서 조선인과 일본인 사이에서 작동하는 민족간의 대립이 규격화의 원칙에 따라 작동하고 있었음을 제시한다.

그런데 이 지점에서 일제의 식민지 정책이 지닌 이중성이 드러내는 것은 1940년 작인 「모색」에 등장하는 '공급소'와 관련이 있다. 이경훈의 설명에 따르면 '공급소'는 식민지 시대 최대의 화학 공업도시인 흥남의 생활시설이고, 일본질소비료가 생산한 생활용품의 판매 촉진을 위해 존재했다. 또한 이 공급소는 백화점과 비슷한 모습을 띠고 있으며 "수많은 공장과 회사 종업원들을 위해서 물건을 공급하는 기관"[3]이었다.

3. 이경훈, 「이후(以後)의 풍속」, 문학과사상연구회 편, 『한설야 문학의 재인식』, 소명출판, 2000, 174~185쪽.

> 아래층은 식료품이라 살림도구라 화장품이라 해서 부인들과 인연이 가까운 것뿐이니까 안해는 아래층만 돌면 볼 일은 거이 필한다.
>
> 그 동안 남식은 위층에 올라가서 문방구들을 구경하고 서적부에 가서 신간 서적과 잡지를 들처보고 있었다. 잡지는 서울 웬만한 서점보다 오히려 더 많다.[4]

위의 설명에도 나와 있듯이 '공급소'는 "이익을 목적으로 하지 않는 양품(良品)이 안가(安價)로 제공"[5]되게 하기 위해 만들어졌다. 이러한 모습은 경제적 측면에서 일본과 조선의 관계가 병원에서 벌어지는 차별과는 차이가 있음을 암시한다. 일본이 조선을 본격적인 병참기지로 자리매김하면서, 의료의 영역이나 정치의 영역과는 달리 경제적 측면에서 일본과 조선은 선순환의 구조를 만들기 위해 연동하였다.

그렇기 때문에 「술집」의 한민이 자탄을 하는 동안 「모색」의 남식과 그의 아내는 "두 사람 차비 팔십 전쯤은 문제"가 되지 않는다고 생각하며 '공급소'로 향한다. 이와 같은 장면을 통해 조선인과 일본인 사이에 작동하는 통치의 방식이 정치, 의료, 경제 등 그 구체적인 영역에 따라 조금씩 달랐음을 알 수 있다. 특히 경제 영역에서 조선이 일본에서 생산한 상품의 시장으로 기능할 때 제국과 식민지 사이의 분할선은 무화되고, 물자와 화폐의 순환이 지상 목표로 설정된다.

---

4. 한설야, 「모색」, 『인문평론』, 1940.3, 155~156쪽.
5. 손정목, 『일제 강점기 도시화 과정연구』, 일지사, 1996, 655쪽; 이경훈(2000), 위의 글 재인용.

순환 시스템의 구축과 죽음이라는 '사건'

제국 일본은 식민지 조선에서 물자와 화폐, 더 나아가 인력까지를 순환시키기 위해 철도를 부설하였다. 철도는 식민지를 원활하게 지배하기 위한 가장 근본적인 인프라였다. 일본은 표면상으로는 "조선의 경제활동에 가장 중요"한 요건이 철도임을 내세웠지만, 실질적으로 일본이 원하는 것은 대륙과의 관계에서 이루어지는 교통과 물자의 원활한 수송이었다. 이를 위해 부산에서 경성, 신의주를 거쳐 만주에까지 이르는 종관철도와 경성에서 원산을 잇는 경원철도, 함경철도와 경편철도 등이 부설되었다.[6]

철도를 둘러싼 찬반 의견이 엇갈리는 가운데, 한설야의 「임금」과 「철로교차점」 연작에는 '철도'를 위시한 근대 문명이 공동체 구성원들의 생명을 빼앗고 삶을 위협하는 장면이 등장한다. 우선 「임금」의 서사는 경수의 넷째 아들이 철로교차점에서 놀다가 역부에게 붙잡혀 간 사건을 중심으로 구성된다.

이 작품의 서두에는 추석이 다가오면 농촌의 아낙네들이 상한 실과와 낙과를 주우러 S강에 놓인 M다리로 몰려드는 장면과 당국에서는 '부민위생'과 '교통'을 방해한다는 이유로 '기마 순사'까지 동원해 아낙들이 실과를 줍는 것을 막는 장면이 제시된다. M다리로 건너가기 위해서는 철로를 횡단해야 하고, 그 과정에서 사상자가 발생하거나 기차가 급정거하는 사고들이 벌어지기 때문이다. 이러한 사고들은 기차의 주

---

6. 박경수, 「근대 철도를 통해 본 '식민지 조선' 만들기 : '문명'과 '동화'라는 키워드를 중심으로」, 『일본어문학』 Vol. 53, 2012, 254~260쪽.

행을 방해하고, 기차가 만들어내는 흐름을 끊어 놓는다. 그래서 당국은 철도 운행의 효율성을 제고하고 물자와 인구를 원활하게 순환시키기 위해서 그 시스템을 정상화시키려고 한다.

이러한 상황 속에서 M다리 근처에 사는 아이들도 실과를 줍기 위해 가는데, 경수의 아들 '길호' 역시 사과를 주워 먹고 철로교차점을 지나다가 역장에게 붙잡힌다. 그리고 이 장면에서부터 갈등은 본격화된다. 그 갈등의 이면에는 철도의 순환이 가져오는 효율성과 그 순환을 위해 사용되는 재화의 크기가 비교되고, 경제적 측면과 인구의 관리 등 통치 대상들에 대한 가치 판단이 담겨 있다.

> 경수는 한 번 픽 그놈을 보고 성큼성큼 역장 앞으로 걸어갔다. 그리하여 우선 넌지시 인사하고 온 뜻을 말하였다.
>
> "네, 저 애가 당신 자식이오?"
>
> 하고 역장은 서슬기 있게 물은 다음 오늘 경과와 맏놈, 둘째 놈, 셋째 놈의 지난 일을 또 장래 교통상 그대로 둘 수 없으니 경찰에 고발을 할 텐데 부형의 말을 안 들어볼 수 없어서 부른 것이라고 했다.
>
> 그리고 또 늦게 온 것을 핀잔 주고 난 다음 교통 방해가 사회의 안녕 질서에 큰 영향을 준다는 것과 또 부모의 무책임, 무성의로 해서 그런 일이 생긴다는 것을 중언부언하는 것이다.[7]

역장이 경수에게 고압적인 태도를 취할 수 있는 이유는 자신은 교통

---

7. 한설야, 「임금」, 『한국근대단편소설대계 29』, 태학사, 1988, 91~92쪽.

사고를 예방하여 "사회의 안녕 질서"를 유지시키고, '경찰'이라는 공권력이 자신과 같은 입장이라고 생각하기 때문이다. 그러나 역장은 주민들의 안전을 위해 '후미끼리방(수직군)'을 철도회사가 설치해야 한다는 의무는 간과하였다. 그러므로 이 상황에서 경수가 후미끼리방 문제를 지적하고 나섰을 때 역장과 경수 사이의 권력관계는 역전되고 "어느덧 경수가 추궁하는 입장에 서"게 된다. 역장은 자기가 고발 운운해서 "회사가 가장 성가시게 아는 문제가 재연(再燃)될" 것 같아 당황한다.

> "아까 당신이 말하기를 부모가 어린애들을 잘 감독하라고 했는데 그러나 넉넉한 사람도 아이 하나에 어른 하나씩 매달려 살 수 없는 거요. 하니까 우리같이 그날그날 벌어서 사는 사람이 당신들 일 때문에 아이들을 수직하고 있을 수 있겠소. 아까도 말했지만 나는 고발을 당할 테니 당신들 회사에서는 속히 거기다가 후미끼리방(수직군)을 두시우. 요전에 사고가 생겼을 적에 당신 회사가 우리 동네 대표들에게 언명한 일이 있지 않소. 일시 허투루 말해 놓고 시간이 지나는 사이에 슬쩍 식언을 해버렸기 때문에 오늘 같은 일도 생긴 거라구 나는 생각하오. 그러나 일은 크게 벌어질수록 우리 동네에는 좋으니 지금 당장 고발수속을 하시우."[8]

위의 인용문에서 경수는 주민들의 안전을 위해서 철도회사가 동네에 '후미끼리방'을 세웠어야 한다고 주장한다. 그랬다면 아이들이 철로

8. 한설야(1988), 앞의 글, 92쪽.

를 무단횡단하는 일도 없었을 것이고, 자신이 역장에게 불려오는 일도 없었을 것이기 때문이다. 후미끼리방을 설치하면 주민들의 안전이 보장되고, 기차도 중간에 멈춰서는 사고 없이 계속해서 같은 속도로 달릴 수 있다는 두 가지의 이점이 있다.

그러나 그 설치 비용과 유지 비용이 적지 않기 때문에 철도회사는 후미끼리방의 설치를 계속해서 유예시킨다. 후미끼리방의 이러한 속성은 원만한 순환을 만들기 위해서도 재화가 사용됨을 보여준다. 자본이 지속적으로 투입되어야만 자본이 창출되는 순환이 유지되는 것이다. 그리고 이 과정에서 철도회사는 생명을 지킬 것인지, 재화를 지킬 것인지를 선택해야 하는 상황에 놓이게 된다.

그런데 이 작품과 연작인 「철로교차점」에서는 역장이 아니라 경수가 우려했던 일이 벌어진다. 즉 '철로교차점'에서 놀던 아이가 기차에 치여서 사망하는 사건이 벌어진 것이다. 경수는 임금을 받은 날 자전거를 끌고 오는 순사가 젊은 사나이를 붙잡아 가는 것을 발견한다. 그리고 어떤 사나이로부터 방금 잡혀간 젊은이는 기차의 운전수고, 좀 전에 어린 아이가 "기차에 깔려 가지고 열 발 이상이나 끌려가는 사이에 아주 말 못하게 웅크러지고 배가 통 까뒤집혀서 창자가 빨끈 내밀렸다"는 소식을 듣는다.

이 마을에 기차가 들어온 이후 낮이면 아이들이 그 근방에서 놀았기 때문에 이번 사고는 예견된 것이었다. 작년에는 "기차 굴뚝에서 나오는 불똥이 철길가 초가 지붕에 떨어져서 가끔 불이 나는 일"에 대해 철도회사가 주민들의 강경한 요구에 못 이겨 그 연선 초가집의 지붕을 양철로 바꾸어준 일이 있었다. 그러나 주민의 생명과 직결되는 '교차점 수직소(후미끼리방)' 설치 문제는 회사의 무책임과 마을 대표들의 성의 부족으로 인해 해결되지 않았고, 종국에는 이와 같은 참사를 낳은 것이다.

> 경수가 처음 이 동네에 이사 올 당초에는 이 경편차의 하루 왕복이 십여 회에 불과하였다. 한데 지금은 20회도 훨씬 넘는다. 그리고 또 이 동네의 인총도 사뭇 빽빽해졌다. 해서 교통사고가 한결 더 많아지게 되고 따라서 교차점 수직소 설치 문제까지 일어나게 되었던 것이다.[9]

식민권력이 균질공간을 제도화하는 과정이 본격화되면서, 개인이 자기 집 뜰 안에 물이 고이는 것을 빼기 위해 그 앞길에 지렁이만한 도랑을 파도 "도로 훼손이니 교통 방해니 하는 죄명으로 경찰에 붙들려 가서 혼쭐"이 나는 세상이 되었다. 그럼에도 '경편 철도 회사' 측은 '경비 관계'를 이유로 '교차점 수직소' 설치를 차일피일 미루고 "인가 당국은 어디까지든지 경영자들을 옹호하는 입장"을 보이다 이런 비극적인 사고가 발생하였다.

인가 당국과 철도회사의 공조 아래 어린 아이가 죽었고, 주민 대표들 역시 더 이상 사태를 방관할 수는 없는 지경에 이르렀다. 그래서 마을의 주민들은 "한 개 회사의 손해를 그같이 문제시하는 당국이라면 주민의 생명은 보다 더 중대시해야 할 것"이라는 논리를 들어 회사와 당국을 함께 비판하여 마침내 교차점 수직소를 설치하기에 이른다.

9. 한설야, 「철로교차점」, 『한국근대단편소설대계 29』, 태학사, 1988, 492쪽.

여기에서 눈 여겨 보아야 할 것은 당국에 '(일본의) 한 개 회사의 손해'와 '(조선) 주민의 생명'을 비교 대상으로 제시하는 주민들의 태도이다. 아이의 사망 사고 이전까지 주민들은 '회사'로 대변되는 경제적 관점과 '생명'으로 가시화되는 인구 관리가 대립하는 상황 속에서 전자의 편을 드는 식민 당국에 대해 크게 저항하지 않았다. 그러나 아이의 죽음이 단순한 '사고'가 아니라 주민들의 의식을 바꾸는 하나의 '사건'이 되면서 이들은 '주민의 생명', 다시 말해 식민 당국에 조선인들의 '인구 관리'를 적극적으로 요구하게 된다.[10]

조선인들은 왜 의무교육에서 희망을 보았나?

1930년대 후반이 되면 기사들에서 전시동원체제와 함께 실시되었던 식민지 통제정책의 법률적 전개양상을 확인할 수 있다. 조선인의 입장에서 이러한 일본의 의도를 수용하면서 오롯한 일본인으로 재탄생하기 위해서는 '의무교육제'를 통해 일본 국민의 자질을 배우고, '징병제'를 매개로 천황을 위해 목숨을 바칠 수 있어야 했다. 그렇지 않으면 만주라는 제3의 장소에서 '조선인'이라는 기존의 민족적 정체성을 희석시키고, '황국신민'이라는 새로운 제국적 정체성을 구성해야 했다.

'의무교육'은 조선인들을 전쟁의 도구로 이용하기 위한 방편이었고, '징병제'는 조선인들에게 천황의 은혜에 대해 목숨으로 답하라는 폭압

10. 황지영, 「식민지 말기 소설의 권력담론 연구」, 이화여자대학교 박사학위논문, 2014, 169~171쪽.

적인 요구였다. 이 논리는 "국가적 삶을 증여받았기에 죽음으로 그것을 되갚아야 한다"는 믿음을 생산하였다.[11] 그렇지만 이 제도들을 통해 교육과 병역에서만큼은 제국인과 식민지인, 부자와 빈자, 장애인과 비장애인의 차이가 소멸되었기 때문에 이 제도들이 시행되기를 바라는 조선인들도 적지 않았다.

한설야는 「종두(種痘)」에서 소학교에 입학하고 싶어 하는 애꾸눈 아이에게 '의무교육제'가 얼마나 절실한 것인지를 그려낸다. 전향 사회주의자로 추정되는 경구의 아들인 이섭은 어릴 때 눈을 다쳐서 한 쪽 눈이 보이지 않는다. 자식 중에서 가장 영리하고 뚝심도 있지만 장애아라는 사실 때문에 소학교 입학이 어려울 것으로 예상되는 이섭이 때문에 경구와 그의 처는 마음이 무겁다.

'식민지인' 중에서도 '가난'하고 '장애'까지 지니고 있는 이섭이 또래들과 유사한 삶을 살기 위해서는 소학교에 입학을 해야만 한다. 하지만 소학교 입학 경쟁률이 평균 2:1을 넘을 정도로 입학난이 유례가 없을 정도로 극심하던 이때에 장애 아동의 입학은 보장받기 어려운 것이었다. 그러므로 이섭과 그의 부모가 의무교육제의 시행을 바라는 것은 이상한 일이 아니다. 경구는 밖에 나갔다가 중학교를 입학하는 데도 한 쪽 눈이 안 보이는 것은 그다지 문제가 되지 않으며, 불원간 의무교육제가 시행될 것이라는 말을 듣고는 기분이 좋아진다. 게다가 입학난을 해소하기 위해 오전반과 오후반을 나누어서 수업을 진행하게 되었으니 이섭이는 학교에 갈 수 있을 것이라고 생각한다.

---

11. 황호덕, 「천황제 국가와 증여의 신화」, 『벌레와 제국』, 2011, 79, 84쪽.

경구는 오늘 기분이 매우 좋다. 어디 나갔다가 돌아와서 밖에서 들은 이야기를 안해와 외일 때쯤 하면 기분이 아주 상지상인 것이다.

"중학교 드는데도 한쪽 눈이 점 뭘 해서는 상관 없대, 그러니 소학교야 뭐."

경구는 이렇게 말하고 이어

"그리구 불원간 의무교육이 실시된대. 그러면 안 다니구 싶어도 대녀야 할 모양이니……." (……)

"이제 의무 교육만 실시되면 걱정 없어."

"형섭이랑 학교 들 때쯤 해서 될가요."

"글쎄, 그건 모르지만 금년부터 오전반, 오후반…… 이렇게 가르치니까 그 전보다 훨씬 더 들 걸."[12]

그러므로 이 작품에서 주목해야 할 것은 조선인과 일본인의 대립과 투쟁이 아니라 제도적으로 조선인과 일본인의 경계가 무너지고 있는 상태에서 발생하는 문제들이다. 푸코는 "통치, 인구, 정치경제학"[13]이라는 세 가지 운동이 관계 맺는 양상에 주목했는데, 이러한 관계는 이 작품 속에서 식민권력의 인구 정책 중 하나인 '종두'와 조선인을 전쟁에 동원하기 위해 만들어낸 정치경제학으로서의 '의무교육'을 통해서 드러난다.

---

12. 한설야, 「종두」, 『한국근대단편소설대계 29』, 태학사, 1988, 683쪽.
13. 미셸 푸코, 『안전, 영토, 인구』, 오트르망 역, 난장, 2011, 162~163쪽.

예방접종의 정치학

1923년에 발표된 '조선 종두령'에 따르면 종두 예방접종은 총 3회로 진행되었고, 그 시기는 출생 1년 내, 6세, 12세 때였다. 여섯 살인 형섭과 이섭이 종두 예방접종을 해야 하는 시기가 다가오고, 예방접종이 이루어지는 장소가 아이들이 앞으로 다니게 될 소학교이다 보니 아이들은 학교에 간다는 생각만으로도 신이 난다. 아이들은 학교에 주사를 맞으러 가는 것이 입학 시험을 치르기 위한 것이라고 생각한다. 작품 속에서 '종두' 예방접종은 식민권력이 조선인을 효율적으로 동원하기 위해 '인구'를 관리하고 있음을 직접적으로 제시하는 장치이다. 또한 이것은 통치양식의 변화를 보여주는 대표적인 척도라고 할 수 있다.

> 어느 날 이 동리 구장이 H부에서 배부하는 종두시행표(種痘施行票)를 경구의 집에 전하고 갔다.
>
> 금년 여섯 살인 형섭이와 이섭이가 종두를 넣을 해다. 부에서 종두 시행을 엄하게 하는 관계도 있지만, 그렇지 않더라도 그걸 게을리해서 안 될 것쯤은 집집마다 거의 다 잘 알고 있다.[14]

푸코는 권력의 메커니즘을 '사법 메커니즘', '규율 메커니즘', '안전 메커니즘'으로 나누고 이를 효과적으로 설명하기 위해 질병을 예로 들고 있다.[15] 그리고 인구의 조절을 중시하는 안전 메커니즘과 접종을 통

14. 한설야(1988), 앞의 책, 668~669쪽.
15. 미셸 푸코(2011), 앞의 책, 참조

해 통제 가능한 '천연두(종두)'를 연결시킨다. 천연두 접종의 시행은 안전 메커니즘 안에서 완전히 예방적이고 전면적인 성공을 거둘 수 있으며 인구 전체를 일반화시킬 수 있다. 이것은 질병을 순환시키고 그 평균치를 유지시키는 방법이기도 하다.

그래서 종두 접종은 인구를 관리하는 통치의 기술로 인정되었고, 사람들은 점점 이것을 "게을리 해서 안 될 것"으로 인식하였다. 종두 접종을 통해서 질병에 대한 확률 계측이 가능해 지고, 질병의 영역도 통계학과 수학을 기반으로 하는 합리성의 영역으로 통합되었다. 인위적으로 종두에 감염시킴으로써 종두로 사망하는 것을 막는 방식은 인구 사이에서 사례 분포가 가능하게 만들었다.[16]

이와 같은 종두 접종은 의학권력과 정치권력이 결탁한 가운데 등장한, 조선인들에 대한 새로운 통제 수단이었다. 이 과정에서 종두의 예방접종은 첫째 종두 시행 주체의 확보, 둘째 법제를 통한 강제 종두 접종, 셋째 경찰의 관리 감독, 넷째 호구제도와의 연계를 기반으로 진행되었다. 이 네 가지는 유기적으로 연계되어 작동하면서, 식민권력이 국가통계와 인구조사를 기반으로 조선인을 통제할 수 있게 만들었다.[17]

	사법 메커니즘	규율 메커니즘	안전 메커니즘
주도시점	16세기	17-18세기	18세기 후반 이후
국가형태	사법국가	행정국가	통치국가
주체형태	법적 주체	신체·유기체의 무리	인구: 개인의 무리
작동방식	허가와 금지의 이항분할 금지된 행동에 대한 처벌	감시와 교정	사건과 비용계산 평균치와 한계 설정
질병	나병: 추방: 배제의 문제	흑사병: 감금: 격리의 문제	천연두: 접종: 순환의 문제
도시	리메트르: 영토의 수도화	리슐리유: 위계적·기능적 분배	낭트: 환경의 정비

16. 미셸 푸코(2011), 앞의 책, 3장.
17. 최규진, 「종두정책을 통해 본 일제의 식민 통치」, 서울대학교 박사학위논문, 2014, 189쪽.

삶과 죽음의 적정 비율마저도 식민권력의 의도에 따라 조율될 수 있는 시대적 상황 속에서 이 작품이 보다 중요한 이유는 식민권력이 조선인들의 인구를 관리하기 위해 '종두'를 시행하는 문제를 다루었기 때문만이 아니다. 오히려 '종두'의 시행과 더불어 내지인들과 외지인들의 분할선을 소멸하고 둘 사이의 통합을 추진하는 정책으로서의 '의무교육제'가 함께 논의되는 점이 더 중요하다.

이 작품은 내지인과 외지인 모두에게 동일한 교육의 기회를 주고자 만들어진 '의무교육'을 통해 '평등'의 원리를 기반으로 식민지에 대한 제국의 관리가 작동함을 보여준다. 그리고 종두 예방접종을 통해서는 생명을 관리하는 일본의 모습을 확인할 수 있게 해준다. 경구와 그의 처, 어린 이섭이까지 작품 속 인물들은 식민권력이 조선과 일본을 동등한 위상에서 다루기 위해 제시한 정책들에 동조한다.

그러나 한편으로 경구는 이것이 "스스로 안심하려는 한낱 구실에 지나지 않는"다는 사실 또한 알고 있다. 제국과 식민지의 분할이 쉽게 사라질 수 없는 것인 만큼이나 장애 아동과 건강한 아동의 구분이 소멸되는 것도 쉬운 일이 아니기 때문이다. 일본은 '종두'에 대한 예방접종을 통해 조선인 인구의 건강을 관리하고, 질병의 발병률과 사망률 등의 평균치가 유지되게 만들었으며, '의무교육제'를 통해서 조선인들의 교육 수준을 높이려 하였다.[18]

그렇다고 해서 이 시기에 조선인을 위한 '생명관리정치'만이 존재했던 것은 결코 아니다. 오히려 '생명관리정치'는 전쟁에서 희생할 조선

18. 황지영, 「식민지 말기 소설의 권력담론 연구」, 이화여자대학교 박사학위논문, 2014, 144~148쪽.

인들의 목숨을 확보하기 위한 수단의 성격을 지녔다고 보아야 한다. 이 시기에는 조선인들을 살리기 위한 '생명관리정치'와 목숨으로 일본 신민임을 증명해야 하는 '죽음의 정치'가 개별적으로 존재하는 것이 아니라 상호적으로 연결되면서 공명하고 있었다.

'죽이는 권력'에서 '살리는 권력'으로

중일전쟁 이후 일본이 조선을 통치하는 방식, 그 중에서도 인구를 관리하는 방식에는 근본적인 전환이 일어났다. 중일전쟁 이전의 인구 문제에서는 인구 과잉의 문제, 즉 너무 많은 인구와 그에 비해 이용 가능한 식량 및 일자리 사이의 부족에서 오는 불균형이 핵심이었다. 조선인은 통치성의 내부자라기보다는 외부자에 가까웠다. 그러나 전쟁이 발발하고 인적 자원의 필요와 미래의 무제한적 수요 때문에 이 논리는 완전히 뒤집힌다. 이제 인구 문제의 초점은 '인구 부족의 문제'로 전환되었다.

이러한 변화는 푸코의 '생명관리권력'과 '통치성' 개념을 기반으로 이해할 경우 보다 분명해진다. 푸코는 초월적 주권자의 통치로 대표되는 이전의 역사 속에서 삶과 죽음에 대한 권력은 주로 부정성, 다시 말해 '죽이는 권력'의 방식으로 작동했다고 지적한다. 그러나 서구에서는 19세기부터 생명을 빼앗을 권리는 생산적인 혹은 긍정적인 논리에 의해 생명을 관리하고 '살리는 권력'으로 변하였다.

푸코에 따르면 생명관리권력은 "생명에 대한 세심한 통제와 종합적인 규제를 부여하면서 생명에 긍정적인 영향력을 미치는 권력이며, 생명을 관리하고, 최대한 활용하며, 배가시키려고 노력하는 권력"이다. 그리고 '생명관리권력'을 중심으로 가동되는 '통치성'에서 가장 문제가 되는 것은 '인구집단의 복지'이다.[19] 푸코가 지적하는 '인구집단의 복지'는 한설야 소설에 등장하는 것처럼 '공급소'를 만들고, '의무교육' 제도와 '종두'를 실행하는 식민권력의 모습과 맞닿아 있다.

한설야가 중일전쟁 이후에 창작한 소설 속에서 보여준 것은 제국 일본과 식민지 조선 사이에 존재하던 분할이 점차 사라져가고, 그 소멸로 인해서 조선인이 일본의 '인구'로 편입되는 과정이다. 전쟁 이전에는 '죽이는 권력'이 보다 강력하게 작동하는 가운데 '살리는 권력'이 공존하는 상태였다면, 전쟁 이후에는 '살리는 권력'이 우위를 점하는 방식으로 통치성에 변화가 일어났다. 즉 식민지 조선에서 통치성이 작동하는 방식은 '죽이는 권력'의 우위에서, '죽이는 권력'과 '살리는 권력'의 착종으로, 그 다음은 '살리는 권력'의 우위로 정리할 수 있다.

이와 같은 변화가 나타났다고 해서 전쟁 이후 조선인들의 삶이 그 전보다 더 나아졌다고 평가할 수는 없다. 앞에서도 잠깐 언급했듯이 '살리는 권력'이 작동한 이유는 조선인들의 '생명'이 전쟁의 필수요소로 부각되었기 때문이다. 그러므로 이 시기에 '죽이는 권력'에서 '살리는 권력'으로의 이행이 등장한 것은 역설적이게도 전쟁으로 인해 '죽음의 정치'가 보다 적극적으로 구현되었음을 보여준다.

한설야는 조선인의 생명을 놓고 벌어지는 역설적인 권력의 작동들

19. 다카시 후지타니, 「죽일 권리와 살릴 권리: 2차 대전 동안 미국인으로 살았던 일본인과 일본인으로 살았던 조선인들」, 『아세아연구』 제51권 2호, 2008, 15~18쪽.

을 감지하고, 그것들을 문학의 언어와 장치를 사용하여 형상화하였다. 이 안에서 조선인들은 '죽이는 권력'에 휘말려 들어가기도 하고, 「술집」에서처럼 일본인과의 차별에 분노하기도 한다. 또한 「임금」과 「철로교차점」에서처럼 조선인의 생명을 보호하라고 주장하기도 하고, 「종두」에서처럼 '살리는 권력'의 방식에 희망을 걸어보기도 한다.

이와 같이 한설야는 중일전쟁 이후에 발표한 소설 속에 각계각층의 인물들을 등장시켜 그들의 삶을 조명하고, 이 시대의 정치적 · 경제적 · 의학적 상황 등을 다층적으로 검토한다. 그는 당대의 정치적 상황이나 식민권력의 통치방식을 전면에 드러내기보다는, 작품의 배경이나 서사의 작동 원리로 배치하여 인물들의 삶이 정치의 문제와 무관하지 않음을 보여준다. 그리고 그 안에서 인물들의 내면과 선택항들을 제시함으로써, 제도적 장치와 함께 가는 그들의 삶의 방향성을 그려낸다.

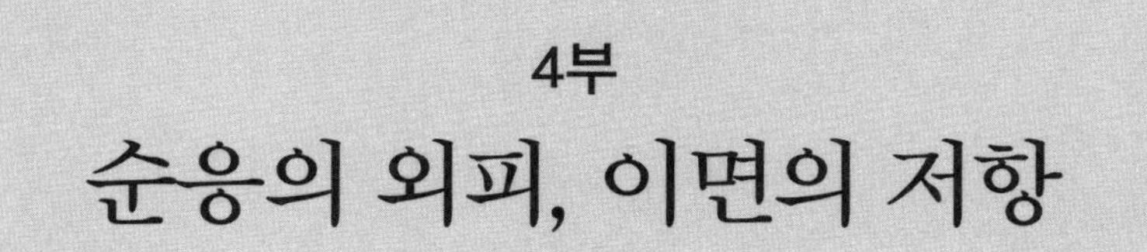

4부

순응의 외피, 이면의 저항

10장
비웃음을 당하는 자여, 침을 뱉어라![1]

식민지 조선의 학교와 교원의 역할

식민지 조선에서 일본의 제국주의와 독점자본은 정치군사적 측면과 경제적 측면에서 강력한 힘을 발휘하였다. 그리고 조선인들의 '교육'과 관련된 부분에서도 제국 일본과 식민권력이 추구하는 방식은 명확히 드러났다. 식민지 조선에는 식민권력이 관리하는 '관학(官學)'과 서양 선교사나 민족 지도자들이 운영하는 '사학(私學)'이 병존하였다. 식민권력은 '사학'의 세력이 확대되는 것을 규제하면서, '관학'을 중심으로 조선인들을 식민화의 프로세스 속으로 끌어들이려 했다.[2]

이것을 보여주는 대표적인 예가 '조선교육령'이다. 식민권력의 교육

---

1. 이 장은 2017년 6월 『현대소설연구』 제66호에 실린 「학교라는 장치와 웃음의 역학 - 염상섭의 「지선생」을 중심으로」를 수정 보완한 것이다.
 황지영, 「학교라는 장치와 웃음의 역학- 염상섭의 「지선생」, 『현대소설연구』 제66호, 2017.6.
2. 김진균 · 정근식, 「식민지체제와 근대적 규율」, 김진균 · 정근식 편, 『근대주체와 식민지 규율권력』, 문화과학사, 1997, 10~21쪽.

정책은 1911년에 공표된 제1차 조선교육령이 발표된 이후에 본격화되었다. 제1차 조선교육령의 목적은 구한말의 실력양성운동과 각종 사립학교를 정리하면서, 초등 · 중등 · 고등교육기관을 식민권력의 주도하에 재배치하는 것이었다.[3] 하지만 식민권력의 미숙함으로 인해 제1차 조선교육령 이후에도 교육기관 상호간의 연속성을 갖춘 체계는 제대로 정비되지 못했고, 1922년에 제2차 조선교육령이 만들어진 후에야 대학까지 포함하는 학제의 체계화가 이루어졌다.

사실 식민지 조선에서 근대 교육이 도입되자마자 인기가 있었던 것은 아니었다. 1910년대에는 식민권력이 주도하여 학교의 학생들을 강제로 모집하였는데, 이를 담당한 순사에 대한 거부감으로 인해 보통학교보다 서당을 선호하는 현상이 두드러졌다. 그러나 3 · 1운동 이후 초등교육의 필요성에 대한 목소리들이 증가하면서, 보통학교에 대한 인식도 긍정적으로 변화하였다. 1920년대 초반까지도 근대식 학교보다 서당을 선호하는 사람들이 있었지만, 학교 교육이 '자립정신'과 '규율적 습관'을 기르는 데 유리하다는 생각에는 많은 사람들이 동의하였다.

근대식 학교의 교육과정은 국민성의 형성, 신체의 건전한 발달, 개성에 맞는 교육, 교과목간의 연관성 등을 강조하였다. 이 중에서 식민권력이 가장 중점을 둔 것은 조선인을 일본 국민으로 만드는 작업, 즉 '국민성의 형성'이었다. 특히 식민권력은 식민지 말기로 갈수록 서구적 개인주의와 자유주의를 비판하면서, 조선인 교육에서 일본의 문화를 강

---

3. 강명숙, 「일제시대 제1차 조선교육령 제정과 학제 개편」, 『한국교육사학』 제31권 제1호, 2009.4, 21~23쪽.

조하는 국민주의적 훈육을 강화하였다.[4]

식민권력은 학교를 통해 바람직한 국민상을 유포하고, 그 상을 제작하기 위해 학교의 교육 과정에 적극적으로 개입하였다. 이때 중요하게 부각됐던 것이 바로 '교원'의 기능이다. 식민지 조선에서 교원은 학생들에게 근대적 지식을 전달할 뿐 아니라, 학생들이 올바른 가치관을 지니고 살게 하기 위해 솔선수범해야 하는 존재였다. 그래서 식민권력은 교원의 지적 능력뿐 아니라 세계관도 관리하려 하였다. 이러한 맥락에서 1916년에는 교원이 교육에 임할 때 어떻게 해야 하는지를 명시한 「교원심득(教員心得)」이 조선 총독부 훈령 제2호로 발포되었다. 이것은 조선인을 일본인으로 만들기 위해 교원이 적극적으로 관여하도록 지시한 문서였다. 이 문서의 핵심 내용은 교원이 학생들에게 일본의 국체를 인식시키는 존재이자 조선에서 식민지 교육정책 시행의 전위임을 강조한 것이었다.

이처럼 교육을 하는 과정에서 「교원심득」은 겉으로는 충효나 실용, 강건한 신체를 강조했지만, 그 이면을 들여다보면 '제1차 조선교육령'에서 확인되는 것처럼 식민통치에 잘 적응할 수 있는 "충량한 국민을 육성"[5]하기 위한 수단이었다. 그리고 이 과정에서 교원들은 식민권력의 통제방식을 학생들이 체화하게 만드는 매개로서 기능하였다. 식민권력의 입장에서 볼 때 바람직한 교원의 역할은 인간적인 신뢰를 바탕으로 학생들이 인성을 함양할 수 있도록 돕는 것이 아니라, 식민권력에 순종

---

4. 김진균 · 정근식 · 강이수, 「일제하 보통학교와 규율」, 김진균 · 정근식 편(1997), 앞의 책, 81~89쪽.
5. 김경자 · 김민경 · 김인전 · 이경진, 『한국 근대초등교육의 좌절 – 일제강점기 초등교육』, 교육과학사, 2005, 221쪽.

하는 식민지인을 제작하는 것이었다.[6]

위기의 기호들 : 한학자, 구식 양반, 망령

이번 장에서 다루는 염상섭의 「지선생」(1930)은 1930년에 발표된 작품이다. 기존 연구에서 '지선생'에 대한 평가는 엇갈리는데 그 이유는 양면성을 지닌 지선생의 행동이 식민제도에 대한 무기력과 순응의 징표로 읽히기도 하고, 저항의 징후로도 해석되기 때문이다. 여기에서는 지선생이 근대식 학교의 규율에 '과잉 동일시'하는 모습과 거기에서 파생되는 '웃음'을 통해 그가 의도했든 의도하지 않았든 식민화의 프로세스에 균열을 가하는 모습에 초점을 맞출 것이다. 근대 학교의 목표가 체제를 지속시키는 '규율 주체'의 생산이라고 한다면, 식민지 조선에서 조선인 교원과 학생들은 수동적인 상태에서 일방적으로 식민지 체제에 흡수됐을 것이라고 짐작하기 쉽다. 하지만 염상섭은 「지선생」에서 수동적으로 보이는 모습 속에 담겨 있는 저항의 징후를 그려낸다.

이 작품의 주인공은 15년 근속 후 퇴임을 앞두고 조선어로 한문을 가르치는 '지선생'이다. 염상섭은 지선생을 내세워 식민지 조선의 근대식 학교 제도와 그 안에서 벌어지는 소소한 일상들을 그려낸다. '지선생'은 수시로 교실 바닥에 침을 뱉고, 일본인 교무주임의 감시를 두려워하면서도 수업 시간에 술을 마신 후 졸기를 반복하는 인물이다. 그

6. 박혜진, 「1910 · 1920년대 공립보통학교 교원의 업무와 지위」, 숙명여자대학교 석사학위논문, 2001, 15~17쪽.

는 이 학교의 '터주대감'이며, 학교에 단 한 분 남은 조선인 선생이다. 그는 이전 통감이었던 '이토 히로부미'와 한시(漢詩) 대결을 할 정도의 한문 실력을 지녔고, 학교에 사는 사환이 학교의 문을 열어 놓으면 매일 맨 먼저 학교에 도착할 만큼 성실하다. 그래서 그는 학교에서 조선인 선생이 하나둘씩 쫓겨난 뒤에도 학교에 남아 학생들을 가르칠 수 있었다.

> 지금 이 학교에 이대로 계신 것은 (……) 예전 이또오 통감과 시를 많이 지어서 이또오 통감이 괄세를 못한다니까, 조선 선생은 다 내쫓아도 지선생만은 못 내쫓는 것이다.
>
> 하지만 이제 내년 새학기부터는 조선어 한문 과목이 없어지고 한문도 일본말로 가르치게 된다니까 일본 '가나'도 모르시는 지선생님도 얼마 더는 못 다닐 것이다.[7]

그런데 작가가 지선생을 설명하기 위해 사용하는 기호들은 모두 근대적 세계관과는 배척되는 것들이다. 지선생은 조선어로 한문을 가르치는 '한학자'이자, 이토 히로부미와 한시 대결을 했던 '구식 양반'이다. 또한 파리의 베르사유 궁전에 침을 뱉었던 원세개를 인용하며 교실 바닥에 침을 뱉는 자신의 행동을 합리화하는 '망령'난 노인이다. 이처럼 근대적 사유에서는 배척하려고 하는 다수의 기호들이 지선생을 설명할 수 있는 필수 용어들로 등장한다. 지선생을 둘러싼 한학자, 구식

7. 염상섭, 「지선생(池先生)」, 『염상섭 전집9』, 1987, 338쪽.

양반, 망령이라는 기호들은 당시에 새로운 삶의 질서를 뜻했던 '근대'와는 거리가 있는 '구시대적 속성'을 대변한다. 지선생은 근대 학교에 존재하는 구시대성을 대변하면서, 신구세계관의 접점과 그 사이에 존재한 미묘한 균열을 보여준다.

교육을 위시한 근대적 제도들은 모든 구시대적 산물을 해체하려 했지만, 조선에서 500년 동안 지속되었던 유교문화가 갑자기 사라질 수는 없었다. 그래서 학교 수업은 옛것과 새것이 공존하는 방식으로 구성되었는데, 대표적인 것이 한문과 조선어, 그리고 일본어를 함께 배우는 것이었다. 1911년 '제1차 조선교육령'이 반포된 후에는 '국어=일본어' 수업이 주당 10시간으로 늘어났고, 조선어와 한문 수업은 주당 6시간 정도 실시하였다.[8] 그리고 시간이 지날수록 "조선어와 한문을 가르칠 때는 항상 국어와 연계하도록 하며, 때에 따라서는 국어로 해석할 수 있도록 해야"[9] 한다는 조항이 강조되었다.

「지선생」에는 제국의 언어인 '일본어'에 밀려서 학교에서 한문뿐 아니라 조선어의 수업 시간도 줄어드는 상황과 내년 새 학기부터는 한문도 일본어로 가르쳐야 하는 상황이 담겨 있다. 그러므로 이러한 분위기 속에서 그가 교편을 놓게 되는 것은 시간문제일 수밖에 없다. 하지만 이러한 악조건이 지선생의 성격 창조라는 측면에서 본다면 부정적으로만 작용한 것은 아니다. 지선생은 학교라는 근대적 제도 속에 포함되어 있으면서 동시에 구시대적 속성을 부여받고 있기 때문에, 근대 제도 혹

8:. 이승원, 『학교의 탄생』, 휴머니스트, 2005, 98~100쪽.

9. 제1차 조선교육령(1911), 보통학교 규칙 제2장 10조.
이와 유사한 구절은 제2차 조선교육령(1922), 보통학교 규칙 제2장 11조와 23조에도 나온다.

은 식민권력과 미묘한 신경전을 벌이고 '복종'과 '위반' 모두를 경유하면서 자신의 위태로운 삶을 보존해 나간다.

복종과 위반 사이의 진자운동

3장에서 다룬 같은 작가의 작품인 「E선생」보다 8년 뒤에 발표된 「지선생」에는 그전과는 판이하게 다른 교사상이 등장한다. 'E선생'이 "자신의 이념을 실현하기 위해 적극적으로 노력"[10]하는 인물이라면, '지선생'은 수업 시간에 교실 바닥에 침을 뱉고, 술을 마시고, 졸기를 일삼는다. 그는 매일 가장 먼저 등교하지만 그것은 오랜 습관에서 나오는 기능적 행위일 뿐이다. 지선생은 학생들에게 관심과 기대를 갖지 않으며, 오직 퇴직만을 기다리는 사람처럼 행동한다.

> 지선생님은 원래 구식 양반이라서 그렇기도 하겠지만 (아직 망령날 연세도 아니건만) 차차 망령이 심해 갔다. 교실에서 마룻바닥에 침을 탁탁 뱉는 것은 십오 년래의 일이요 그것은 예전에 가래침을 뱉어 붙이던 데에 대면 여간 개량된 것이 아니다.
>
> 지금 세상에 더구나 '남의 학교'에서 침을 탁탁 뱉는 그 기운만은 장하다고 아니할 수 없었다.[11]

---

10. 하정일, 「보편주의의 극복과 '복수(複數)의 근대'」, 문학과사상연구회, 염상섭 문학의 재인식, 깊은샘, 1998, 75쪽.
11. 염상섭(1987), 앞의 글, 338쪽.

지선생이 처음에는 가래침을 턱턱 뱉다가 지금은 그냥 침을 뱉는 것에 대해, 인용문의 서술자는 '개량'이라는 표현을 사용하고 있다. 하지만 선생이 교실에 침을 뱉는 행위는 '교원심득'에서 강조하고 있는 교원의 품행과도 맞지 않을 뿐 아니라, 청결과 위생을 추구하는 근대 교육과도 거리가 멀다.[12] 더구나 '남의 학교'에서 이런 행위를 하는 것에 대해 서술자가 "그 기운만은 장하다"고 평하는 것 역시 객관적인 평가라고 보긴 어렵다. 지선생은 자신의 것이 될 수 없는 학교, 자신이 행위의 오롯한 주체가 될 수 없는 학교에 '침'을 뱉는다. 그럼으로써 구식 양반으로서 자신이 살아온 삶과 근대식 학교 사이에 존재하는 괴리를 드러내고, 이 공간에 대한 거부감을 직접적으로 표현한다.

그렇다면 십오 년 동안 가장 먼저 등교한 지선생의 행동은 어떻게 해석할 수 있을까? 그는 학교의 규율을 충실하게 따르고 있지만, 이것은 식민권력에 대한 '과잉 동일화'라고 볼 수 있다. '과잉 동일화' 전략은 사회의 이데올로기나 권력체계가 요구하는 것과 자신을 지나치게 동일시하여, 그 요구에 담겨 있는 부당성이나 폭력성을 우회적으로 폭로하는 방식이다. 지선생은 근대 규율권력의 핵심 장치인 '학교'가 학생뿐 아니라 교원에게까지 요구했던 근면함과 성실함을 기계적으로 실행한다. 그럼으로써 학교의 규율에 대한 기계적인 동조가 아무런 의미

12. 데버러 럽턴, 『감정적 자아』, 박형신 역, 한울아카데미, 2016, 168~169쪽.
근대 이후의 사회에서 "가래, 침, 땀, 고름, 오줌, 똥, 정액, 피" 같이 육체화된 경험의 일부인 체액은 대체로 역겹고 혐오스러운 것으로, 다시 말해 "상징적으로 오염된" 물질로 간주되었다. 체액은 문화적 분류체계에 입각해서 볼 때, '내부'에 있어야 할 것이 '외부'로 나온 것, 즉 제자리를 벗어난 것이다. "체액이 '내부'에서 '외부'로 나오는 것은 몸의 경계의 침투 가능성, 즉 몸의 본질적 동물성을 보여주는 강력한 표지"이다. 그렇기 때문에 체액의 노출은 삶의 방식 자체가 격자화된 틀을 중심으로 규격화되는 근대에서 지양되어야 할 것으로 여겨진다.

도 생산할 수 없음을 보여준다.

그러면서 지선생은 요즘 학생들의 '스트라이크'나 '만세 부르기'에 대해 그것이 "내가 이 교실에서 침 뱉는 것이나 다를 게 무에 있니."라고 말한다. 특별한 의미를 지니지 않는 듯 보이는 이 문장은 두 가지로 해석이 가능하다. 첫 번째 해석은 학생들의 '스트라이크'나 '만세 부르기'가 교실에 침을 뱉는 것처럼 의미를 지닐 수 없는 일이라는 것이고, 두 번째 해석은 지선생의 '침 뱉기'가 학생들의 '스트라이크'나 '만세 부르기'처럼 기득권 세력이나 식민권력에 대한 반동에서 나온 행위라는 것이다. 전자라면 지선생의 침 뱉기는 늙어 망령이 든 교원의 단순한 비행으로, 후자라면 적극적인 대항의 행위로 평가할 수 있다. 이처럼 이 두 가지 해석은 지선생이 학교로 대변되는 근대식 규율에 대한 복종과 위반 사이에서 진자운동을 하고 있음을 보여준다.

한편 지선생과 일본인 교무주임 '고무라'의 대비는 지선생의 이 진자운동이 규율에 대한 위반의 성격이 더 강하다는 생각에 힘을 실어준다. 학교의 규율을 대변하는 고무라는 "빠각빠각 구둣소리를 내면서 뒷짐을 지고 학교 안에서 '순경'"을 돌다가 지선생이 조는 모습을 보고는 "선생님, 댁에 가서 주무시지요. 여기는 침실이 아니올시다. 하지만 목침 갖다 드릴까요?"라며 무안을 준다. 그럼에도 지선생의 습관은 쉽게 바뀌지 않았다. 지선생은 계속해서 수업 시간에 술을 마신 후 잠을 자고, 잠을 청하기 직전 학생들에게 '묵독'과 '질문'을 하라고 명령한다.

'꾸벅꾸벅' 조는 지선생과 학생과 교원을 감시하기 위해 순경을 도는 고무라가 만들어내는 대비는 학교 안에서 규율을 둘러싸고 길항하는 두 가지 힘을 제시한다. 규율에서 벗어나는 행동을 일삼는 조선인 지선생이 '묵독'을 외치는 순간 교실 안에 있는 학생들에게는 자유가 주어진다. 이 자유가 주어질 때 학생들은 학교가 금지한 '소란스러움'을 만들어내고, 규율에 어긋나는 '장난'을 시도한다. 반면 "일정한 보조로 차츰차츰 가까워" 지는 일본인 교무주임의 '구둣소리'는 개인에 대한 감시와 처벌이 항시적으로 이루어지는 학교의 규율을 청각적으로 제시한다. 그러므로 학생들에게 자유를 주는 지선생의 묵독과 통제를 상징하는 고무라의 구둣소리는 규율에서 벗어나려는 자와 규율을 지키려는 자를 청각적 이미지의 대비를 통해 재현한 것이라고 볼 수 있다.

금지된 만세와 민족의 징후

「지선생」은 1930년에 발표되었지만 작품 속에 '4년제 시대'[13]의 유물이 등장하고, 학생들의 '만세'가 유행한다는 서술이 나타나는 점으로 미루어 보아, 작품의 배경은 제2차 조선교육령이 나온 직후인 1922~1923년 정도로 추정된다. 3 · 1운동 이후 '학생'은 하나의 민족적 사회 계층으로 성장하기 시작했다. 1920년 5월의 조선학생대회와 이를 계승한 1922년 11월 이후의 조선학생회가 학생 계층의 성장을 단적으로 보여준다. 이처럼 하나의 사회 계층으로 성장한 학생들은 1920

13. 제1차 조선교육령에서 보통학교와 고등보통학교의 수업연한을 4년으로 규정한 데 반해, 제2차 조선교육령에서는 보통학교의 수업연한은 6년, 고등보통학교의 수업연한은 5년으로 개정된다. 이로 미루어 보아 이 작품의 배경은 제2차 조선교육령이 반포된 1922년 이후임을 추정해 볼 수 있다.

년대에 독립운동에서 중요한 몫을 담당했다.[14]

이 소설에서도 학생계가 동요하고, 말썽의 주요 분자들을 학교 안에서 색출하는 모습이 등장한다. 학교의 교장과 교무주임은 학교 안에서 정체를 알 수 없는 '불안한 공기' 및 '불온한 것'들을 척결하기 위해 규율을 강화하고, 경찰 당국과 공조하여 학생들을 단속한다. 그래서 주요 분자로 낙인찍힌 학생들은 신경이 예민해진 선생들로부터 "엄중한 훈유와 경고"를 받는다. 학교 당국자들과 경찰은 억압적 방식을 사용해 학생들의 반체제적인 움직임을 제압하려 한다.

> 그날 사무실에 불려 들어간 학생들은 사실 요사이에 학생계에 동요가 있기 때문에 교장과 교무주임이 미리 경계를 하느라고 말썽꾼일 듯한 주요 분자를 각 반에서 불러다가 엄중한 훈유와 경고를 하였던 것이다. 사실 요사이 학생계에는 어쩐지 수성수성하며 불안한 공기가 만연되어 갔다. 풍설이 여러 가지로 돌기 때문에 그 정곡과 정체를 잡을 수는 없으나 불온한 것은 사실이었다. 그러므로 각 학교 당국자들은 경찰 당국만큼 신경들이 과민해졌다.[15]

'학교'가 국가의 이데올로기를 전파하는 대표적인 장치인 이유는 학교에 다수의 학생들이 모이기 때문이다. 국가의 이데올로기를 효율적으로 전달하기 위해서는 많은 사람들이 모일 수 있는 장소가 있어야 하고, 그 안에서 전달하는 자와 전달받는 자 사이의 공고한 위계가 전제

---

14. 조동걸, 『한국계몽주의와 민족교육』, 역사공간, 2010, 253쪽.
15. 염상섭(1987), 앞의 글, 342~343쪽.

되어야 한다. 학교는 선생과 학생이라는 위계를 바탕으로 교육이 행해지기 때문에 국가의 이데올로기를 전파하는 역할을 충실히 수행할 수 있는 것이다.

하지만 여러 사람들이 모이는 장소에서는 상명하달만이 이루어지는 것이 아니라, 서로의 의견을 교환하는 것은 물론이고, 공통의 의견을 산출하기 위한 움직임도 생성되기 마련이다. 그래서 근대 이후에 정치적 전환점을 가져올 만한 역사적 사건들은 학교에서 시작된 경우가 많았다. 근대적 시민이 되기 위한 교육을 받은 학생들은 역사의 주요 지점에서 정의감과 열정을 지닌 주체로서 불의에 항거하는 움직임을 만들어냈다.

이처럼 학교는 학생들에게 국가의 이데올로기를 전달하는 장소이자, 학생들이 집단적 행동을 조직할 수 있는 장소였고, 그 행동들이 다시 공론장을 형성할 수도 있는 장소였다. 그렇기 때문에 국가권력은 학교를 자신들의 관리 하에 두면서, 한편으로는 국가가 지향하는 바를 학생들에게 교육하고, 다른 한편으로는 국가에 반하는 행위를 하는 학생들에 대한 통제를 강화하였다. 식민지 조선에서도 학생들에 대한 교육과 통제는 이러한 방식으로 진행되었다.

「지선생」에서 '학생계의 동요'를 대하는 학교 측의 대응 역시 이와 다르지 않다. 이러한 억압의 과정이 노골적으로 지향하는 바는 학생들이 '만세' 운동에 참여하지 않는 것이다. 그런데 학생 통제에 대한 서술 뒤에 지선생은 이 "모든 데에 무관심"한 채 '태평'한 시절을 보낸다는 서술이 이어진다. 이러한 서술은 학생들이 '만세'를 부르는 행위에 대해 학교 측이 통제하는 장면에 대한 집중도를 떨어뜨린다. 학교의 통제를 받던 '만세'를 부르는 학생들에게 맞춰졌던 초점은 이제 '침을 뱉는' 지선생에게로 넘어간다.

이러한 구성은 '민족'에 대한 관심을 간접적으로 구현한다. "단 하나 남은 조선 선생"을 학생들이 옹호하고 일제에 대항해 만세를 부르는 것이 "시대의 하이칼라"라는 소설의 설정은, 전면화되지는 않았지만 작품의 저변에 '민족'에 대한 관심이 깔려 있음을 짐작케 한다. 학생들이 지선생에게 애정을 보내는 것과 만세를 부르는 것은 개별적인 사건처럼 다뤄지고 있지만, 기실 이 둘은 위기에 처한 '민족'에 대한 관심이라는 측면에서 동궤에 놓인다.

이 작품이 발표되기 전인 1927년에 염상섭은 「민족, 사회운동의 유심적 고찰- 반동, 전통, 문학의 관계」(1927)에서 지금 조선에서 요구되는 것은 "민족적 일면을 버리지 않는 사회운동, 사회성을 무시하지 않은 민족운동"[16]임을 역설한 바 있다. 당대에 한창 유행하던 계급운동보다 민족운동과 사회운동에 무게 중심을 두고 있는 염상섭은 문학 역시 이 문제의식과 더불어 논의되어야 한다고 보았다. 그리고 「지선생」에는 '문학은 어떤 운동을 그려내야 하는가?'라는 질문에 대한 대답이 담겨 있다.

> '단 하나 있는 조선 선생'- 이러한 생각이 그들로 하여금 모든 것을 관대하게 만들었다. 요사이의 '코뮤니스트'는 그 학생들이 '내셔널리스트'라고 비웃을 것이지만 그런 것은 우리 학생은 모른다. 우

16. 염상섭, 「민족, 사회운동의 유심적 고찰- 반동, 전통, 문학의 관계」, 이혜령 · 한기형 편, 『염상섭 문장 전집1』, 소명출판, 2013.

리 학생들은 다만 솔직하게 양심에서 우러나오는대로 할 뿐이다.[17]

겉으로 드러나는 이 작품의 주요 서술자는 "천학한 학생"인 "우리들"이다. 그래서 학교 안에서 지선생이 처한 상황과 학생들이 지선생에게 느끼는 감정 등이 외부자의 시선이 아니라 내부자의 시선으로 독자들에게 전달된다. 학생들은 처음에는 지선생에 대한 '배척운동'을 한 적도 있지만, 시간이 지나면서 그에게 존경보다는 "가엾다는 생각과 애정을 가지게" 되었다. 위의 인용문에서도 확인할 수 있듯이 학생들이 이처럼 변한 이유는 그가 "'단 하나 있는 조선 선생'"이기 때문이다.[18]

그리고 이런 생각과 감정은 일년생에게까지 "부지불식간에 감화되어" 학교 안에서 하나의 풍조가 된다. 작품 속에서 민족의 문제가 본격적으로 다루어지지는 않지만, 이 풍조를 만드는 구심력은 지선생을 둘러싸고 생성되는 징후로서의 민족이다. 학생인 서술자들은 '코뮤니스트'들이 자신들을 '내셔널리스트'라고 비웃을지도 모른다고 말하지만, 지선생을 향한 이들의 행동은 '내셔널리즘'이라는 이념이나 사상에 기반한 것이 아니다. 학생들에게 '민족'은 아직 본격적으로 의식되지도 가시화되지도 않은 상태, 즉 '징후'로서만 출현한다.

---

17. 염상섭(1987), 앞의 글, 339쪽.
18. 마사 누스바움, 『감정의 격동2: 연민』, 조형준 역, 새물결, 2015, 8장 참조.
사실 학생들이 지선생에게 '연민'의 감정을 갖는 이유는 그의 삶에 대한 구체적인 정보를 가지고 있고, 그의 고통에 공감하기 때문인 측면도 있다. "우리는 다만 퇴직 상여금이나 두둑히 드려서 지금의 삭월세 집이나 면하시고 세 끼 궐하시는 때나 없게 되셨으면 하고 바랄 뿐이다."(338)라는 구절에서도 알 수 있듯이 서술자인 '우리=학생들'은 지선생에게 '합리적 연민'을 느낀다. '합리적 연민'이란 마사 누스바움이 이야기한 개념으로 '도덕 교육과 공민 교육'을 통해 형성될 수 있고, 이 안에는 타인의 고통을 상상할 수 있는 능력이 포함된다.

이처럼 징후로서의 '민족'을 저변에 깔고 지선생과 학생들이 만들어 내는 관계성은 식민지 조선의 교원과 학생들이 식민화의 프로세스 속으로 쉽게 포섭되지 않았음을 암시한다. 학교 밖에서는 '만세' 운동이 활발히 진행되고, 학교 안에서는 조선어로 진행되는 수업이 일본어로 전환되는 상황들이 펼쳐지면서, 지선생과 학생들의 행위는 '민족'이 위협받는 상황에 대한 대항의 의미를 지닌다. 그리고 여기서 '웃음'이 지선생의 행동과 학생들의 잠재력에 새로운 의미가 부여되도록 돕는다.

웃음의 전염과 '종치기'의 역설

웃음은 심오한 세계관을 표현하고, 총체적인 세계 · 역사 · 인간에 대한 진리의 본질적인 형식 중 하나이다. 또한 웃음은 세계에 대한 특수하고 보편적인 관점을 반영한다. 그러므로 웃음은 엄숙함과 동일하게 삶의 보편적인 문제들을 재고할 수 있게 해주고, 세계의 어떤 본질적인 측면은 오직 웃음을 통해서만 접근할 수 있다.[19]

그러므로 학생들이 지선생을 놀리면서 다양한 웃음을 지을 수 있는 이유는 식민지라는 조선의 특수성과 무관하지 않다. 웃음을 "역사적 · 문화적 · 사회학적 · 심리학적 토대"와의 상관성 속에서 이해해야 한다는 것[20]은 학생들과 지선생의 관계에서도 적용된다. 제국 일본이 조선

---

19. 미하일 바흐찐, 『프랑수아 라블레의 작품과 중세 및 르네상스의 민중문화』, 이덕형 · 최건영 역, 아카넷, 2001, 115쪽.
20. 류종영, 『웃음의 미학』, 유로, 2005, 23쪽.

인들에 대한 식민화 교육을 강화하기 위해 한문을 일본어로 가르치려고 하는 시기에, 지선생은 학생들로부터 긍정성을 담보한 연민과 애정을 받는다.

그래서 지선생을 골칫거리라고 생각하는 일본인 교무주임은 지선생에게 조롱을 담은 '배척의 웃음(le rire d' exclusion)'을 보이지만, 학생들은 지선생에게 '환대의 웃음(le rire d' accueil)'을 건넨다. 전자가 일본인 선생 대 조선인 선생이라는 경쟁관계 사이에서 나타나는 웃음이라면, 후자는 조선인이라는 연대감에서 발생하는 웃음이다.[21] 지선생은 교무주임에게 속으로 "고양이 같은 놈이! 요놈!"이라고 욕을 할지도 모르지만, 학생들의 농담은 "시룽시룽 잘 받아 주는 그런 호인"이다. 이런 이유 때문에 일본인 교사와 조선인 학생이 지선생을 대하는 태도는 다를 수밖에 없고, "(민족적) 양심"에 따라 행동하는 학생들 사이에서는 지선생을 둘러싸고 시끌벅적한 홍소(哄笑)가 전염된다.

이처럼 웃음은 사회적인 행동 양식이고, 사회적인 맥락을 공유하는 사람들 사이에서 더 수월하게 전파된다. 웃음이 지닌 유용한 기능은 사회 속에서 작동하며, 웃음은 공통적인 삶의 어떤 필요에 부응한다.[22] 그리고 웃음은 웃음을 유발하는 대상에 대한 친밀도에 따라 그 양상이 달라지기도 한다. 학생들과 고무라가 지선생에게 보이는 웃음이 다른 것을 통해서도 알 수 있듯이 대상에 대해 호의와 친밀감을 가지고 있을 때는 애정 어린 웃음이 나오는 반면, 대상에 대한 거리감과 불편함은

---

21. 류종영(2005), 앞의 책, 28~29쪽.
뒤프렐(E. Dupéel)은 「웃음의 사회학적 문제」에서 웃음을 '환대의 웃음(le rire d' accueil)'과 '배척의 웃음(le rire d' exclusion)'으로 구분했다.
22. 앙리 베르그송, 『웃음-희극성의 의미에 관한 시론』, 정연복 역, 세계사, 1992, 16쪽.

조소, 냉소, 비소 등 적대적인 웃음을 만들어낸다. 그렇기 때문에 「지선생」에 등장하는 웃음이 지닌 상대적인 성격과 등장인물 간에 작동하는 웃음의 역학을 분석하는 작업은 순응과 저항, 협력과 비협력, 친밀과 격조 등 대립되는 행위나 감정의 유형들을 설명할 수 있게 돕는다.

염상섭은 「지선생」에서 독특한 교원의 형상을 통해 학교에서 식민화의 프로세스가 온전히 작동하지 못했음을 제시하고, 이 방식을 통해 식민화에 제동을 건다. 식민지 시기의 교육 목표는 학생들의 '지(智)·덕(德)·체(體)'를 양성하는 것이었지만, 학교 안에서 발생하는 많은 사건들은 그 목표와는 무관하게, 때로는 그 목표와 완전히 배치(背馳)되는 방식으로 진행되었다. 염상섭이 그려내는 것 역시 「E선생」에서처럼 학교에서 계몽이 실패하는 모습이거나, 「지선생」에서처럼 조선인 교원과 학생들의 반규율적인 행위와 웃음이 만들어지는 양상이었다.

일반적으로 농담, 유머, 재치 등으로 요약되는 웃음의 미학은 '진지한 성찰, 문학과 현실에 대한 치열한 사유, 진정성' 등과는 확연히 대별되는 미학적 가치로 평가되었다.[23] 하지만 염상섭이 그려내는 웃음은 현실에 대한 치열한 사유를 기반으로 구성되며, 현실 안에서 작동하는 다양한 관계성을 구현한다. 염상섭은 「지선생」에서 식민화의 대표적인 장치인 학교의 기능에 의구심을 갖게 만들고, 학교 안에서 만들어지는 다양한 웃음들을 통해 학교와 선생, 선생과 선생, 학생과 선생 사이에 존재하는 어긋남들을 보여준다.

분열된 주체를 넘어서고, 이념과 현실의 간극을 넘어서고, 사실과 허

---

23. 정은경, 「저항 혹은 투항의 책략으로서의 웃음 - 조각난 '웃음'에 관한 '조각난' 이야기」, 『오늘의 문예비평』, 2008.11, 62쪽.

구의 경계를 넘어서는 힘인 웃음은 부정적 현실을 넘어설 수 있는 하나의 가능성이다. 그러므로 염상섭이 「지선생」에서 중점적으로 그려내는 지선생을 향한 학생들의 웃음은 화해와 굴종이 아니라 비판을 넘어서는 동력이다.[24] 이 웃음은 식민권력이 학교 안에서 조선인 학생들에게 적용하려 했던 식민화 전략에 저항하면서 현실을 넘어선다.

그러므로 이 작품의 백미는 결말 부분에서 지선생이 수업 종료 시간을 착각하고 학교의 "종을 땅땅-땅땅" 치는 장면이다. 짓궂은 학생이 지선생이 자는 동안 벽에 걸린 시계의 바늘을 돌려놓았기 때문에 지선생은 수업이 끝난 줄 알고 사환 아이 대신에 수업을 마치는 종을 울린다. 원래 시간보다 일찍 종소리가 나면서 학교는 소란스러워지고, 사환 아이는 지선생에게 아직 수업 시간이 남았는데 "이 종을 치시면 어쩝니까!"라며 원망 섞인 말을 전한다.

> 지선생님은 '그놈이 날모양으로 졸고 있나?' 하는 생각을 하시며 사무실로 들어가는 길로 운동장으로 난 유리창을 열고 거기에 달린 종을 땅땅-땅땅 치셨다.[25]

규율의 공간인 학교에서 십오 년이나 근속을 했지만 그 공간의 주인이 될 수 없었던 지선생은, 마지막 장면에서 잘못된 시간에 종을 침으로써만 학교의 체제에 직접적으로 개입할 수 있는 역설적인 상태에 놓인다. 잠에서 덜 깨어 혼미한 상태에서 이루어진 이 행위만이 단속과

---

24. 정은경(2008), 앞의 글, 68~69쪽.
25. 염상섭(1987), 앞의 글, 344쪽.

통제의 방식으로 학생들을 표준화하고 기계화하는 학교 체제에 경종을 울린다. 그러므로 이 일을 꾸민 학생들이 "무심코 마주들 보며 웃"는 행위는 의미심장하다. 학생들이 웃으면서 선생을 놀리기 위해 꾸민 이 일은 지선생이 규율을 깨는 방식으로 교육의 주체가 될 수 있게 만들었기 때문이다.

바흐친은 웃음의 '역사-알레고리적 방법'을 서술하면서 웃음이 지배하는 영역이 점점 좁아져 웃음이 보편성을 잃게 되었다고 지적하였다. 본래 웃음은 전형적인 것, 일반적인 것, 평균적인 것, 보통의 것, 그리고 일상 풍속적인 것들과 유착하는 것이었다. 그런데 리얼리즘과 연동되는 '역사-알레고리적 방법'이 시작되면서 역사적이고 보편적인 개성은 더 이상 웃음의 대상이 되지 않았다. 대신에 웃음은 개인적인 조롱이나 풍자와 유착하여, 사적(私的)으로 단 한 사람만을 향하게 되었다. 전형적인 것이 부재하는 곳에서, 웃음은 특정한 현실의 인물을 겨냥한다.[26]

지선생은 바흐친이 이야기하는 "특정한 현실의 인물"로도 읽을 수 있다. 교원으로서의 그는 당대의 전형적 · 일반적 · 평균적 인물이 아니며, 학교에서 벌어지는 일상적인 풍속들을 보여주지도 않는다. 대신에 그는 특정한 인물로서 개인적인 조롱과 풍자의 대상이 된다. 가장 먼저 등교하는 그의 태도는 규율 주체의 전형이라고 할 수 있지만, 학교 안에서 그가 보여주는 태도는 반규율적이며 이 행위는 학교의 전형적인 이미지를 깨버린다.

지선생은 학교의 체제와 당국자들이 교원에게 기대하는 바, 즉 규율

---

26. 미하일 바흐찐(2001), 앞의 책, 185쪽.

을 내면화하여 기계적이 된 모습을 거부한다. 민첩한 유연성이 요구되는 상황에서 나타나는 "기계적인 경화(硬化)"는 웃음의 동인이 된다.[27] 하지만 웃음은 그 반대의 상황, 즉 '기계적인 경화'가 요구되는 상황에서 그것을 벗어나는 움직임이 나타날 때도 발생한다. 「지선생」에서 발견되는 것은 후자의 웃음이다. 규율을 매개로 학생들을 기계적으로 만들려는 학교에서 지선생은 규율에 균열을 만들어내는 행동들을 반복한다.

근대식 학교는 시험을 위시한 제도들을 사용하여 학생들을 기계처럼 만드는 공간이다. 그리고 이 기계화를 이끄는 규율에 균열을 만드는 것이 바로 '웃음'이다. 학생들에게 융통성과 유연성을 돌려주기 위해 웃음이 필요하다. 이와 같은 웃음이 학생들에게 전염될 때 학생들을 기계로 만드는 학교의 규격화된 규율은 온전히 작동하지 못한다. 또한 학생들의 장난에서 시작된 지선생의 '종치기'는 근대의 시간을 구성원들의 신체에 각인시켰던 학교의 시스템을 일시적이나마 정지시키고, 학생들에게 새로운 활력을 불어넣는다.

27. 앙리 베르그송(1992), 앞의 책, 18쪽.

11장
겁쟁이 남편과 수다스러운 아내

남편들이 겁쟁이가 된 사연

1935년에 카프(KAPF, 조선 프롤레타리아 예술가 동맹)가 해산된 이후 카프 출신 작가들의 전향, 즉 사회주의를 포기하는 일이 이어졌다. 그리고 그 후에는 카프에서 활동하던 작가들의 작품에 전향을 한 사회주의자들이 자주 등장한다. 이 시기의 '전향'은 일제의 "사법 당국에 의해, 당국이 옳다고 지시하는 방향으로 개인의 사상 방향을 바꾸는 것"이었다. 이것은 "권력에 의해 강제된 사상의 변화"라는 점에서 필연적으로 주체의 '굴복'과 밀접한 관계를 가진다. 그래서 전향소설에 등장하는 주인공들은 굴욕적인 자괴감 속에서 삶을 영위해 나간다.

특히 식민지 조선에서 '전향'은 곧 '친일'이라는 인식이 팽배했기 때문에 전향은 '부재하는 국가' 조선에 대한 '국가적' 배신행위라는 형용모순으로 통용되기도 하였다. 또한 전향은 사회주의를 추구했던 주인공들이 자신이 믿었던 사상을 포기했으며, 공적인 삶을 유지할 수 없는 상태에 이르렀음을 뜻했다. 잃어버린 '국가'를 찾기 위한 고투, 핍박받는 '민족'을 구하기 위한 노력, '계급'을 타파하기 위한 몸부림이 모두 정지 상태에 이른 것이다.

이처럼 공적인 삶을 상실한 전향 사회주의자들에게는 이제 가정 안에서의 삶, 즉 아내가 전담해 왔던 먹고 사는 문제만이 남게 된다. 그동안은 사회를 위한다는 '대의'를 내세우며 외면할 수 있었던 생계의 문제가 이들 삶의 전면에 부각되면서, 이들은 생활의 무게에 압도당한다. 그리고 전향 사회주의자들의 내면은 소설 속에서 '독백'의 형태로 제시된다. '부끄러움'을 기저에 깔고 작동되는 내면은 누군가를 대면한 상태에서 드러낼 수 있는 것이 아니기에, 주인공들은 자기 자신을 청자 삼아 속마음을 이야기한다.

1940년에 발표된 한설야의 「숙명」(1940)과 「파도」(1940)에서는 생활공간에 안착한 주인공들의 삶과 내면을 확인할 수 있다. 「숙명」의 주인공인 치술은 작품의 마지막 장면에서 흙을 파고 있는 아내를 보며 "안해가 타고난 그 무서운 숙명- 전해로부터 가지고 온 그 무서운 힘, 질리고 질린 강심, 그 보이지 않는 보배랄가 무어랄가 알 수 없는 그것"을 깨닫는다. 가족들의 생계가 걸려 있음에도 공장에 띄엄띄엄 나가는 치술과 달리, 아내는 닭을 키우고 달걀을 팔아 살림에 보태는 등 생활을 유지하기 위해 언제나 성실하게 일한다.

이렇듯 생활을 이끌어 가는 아내의 모습은 「파도」에서도 나타난다. 명수의 아내는 본래 부잣집에 한 번 시집을 갔다가 소박을 맞은 여자라서 먹고 살 걱정을 하지 않아도 될 정도의 재산을 가지고 있다. 명수는 고향을 떠나서 이십 년 동안 만주와 동경으로 떠다니며, 하숙, 감옥, 무은 단체 회관, 잡지사 사무실, 친구의 집에서 그럭저럭 지내다가 선배의 소개로 지금의 아내와 만났다. 하지만 문학에 관여하는 지식인 명수는 먹고 살 걱정이 없는 현재의 생활에 만족하지 못한다. 그리고 자신이 '패배자'라는 생각에서도 벗어나지 못한다.

"시대적 매력을 가진 일" 때문에 감옥에 다녀온 명수이지만 그가 요즘 살아있음을 느끼는 순간은 아내를 학대할 때뿐이다. 그는 자신이 괴롭히면 아파하는 아내를 보면서 살아있는 인간을 느낀다. "지고 있는 것"이 분명한 삶, 그래서 "밑바닥이 드러나도록 져 보았으면"하고 바라는 삶이 명수의 삶이기 때문이다. 그는 패배의식에 젖어 아내를 학대하면서 자신도 마음의 상처를 키워간다.

사회적 관계가 부재한 상황 속에서 아내에게만 몰두하는 그의 내면은 자학을 담은 독백들이 채워간다. 사실 결혼을 하고 글을 쓸 수 없게 되었다는 명수의 독백은 사회적 맥락에 좀 더 근접해 있다. 명수의 독백은 자신에 대한 성찰을 담고 있지만 그가 성찰을 해야 하는 상황이 만들어진 이유는 더 이상 사회에 대해 비판하거나 시대적 문제를 논의할 수 없게 되었기 때문이다. 이러한 현실 속에서 이루어지는 독백은 개인적 내면의 독백이라는 한계를 넘어서서 사회적 문제를 담아내는 담론의 장소로 기능한다.[1]

그러므로 명수의 심리상태가 불안정한 이유는 '상실감' 때문이라고 진단할 수 있다. 화자는 '사회' 혹은 '대사회적 발언'을 할 수 있는 여건

---

1. 임병권, 「고백을 통해 본 내면성의 정착과 주체의 형성」, 민족문학사 연구소 기초학문연구단 편, 『한국근대문학의 형성과 문학 장의 재발견- 제도로서의 한국 근대문학과 탈식민성』, 소명출판, 2004, 153~154쪽.

이 상실됨으로 인해, 현실 세계에서 사회적 존재로 살 가치와 의미를 잃어버리게 되어 자기 내면의 세계에 몰입한다. 이것은 자연스럽게 사회적 측면으로 이어지는데, 소설이라는 공적 매체 속에 등장하는 명수의 독백은 자신이 속한 불안정한 사회에 대한 일종의 비판적 장치로 사용된다.

식민지 말기에 창작된 한설야의 작품에 지식인 남성의 독백이 등장할 경우, 그 독백에 담겨 있는 외부세계에 대한 경멸과 조소는 일차적으로 자기 자신의 나약함에서 기인한다. 세상의 속물적 모습에 대한 비판이 개인의 성격 문제로 환치되어, 대사회적 발화는 그 목소리를 잃기도 한다. 개인의 성격 문제가 올바른 의미를 지니기 위해서는 그 성격의 근저에 있는 사회적 관계가 그려져야 하는데,[2] 이 시기 한설야의 작품 속에서 그것은 공백으로 남아 있다.

게다가 명수는 계속해서 외부세계를 외면하다 보니 어느 새 소설을 쓸 때도 시대 현실을 그려내는 데 '사실성'이 부족하다는 지적을 받고 문단에서 점점 잊혀진다. 그리고 명수는 그것을 "주검과 같이 무서운 일"이라고 여긴다. 그러므로 명수가 아내에게 행사하는 폭력과 명수의 자조적인 독백은 그가 사회적 죽음 앞에서 느끼는 공포를 자신만의 방식으로 표출한 것이라 할 수 있다.

두디는 고백이란 "자신의 본성을 존재할 필요가 있고 자신을 확정시켜 줄 필요가 있는 공동체를 대표하는 청자에게 자신의 본성을 설명하려는 한 개인의 의도적이고 자의적인 시도"라고 주장한다. 이것은 고백

2. 김외곤, 「자의식의 과도와 현실의 왜곡」, 『한설야 단편선집Ⅲ - 귀향』, 태학사, 1989, 317쪽

이 개인적 행위라기보다는 언제나 공동체의 행위라는 점을 강조한 것이다. 자신을 공동체 안에 위치 지으려는 화자의 고백은 공동체와 의사소통을 전제로 하는 발화이다. 그리고 소설 속에 등장하는 독백은 두디가 말하는 사회 속의 '고백'과 유사한 역할을 담당한다. 왜냐하면 소설이라는 매체가 지니는 공공성과 발화자의 독백이 사회적 자아를 드러내게 도와주기 때문이다.

하지만 이 시기에 전향 사회주의자들의 고백을 들어줄 공동체를 대표하는 청자는 존재하지 않았다. 공적 영역에서 밀려나 사적 영역 안에 머무르면서, 다시 공적 영역으로의 진출을 준비해야 하는 이들에게 다시 공동체로 나아갈 수 있는 길은 보이지 않았다. 그래서 전향 사회주의자들은 「파도」에서처럼 아내를 학대하거나, 「이녕」에서처럼 자신보다 약한 '족제비'의 목을 비틀면서 살아있음을 느끼는 상태, 다시 말해 '겁쟁이'의 상태에서 한 발짝도 더 나아가지 못한다.

수다의 장소를 찾아서

한설야의 「이녕」(1939)에는 전향 사회주의자를 남편으로 둔 아낙네들이 모여서 수다를 떠는 장면이 묘사되고 있다. '정주(부엌과 안방 사이에 벽이 없이 부뚜막과 방바닥이 한데 잇닿은 곳)'에서 이루어지는 아낙네들의 수다는 지식인 남성들의 독백과는 달리, 대화 상대를 앞에 둔 상태에서 진행된다. 또한 이 수다는 최신의 소식을 전하는 소문들을 포괄하는 형태로 이루어진다. 정주에 모인 아낙네들은 거의 다 민우의 아내와 처지가 비슷한 사람들이다. 한때 그네들의 남편들은 사상관계로 감옥 안에 있었던 사회주의자였으나 지금 대부분의 남편들은 직업을 가진 상태이다.

> "그때 그러고 다니던 사람들도 지금은 모두 돈벌이 하고 얌전들 해졌어. 철들이 나서 그런지 세월이 좋아서 그런지……."
>
> 수득이 어머니가 이렇게 말하자 곁에서 따라서 누구는 수리조합에 다니느니, 누구는 부정 토목계 측량반으로 다니느니, 누구는 어느 회사 고원으로 다니느니, 누구는 무슨 장사를 하느니, 누구는 신문 지국 기자로 다니느니 하는 따위 이야기를 창황히 주워댄다.[3]

위의 인용문에는 수득이 어머니와 민우 아내의 대사를 잇는 소문들, 즉 서술자가 요약하여 전달하는 소문들이 담겨 있다. 이 장면들에서 구체적인 발화자가 누구인지는 밝혀지지 않는다. 전향자들이 어떤 직업에 종사하게 되었는가를 논하는 이 자리에서, 중요한 것은 '수리조합', '부정 토목계 측량반', '회사 고원', '장사', '신문 지국 기자' 등의 직업과 그들이 돈을 모으는 방법이지 발화의 주체는 아니기 때문이다. 민우네 정주에서 벌어지고 있는 이야기판은 아내들의 수다판인 동시에 기존의 소문을 '창황히' 주워대고, 새로운 소문을 만들어내는 소문들의 진원지이자 교차로라고 할 수 있다.

---

3. 한설야, 「이녕」, 『한국근대단편소설대계 29』, 태학사, 1988, 23쪽.

> "계집질 좋아하는 사내는 그저 한 번씩 톡톡히 큰집(감옥) 구경을 시켜야지. 그래야 버릇이 떨어진다니까."
>
> 민우의 아내가 결론짓듯 이렇게 말하자 모두 참말 그렇다는 듯이 맞장구판이 벌어진다. 누구는 감옥 다녀오자마자 곧 취직해서 인제는 돈을 모으고, 누구는 책사를 해서, 누구는 토지 거간을 해서, 또 누구는 부자 과부를 얻어서 진장을 장만하고 아들딸 낳고 깨고소하게 산다 하고, 어떤 사람은 지위 있는 관리들과 상종하고, 무슨 대표로 동경까지 갔다 왔는데 다만 누구만은 아직도 징역살이가 부족해서 길이 좀 덜 들어 궁을 못 벗은 것이라는 이야기가 또 한 거리 넌즈러졌다.[4]

그런데 위의 인용문이 중요한 이유는 '수다'가 오락의 기능과 정치의 기능을 둘 다 담당하는 모습을 보여주기 때문이다. 수다는 사람들을 통합하기도 하고 특정인을 배제하기도 한다. 우선 수다에서 통합의 대상은 그 자리에 모인 사람들이다. 민우네 정주에 모인 아낙네들 중에서 계속해서 남편 자랑을 하는 수득 어미는 다른 사람들의 눈총을 받기도 하지만, 그 역시도 함께 수다를 떨 수 있다는 이유만으로 통합의 대상이다. 반면에 대화 속에 등장하는 '계집질 좋아하는 사내'는 이 수다판에서 배제해야 할 대상으로 여겨진다.

「이녕」에서 수다를 떠는 아낙네들은 전향자들의 아내여서 인용문에는 과거에 사회주의를 표방하던 이들이 전향 후 어떤 직업을 갖게 되

4. 한설야(1988), 앞의 글, 33쪽.

었고, 어떻게 돈을 벌고 있는지가 주된 관심사로 등장한다. 전향자들의 아내들끼리 모이면 이 수다판에서 서로가 들은 소문이 교환되기 때문에 여러 사람의 목소리는 교차될 수 있다. 왁자지껄한 이 공간 안에서 아낙네들은 자신의 남편을 자랑하기도 하고, 근거 없는 소문을 나르기도 하고, 자신보다 못한 집을 걱정하기도 하면서 독백으로 점철된 남편들의 삶과는 달리 고립되지 않는다.[5]

아내들만의 수다

이 시기 김남천 소설에 등장하는 전향 사회주의자들은 '동일화'보다는 '이화(異化)'의 대상으로 그려진다. 이들은 사상을 포기하고, 생활에 안주하고자 하는 자신을 합리화하기에 급급하다. 그러나 결국에는 소설 속 타자의 시선과 자신의 자조 섞인 독백, 그리고 서술자의 평가에 의해 그 위선과 가식이 폭로된다. 그리고 아내의 목소리를 통해 이들에 대한 공격이 진행될 때, 남편들의 목소리는 사라지고 아내의 발화만이 남는다.

1937년에 발표된 「처를 때리고」는 일상생활에 편입하고자 하는 전향 사회주의자의 생활과 내면을 그리고 있다. 과거 사회주의자였던 차남수는 전향 후 변호사 허창훈의 자본과 김준호의 기술을 모아 출판 주식회사를 차리려고 한다. 그런데 자신의 아내인 정숙이가 김준호와 함

5. 황지영, 「식민지 말기 소설의 권력담론 연구」, 이화여자대학교 박사학위논문, 2014, 192~193쪽.

께 저녁 먹은 것을 숨긴 사실을 알고는 부부싸움을 한다. 그리고 이 과정에서 차남수의 위선이 폭로된다.

세 개의 장으로 이루어진 이 작품에서 첫 번째 장은 부부싸움 중에 아내인 정숙이 남수를 비판하는 내용으로 채워진다. 이 부분은 식민지 시기의 소설 중에서 전향한 사회주의자에 대한 비판을 가장 적나라하게 보여 준다. 그리고 이때 정숙이가 남수를 비판하는 내용은 단순히 남수가 사상을 포기한 것에 국한되지 않고, 윤리적인 문제와 경제적인 문제까지를 포괄한다.

남수는 사회주의 운동을 하는 데 방해가 된다며 정숙이 아이 낳는 것을 포기하게 만들었지만, 정숙이 생각하는 그 진짜 이유는 남수에게는 본처와의 사이에 자식들이 있기 때문이다. 수술을 해서 자식을 가질 수 없는 상태가 된 정숙은 자신을 '불구자'라고 말한다. 여기서 '불구자'는 일차적으로 아이를 낳지 못하는 정숙을 나타내는 말이다. 하지만 그보다는 대의를 위해서 주변인들의 희생을 당연한 것으로 여겼으나, 지금은 그 무엇도 생산할 수 없는 전향자, 즉 남수를 비판하기 위한 말이기도 하다.

(1) 허 변호사는 영리한 놈이라 차남수가 옛날엔 ○○계 거두니까 돈이나 주어 병정으로 쓰구 제 사회적 지위나 높이려구한다는 소문이나 너는 알구 있니. 또 차남수는 자기가 이용되는 줄 알면서 그것을 거꾸로 이용하여 생활비를 짜낸다는 소문을 너는 알구나 있

니. 그래 그게 청렴한 사람의 소위 청이불문이냐.[6]

(2) 그 놈이 돈을 낸다구 출판사를 하겠다구. 출판사를 하여 문화사업을 한다구. 너두 양심이 있는 놈이면 잡지책이나 내구 신문소설이나 시나부랭이를 출판하면서 그것이 다른 장사보다 양심적이라는 말은 안 나올 게다. 직업이 필요했지. 그따위 장사를 하려면 왜 여태껏 눈이 말뚱말뚱해 앉았었나. 작년에 하지. 아니 재작년에 하지. 문화사업. 이름은 좋다.[7]

부부싸움으로 인해 격앙된 정숙이 두 번째로 비판하는 부분은 '돈'에 대해 초연한 척하는 남수와 자신의 명예를 위해 친구를 이용하는 허창훈의 위선이다. 허창훈은 차남수의 명분이, 차남수는 허창훈의 돈이 필요해서 두 사람은 전략적 제휴 관계를 맺고 있다. 그러나 이 둘이 함께 문화 사업이라는 이름으로 출판사를 하려는 것은 이들에게는 더 이상 민중을 위하는 사상도 없고, 지식인으로서의 소명도 없기 때문이다. '청이불문(聽而不聞)'으로 관계를 유지하는 이 두 사람에게 남은 것은 자신의 이익을 위해서는 친구마저도 이용할 수 있다는 생각뿐이다.

이는 사회주의 사상이 실패하고 식민지 자본주의 체제에 흡수될 수밖에 없었던 당대 지식인들의 모습을 단적으로 보여준다. 대부분의 식민지 지식인들에게 '사상'은 과거의 불미스러운, 혹은 화려한 경력으로만 남는다. 그런 전향 사회주의자들에게 민족을 계몽하고, 청년들을 교

---

6. 김남천, 「처를 때리고」, 『한국근대단편소설대계 3』, 태학사, 1988, 159쪽.
7. 김남천(1988), 앞의 글, 162~163쪽.

육하는 '문화사업'은 정신적 가치를 추구하지 못하며, 하나의 장사로 여겨질 뿐이다.

마지막으로 정숙이 비판하는 것은 남편이 신봉했던 '사회주의 사상' 자체이다. 정숙은 사회주의가 민중을 위한 것이 아닌 지식인들의 허영의 산물이며, 이름만 좋은 것, 자본 앞에서는 자존심도 버리게 만드는 것이기에 부정한다. "흥 사회주의 이름은 좋다.", "야 사회주의자 참 훌륭하구나."라는 빈정거림과 사회주의자들의 특성을 "질투심. 시기심. 파벌심리. 허영심. 굴욕. 허세. 비겁" 등으로 규정하는 것을 통해서도 알 수 있듯이 정숙은 남편의 사상이 대중을 위한 것이라고 생각하지 않는다. 그래서 정숙은 남편을 향해 독기를 품고 다음과 같이 악을 쓴다. "네 몸을 흐르는 혈관 속에 대중을 위하는 피가 한 방울이라도 남아서 흘러 있다면 내 목을 바치리라."

뒤틀린 내면과 자학으로서의 '춤'

「처를 때리고」의 두 번째 장에서는 작품이 진행되는 동안 초점화자가 계속해서 변화하고 있지만, 남수의 내면이 주로 서술된다. "나는 안 믿으련다."라는 대사를 통해 짐작할 수 있듯 남수는 자신의 자존심을 지키기 위해 눈앞에 보이는 것들을 무시하고, 자기를 합리화한다. 또한 "나는 ~을 알고 있다"라는 서술이 반복적으로 등장하여, 남수가 상대의 마음을 안다고 착각해서 오히려 진실에 다가가지 못함을 보여준다. 남수는 아내와의 싸움과 그 과정에서 아내를 때리게 된 이유를 모두 아내의 탓으로 돌리고, 자신은 용서해 주는 입장이라고 생각한다. 하지만 이렇게 자신을 보호하려는 내면 역시도 그의 의식이 만들어낸 허위임이 폭로된다. 아내를 때리는 행위 역시 스스로에 대한 분노가 아내에게 발현된 것이기 때문이다.

마지막 장에서는 김준호가 몰래 취직운동을 해서 총독부까지 출입할 수 있는 사회부 기자가 되었음이 밝혀진다. 이 사실을 알고 난 후 남수는 "'이년 이런 놈하고 산보할 때 너는 행복을 느끼느냐'"라고 생각하며, 아내를 '뚜드리고' 싶어 한다. 하지만 곧 이 감정이 "결국 제 자신에게로 돌아오는 불쌍한 심리"임을 자각한다. 아내를 향한 분노는 곧 자신을 향한 분노인 것이다.

전향 지식인의 문제를 가정 안에서 풍자하는 김남천의 또 다른 작품으로는 「처를 때리고」와 같은 해에 발표된 「춤추는 남편」이 있다. 「춤추는 남편」의 홍태는 조혼을 했으나, 지금은 동경 유학 시절에 만난 영실, 그리고 둘 사이에서 태어난 딸 혜라와 함께 살고 있다. 영실은 혜라의 취학을 앞두고 남편에게 본처와 이혼할 것을 요구하지만, 홍태는 이혼에는 동의하면서도 적극성을 보여주지 않는다.

지적 허영에 젖어 사는 홍태는 본처와의 이혼을 계속해서 요구하는 영실에게 이혼을 위해 변호사를 만나고 있는 것처럼 거짓말을 한다. 왜냐하면 영실과의 관계도 관계지만, 영실 아버지의 도움으로 현재 무역회사에 다니고 있기 때문이다. 이제 더 이상은 이혼을 미룰 수 없는 시점에서 그는 일본인 변호사 '오까무라'를 찾아가서 이혼 소송을 하려고 한다. 그런데 바로 그날 본처 소생인 아들이 보낸 한 통의 편지를 받는다.

> 소자가 금번 차처 보통학교를 우수성적으로 졸업하옵고 상급학교를 지원코저 하옵는대 부주전의 신분 때문에 공립학교는 지원할 수 없고 사립××고등보통학교를 희망하온 중 그곳서도 또한 가정관계와 기타 여러 가지를 조사한다 하오니 바쁘시겠사오나 소자의 장래를 생각하시와 일차 ××로 내려오셔서 선생 등을 방문하시고 운동을 해주시오면 감사하겠습니다. 이곳 조부주께 부탁하였으나 연로하신 탓에 걱정만 하시고 또 부친주의 욕만 하십니다. 그리고 ××에 낙제하면 경성이래도 가려고 하오니 많이 생각하셔서 선히 주선해 주심 복망하나이다. 모친 주는 일거 무소식이로소이다. 소자는 부모를 두고도 고아와 같습니다. 이월 ××일 소자상서.[8]

'소자상서'로 되어 있는 이 편지에는 자식 하나 건사하지 못하는 아버지 홍태에 대한 원망과 '조혼 거부'라는 명목 하에 이루어진 지식인 남성들의 신여성과의 중혼, 그리고 전처소생들의 불우한 삶이 담겨 있다. 하지만 홍태 역시 「처를 때리고」의 남수처럼 문제의 근원에 자신이 존재한다는 것을 인정하지 않는다. 그는 자신에게 언제나 술을 먹인 것은 '영실'이었다고 생각한다.

그래서 술에 취해 집으로 돌아온 홍태는 '꼽추'의 신체를 흉내내는 '꼽장춤'을 춘다. 이념과는 이미 결별했고, 가족들을 제대로 돌보지 못하며, 생계를 잇기에 급급한 홍태의 모습은 '꼽장춤'을 매개로 불구자의 모습으로 형상화된다. 홍태의 춤추는 모습만 볼 수 있는 영실과 혜

8. 김남천, 「춤추는 남편」, 『한국근대단편소설대계 3』, 태학사, 1988, 202쪽.

라는 그 모습을 보고 웃지만, 홍태는 곧 이러지도 저러지도 못하는 자신의 처지를 한탄하며 눈물을 흘린다. 홍태에게 '꼽장춤'은 즐거워서 추는 춤이 아니라 자학의 또 다른 표현이기 때문이다.

'소망(少妄)' 뒤에 숨겨진 비밀

그런데 1938년에 발표된 채만식의 「소망(少妄)」에는 앞의 작품들과는 사뭇 다른 양상이 펼쳐진다. 이 작품에서도 남편의 목소리는 소거된 채, 자신의 언니와 수다를 떠는 아내의 목소리만 등장한다. 하지만 앞의 작품들과 달리 남편은 부재하는 가운데도 아내의 인용을 통해서 목소리를 낸다. 남편의 눈에는 아내가 "보기 싫은 인간들 하고 휩쓸려 도야지처럼 엄부렁덤부렁 지내"는 '속물' 혹은 '속충'으로 보인다.

아내는 일본 유학까지 다녀와서, 잘 다니던 신문사를 팽개치고는 한여름에 찜통 같은 건넛방에 처박혀 있고, 말복에는 겨울 외투와 모자까지 쓰고 종로를 나다니는 남편이 미쳤다고 생각한다. 그래서 의사인 형부와 언니를 찾아가서 남편이 '신경과' 전문의를 만날 수 있게 자연스러운 자리를 만들어 달라고 부탁한다. 가정은 돌보지도 않고, 함께 시간을 보내자고 하면 신경질만 부리던 남편이 일상생활을 온전히 할 수 없는 상태에 이르렀다고 판단한 것이다.

이 작품의 제목인 '소망(少妄)'은 "젊은이 명령"이라는 뜻이다. 작품 전체가 수다를 떠는 아내의 목소리로 짜여 있기 때문에, 표면적으로 '소망'의 주체는 남편으로 느껴진다. 남편은 집에서 "책 디리파기, 신문

잡지 뒤치기, 그렇지 않으면 끄윽 드러누워서, 웃지두 않구, 이야기두 않구, 입 따악 봉허구서는, 맘 내켜야 겨우 마지못해 묻는 말대답이나 허구, 그리다가는 더럭 짜증"을 낸다. 그리고 닷새에 한번쯤 혹은 열흘에 한번쯤 "화동 사는 서씨"를 찾아가는 것이 고작이다. 그런 그가 한 여름에 겨울옷을 입고 돌아다니니 아내로서는 남편이 미쳤다고 생각할 수밖에 없다.

하지만 미친 사람을 흉내 내는 남편의 행동에는 어딘가 미심쩍은 부분이 있다. 무더운 여름날 겨울옷을 입고 돌아다니는 남편과 세상이 갈수록 망가져 가는데 가족의 안위만을 걱정하고 여름이니 친정으로 피서를 가서 물놀이를 하자고 이야기하는 아내, 둘 중 누가 더 문제일까? 이 질문에 다다르게 되면, 지금까지는 눈에 띄지 않았던 남편의 이야기들이 부각된다.

> (1) "남을 위해서 내가 죽는 것두 개주검일 경우가 많아! 제일차 세계대전 후에, 아메리카 녀석들이 무얼루 오늘날 번영을 횡재했게! 귀곡성(鬼哭聲)이 이천만이 합창을 하잖나! 억울하다구. 생때 같던 장정 이천만 명!"[9]

> (2) "이 동물아! 내가 이렇게 꼼짝 않구서 처박혀만 있으니깐, 아무 내력 없이 그러는 줄 알아? 나는 이게 싸움이야, 이래 뵈두. 더위가 나를 볶으니까, 누가 못견디나 보자구 맞겨누는 싸움이야 싸움!"[10]

---

9. 채만식, 「소망」, 『채만식 전집 7』, 창작과비평, 1989, 346쪽.
10. 채만식(1989), 앞의 글, 346쪽.

첫 번째 인용문에는 그가 직업을 버리고 칩거를 시작한 이유가 담겨 있다. 제1차 세계대전으로 인해서 수많은 사람들이 죽었다. 게다가 이 작품은 제2차 세계대전의 도화선이 되었던 중일전쟁이 시작되고 얼마 지나지 않아서 발표되었다. 이런 시대적 상황 속에서 그는 예전처럼 평온무사한 삶을 사는 것을 거부한다. 아무도 알아주지 않더라도 이처럼 망가진 시대와 대결하지 않고는 스스로가 견디지 못하는 것이다.

그래서 그는 한증가마 속 같은 건넛방에 머무는 것을 '농성(籠城)'이라고 표현했고, "천하사를 도모하는 노릇"이라면 아내가 원하는 것을 함께 할 생각이 있다는 뜻을 내비쳤다. 그리고 두 번째 인용문에도 등장하는 것처럼 더위를 참고 견디는 것이 '내력'이 있는 행위이며, 하나의 '싸움'임을 강조한다. 그는 더위가 좋아서 찜통 같은 건넛방에 머물고 말복에 겨울옷을 입은 것이 아니다.

그렇다면 여기서 다시 몇 가지 질문들이 떠오른다. 그는 왜 아무도 알아주지 않는 이런 일을 하는 것일까? 시대가 문제라면, 그리고 그런 시대와 싸움을 할 생각이 있다면 집안이 아니라 집 밖에서 활동을 만들어가야 하지 않을까? 이불 속에서 활개 치는 것이 무용한 것처럼, 그의 행위는 자기와 함께 살고 있는 아내를 괴롭히면서 스스로를 합리화하는 비겁한 행동이 아닐까?

이 질문에 대한 답을 찾기 위해서는 그가 집 밖에서 한 행동들을 다시 짚어 보아야 한다. 우선 그는 6월 그믐쯤에 싸전에다가 시골에서 돈을 마련해 곧 외상값을 갚겠다고 이야기를 했다. 하지만 돈은 마련되지 않았고, 그 후 그는 "화동 서씨네 집을 갈 때면은 곧장 내려와서 가회동으로 넘어가덜 못하구서는, 위정 중앙학교 뒤루 길을 피해 비잉빙 돌아다"녔다. 이것은 얼핏 보면 외상값을 갚지 못한 사람의 평범한 행동 정도로 해석될 것이다.

하지만 바로 여기에 '소망'의 비밀이 숨겨져 있다. 그가 싸전에 외상값을 처리하지 못/안 한 것은 바로 '화동 서씨'네 집을 빙빙 돌아서 가기 위한 하나의 위장인 것이다. 작품 속에 구체적인 서술들이 등장하지는 않지만 행간의 의미를 추론해 보면, 그는 '화동 서씨'와 시대의 문제를 해결할 방안을 함께 도모하는 중일 것이다. 그렇기 때문에 싸전 앞을 지나 화동으로 바로 가는 길을 택하기보다는 우회로를 통해 화동에 가야 한다. 그러기 위해 그는 싸전에 외상값을 갚지 못한 것이 민망해서 그 앞을 지나치지 못하는 소심함을 연기한다. 게다가 이러한 상황을 숨기기 위해 그는 밖에 나가 수다 떨기를 좋아하는 아내의 '다변'을 역으로 이용한다.

그러므로 젊은 그의 '망령', 즉 복날 겨울옷을 입고 종로에 서 있는 행동은 이러한 위장을 지속하면서도 그 방향을 바꾸기 위한 설정으로 보아야 한다. 모두가 미쳤다고 생각할 복장을 한 바로 그날, 그는 싸전 앞을 당당히 지나온다. 그리고 그의 표정은 "그새처럼 침울하기는 침울해도, 말소리는 애기같이 명랑"했으며, 그는 오늘 자신의 행위에서 유쾌한 '해방'을 맛보았다고 말한다. 이런 방식으로 저항할 수밖에 없는 상황은 그의 얼굴에 쉽게 지울 수 없는 '침울'함을 남기지만, 그나마 이렇게라도 할 수 있음에 그는 '명랑'할 수 있는 것이다.

한설야나 김남천의 작품들에서는 아내의 '수다'에 의해서 전향한 남편들의 무기력함이 폭로되었던 것과 달리, 채만식은 「소망」에서 일상인 아내의 수다를 남편이 자신을 위장하기 위한 도구로 사용한다. 일반적인 사람들은 아내의 이야기를 듣고는 남편을 미쳤다고 생각하겠지만, 그 '망령'의 상태가 남편에게는 하나의 보호색으로 작동할 수 있기 때문이다. 많은 사람들이 제2차 세계대전이 다가옴을 예견했지만 그것을 막을 수는 없던 시대, 맨정신으로는 시대와 대결할 수 없었던 시대, 그때 저항은 이처럼 '망령'의 외피를 입은 형태로 등장한다.

12장

무엇을 어떻게 말할 것인가?

상처를 치유하는 거짓말

특정한 시대에 통용되는 언어는 정치적 성격을 지니고, 언어의 구조는 사회의 구조를 반영한다. 그리고 작가는 주제를 효과적으로 전달할 수 있는 언어를 선택하여, 그것을 기반으로 작품을 구성해 나간다. 박태원은 표현과 기교의 문제에 특히 관심이 많았기 때문에, 그가 작품에 사용하는 언어의 특징은 눈여겨 볼 필요가 있다. 이 장에서는 박태원의 「골목안」(1939)에 등장하는 '거짓말'과 『애경』에 제시된 일본어 음차의 조선어 표기, 그리고 김남천의 「등불」에 등장하는 알레고리를 중심으로 소설 속에 등장하는 표현의 문제가 어떻게 시대와 상호작용했는지를 살펴보고자 한다.

우선 많은 사람들이 거짓말은 나쁜 것이라고 생각한다. 간혹 상대를 배려하기 위해 혹은 다수의 이익을 위해 거짓말을 하는 경우가 있긴 하지만, 대개의 거짓말은 순간의 위기를 모면하기 위해서 임기응변식으로 내뱉게 되는 것이고 상대를 기만하는 행위이기 때문이다. 그러나 세상에는 '진실말하기'로는 회복할 수 없는 자신의 삶을 치유하기 위해 거짓말을 해야 하는 사람도 있기 마련이다. 이러한 모습은 박태원의 「골목안」(1939)에 등장하는 집주름 영감의 모습에서 확인할 수 있다.

지금으로 치면 부동산 중개업을 하는 「골목안」의 주인공 집주름 영감은 갈수록 가세는 기울고 자식들은 하나 같이 맘에 들지 않아서 속을 앓는 인물이다. 큰아들이 바람이 나서 집을 나간 후, 집주름 영감은 거의 수입이 없어서 카페에 나가는 큰 딸이 이 집의 실질적인 가장 역할을 하는 실정이다. 그나마 둘째 딸은 얌전히 학교를 다니는 줄 알았는데 최근에 그 딸마저 이 시대에는 금기시되던 연애를 한다는 사실이 밝혀져서 집주름 영감은 다시 한 번 상처를 받았다.

순이의 연애로 인해 집주름 영감은 "비극을 일신에 모으고 있는 사람"으로 완성된다. 제대로 된 자식은 하나도 없고 생계도 위태롭기 때문이다. 그러니 다른 사람들의 눈에 집주름 영감은 비극의 정점에 서있으며, 무기력과 체념을 경험하기에 충분한 조건을 갖춘 것처럼 보인다. 하지만 집주름 영감은 이러한 상황 속에서도 절망하지 않는다. 절망에 빠지는 대신 집주름 영감은 막내아들이 입학한 고등소학교에 가서 "그가 일생에 꿈꾸었던 행복의 전(全) 유토피아를 거짓말을 빌려 이야기"[1] 함으로써 자신의 상처를 치유하려 한다.

이 소설의 하이라이트라고 할 수 있는 마지막 장면에서 집주름 영감은 친구에게 들은 평안도 약 거간과 그의 아들들의 이야기를 자신의 이

1. 임화, 「현대소설의 귀추: 창작 32인집을 중심으로」, 『조선일보』, 1939.7.19.~7.28.; 신두원 편, 『문학의 논리』, 소명출판, 2009, 344쪽.

야기인 냥 바꾼다. 자신의 큰아들은 집을 나갔고 둘째 아들은 권투를 한다고 돌아다니지만, 약 거간의 큰아들은 의학전문학교를 졸업하고 현재는 대구 도립병원에서 근무하는 의사로 삼 년 동안 매달 십오 원인가를 집으로 보냈다고 한다. 그리고 약 거간의 둘째 아들은 국가적 사업으로 산금 장례를 하는 이때에 "월급 삼백원"을 받는 광산기수로 고등공업학교 출신이다. 집주름 영감의 거짓말은 대화 상대와의 관계에서 발생한 위기를 모면하기 위한 것이 아니라, 회복 불가능해 보이는 자신의 삶을 '거짓-말하기' 혹은 '거짓말-하기'를 통해서 치유하기 위한 것이다. 비루한 삶의 회복을 위해서는 어떤 이야기하기의 방식이 필요한데, 그는 그 방식으로 거짓말을 선택한다.

작품 속에서 집주름 영감의 '거짓말'이 중요한 일차적인 이유는 유일하게 이것만이 그의 의지로 이루어졌기 때문이다. 행위에는 크게 '되기'와 '하기'라는 두 가지 형태가 있다. 전자인 '되기'는 수동성과 결합된 받아들임의 성격이 강한 반면, 후자인 '하기'는 외부에서 어떤 작용이 있을 때 거기에 대해 반응하는 능동성을 지닌다. 갈수록 개인의 삶을 옭아매는 시대적 상황과 본인의 기대에 못 미치는 자식들은 집주름 영감의 능동적 의지로 바꿀 수 있는 것이 아니다. 집주름 영감에게 그것들은 수동적으로 받아들여야 하는 것일 뿐이다. 그래서 비극의 순간에 그는 이제 '어떻게 될 것인가'를 걱정하기보다는 '무엇을 할 것인가'를 결정한다.[2] 그리고 여기서 "자유의지를 가진 주체의 의지 행위"[3]로서의 거짓말이 등장한다.

---

2. 윤구병, 『철학을 다시 쓰다-있음과 없음에서 함과 됨까지』, 보리, 2013, 328, 339, 377쪽.
3. 마리아 베테티니, 『거짓말에 관한 작은 역사』, 장충섭 역, 가람기획, 2006, 23쪽.

(1) 모든 사람이 한결같이 자기의 입만 바라보고 있었던 것이다.[4]

(2) 노인은 다시 눈을 들어, 모든 사람의 시선이, 자기에게 대한 흥미와 호의를 가지고 자기 하나만 지켜 보고 있는 것을 알자, 가만히 한숨지었다.

노인이 세번째 좌중을 둘러보았을 때, 그와 시선이 마주친 모든 사람이, 기계적으로 고개를 끄떡이고, 그의 다음말을 기다렸다.[5]

마지막 장면의 의미를 깊이 살펴야 하는 두 번째 이유는 이 거짓말이 집주름 영감의 내면을 회복할 뿐 아니라, 학부모 총회에 모인 모든 사람들의 욕망도 자극했기 때문이다. 그가 거짓말을 시작하자 그의 주위에는 사람들이 모여들고, 모두 "오직 노인의 이야기에만 귀를 기울인다." 소설의 서두 부분에서 집주름 영감이 막내아들의 진학 문제를 친구들과 상의할 때 친구들은 장기를 두느라 영감은 쳐다보지 않았다. 반면에 학부모 총회에 모인 사람들은 '흥미와 호의'를 가지고 집주름 영감을 '바라보고' '지켜보고' 그의 말에 '고개를 끄덕이고' 다음 말을 '기다린다'.

자신을 아는 사람이 없는, 다시 말해 익명의 군중들이 모여 있는 '학부모 발기총회'에서 영감은 자신에게 집중된 시선들에서 어떤 욕망을 읽어낸다. 학부형들의 경탄의 시선 속에는 자신도 혹은 자신의 아들도 의사가 되고 광산기수가 되어 부모에게 기와집을 사주고 매달 생활

4. 박태원, 「골목안」, 『한국단편소설대계 8』, 태학사, 1988, 407쪽.
5. 박태원(1988), 앞의 글, 408쪽.

비를 보내게 되기를 바라는 마음과 성공한 아들을 둔 노인에 대한 존경, 그리고 그 성공의 비결을 알고자 하는 호기심 등이 담겨 있다. 이처럼 노인의 거짓말은 본인의 결단과 청중들의 요구가 함께 작용하여 만들어진다. 거짓말은 더 이상 노인의 것만이 아니기에, 노인은 사람들이 건넨 시선을 받으며 "당당한 태도로" "언제 끝날지 모르는 이야기를" 계속해서 이어간다.

집주름 영감의 거짓말은 현실 속에서 벌어진 비극에 대처하고 고통을 견디게 만든다는 점에서 상처를 치유하는 방식의 일종이다. 물론 이 거짓말은 실질적인 문제 해결이 아니라는 점에서 자기 기만적인 성격을 지닌다. 하지만 진실말하기가 삶의 파국만을 증언하는 순간에 이루어지는 집주름 영감의 거짓말하기는 일시적이나마 삶의 회복을 꾀할 수 있게 돕는다는 점에서 불가피한 선택이었다.[6]

부서진 일본어의 정치성

「골목안」의 거짓말과 더불어 『애경』에 자주 등장하는 '조선어'로 '일본어'의 발음을 표기하는 현상은 박태원의 섬세한 표현력에 대해 다시 한 번 생각하게 만든다. 사실 한국 근대문학이 순수한 조선어만으로 이루어졌다고 생각하는 것은 오류일 가능성이 높다. 한국 근대문학의 초입은 한문과 조선어가 충돌하는 이행과정으로 구성되어 있었고, 이후

6. 황지영, 「골목안의 사정(事情)과 치유의 거짓말」『한국문학이론과 비평』 21(2), 2017. 5장 참조.

의 식민지 시기는 조선어와 일본어를 둘러싼 이중언어적 조건에 구속되어 있었다.[7] 그러니 이중언어적 상황을 일제 말기만의 특수한 현상으로 보는 것은 무리가 있다.

물론 1930년대 후반이 되면서 '황민화 정책'의 일환으로 학교에서 일본어 교육이 강화되었고, 동시에 학교 이외의 장소에서 아동 이외의 대상에게 일본어를 가르치는 작업이 이루어졌다. '우수한 일본 정신'을 품은 언어, 그리고 '아시아 제민족(諸民族)의 공통적인 국어'로 도약할 언어인 일본어 체득이 강요된 것이다.[8] 또한 내지인의 일본어와 조선인의 일본어에는 "정확함이나 아름다움에 격차가 있"고, "국어(일본어)는 생활어이며 조선어는 가정어"라는 지적도 이 시기에 등장한다.[9] 이러한 사례들은 조선어와 일본어의 위계문제, 양적으로 확산되는 일본어 사용의 문제뿐 아니라 일본어 사용에서 그 '질'까지 문제가 되었음을 보여준다.

이와 같은 상황 속에서 조선의 작가들은 일본어와 자신의 작품과의 관계를 나름의 방식[10]으로 설정할 수밖에 없었다. 그 중에서 『애경』은

---

7. 한수영, 「전후세대의 문학과 언어적 정체성 - 전후세대의 이중언어적 상황을 중심으로」, 『대동문화연구』, 2007, 261쪽.
8. 송이랑, 『日帝의 韓國 植民地 統治 方式』, 세종출판사, 1999, 208~209쪽.
일제는 1938년 일본어를 강제적으로 사용시키기 위한 수단으로 소학교와 간이학교에 '일본어강습회'를 조직, 그 수가 1938년 말에는 3,660여개소에 달하였다.
9. 카와사키 아키라, 「식민지 말기 일본어 보급 정책」, 『일제 식민지 시기 새로 읽기 』, 혜안, 2007, 284~295쪽.
10. 한수영(2007) 앞의 논문, 263쪽.
한수영은 이 시기 소설 속에 등장하는 일본어 사용의 사례를 1) 전문을 일본어로만 쓴 경우, 2) 한글로 쓰되 일본어에 해당하는 부분은 일본어(히라가나와 가타가나로 표기)를 노출시킨 경우, 3) 일본어를 한글로 바꾸어 적은 경우로 나누어 설명한다. 그리고 그 두 번째의 예로는 채만식의 「냉동어」를, 세 번째의 예로는 박태원의 『애경』을 들고 있다.

일본어의 발음을 그대로 한글로 받아 적은 경우에 해당한다.[11] 이러한 표기법에 대해서는 1940년 6월에 발표된 외래어표기법을 활용하여 음성언어를 묘사한 것으로 보기도 한다.[12] 우선 이 작품에서 일본어가 사용되는 다양한 예를 살펴보도록 하자.

(1) 여자는 왼손을 치켜 들어 시계를 보았다. 아홉시 오분전-, 아홉시면 겨울에는 이미 밤중이다.

"난, 꼭, 안따 우와끼가 또 하지마루 했나 그랬지."

"죠오단자 나이와."

"그래두 가만이 보려니까, 긴장이 권허는 대루 무한정허구 술을 먹으니……, 난, 밖에서 보면서 혼또니 하라하라시마시다요."[13]

(2) 그리고 아들은 며누리편을 향하여,

"기미, 이꾸라까 못도루?"

하고, 그러한 것을 물었다. 며누리는 역시 시어머니편을, 흘낏, 미안스러히 치어다 보았으나, 낮은 목소리로 대답하였다.

"이꾸라모 나이노."

"상엔호도 나랑까네?"

"나리마쯔와."

---

11. 박태원(2004), 앞의 책, 260쪽.
12. 배개화, 「문장지 시절의 박태원 - 신체제 대응 양상을 중심으로」, 『우리말글』 제44집, 2008.12., 15쪽.
13. 박태원, 『애경』 1회, 『문장』, 1940.1., 116쪽.
난 꼭 네 바람기가 또 시작됐나 그랬지./ 농담하지마./ 정말 조마조마했다구.

어머니는 물론, 그들의 그러한 말을 알아 듣지는 못한다. 그러나, 그 경우, 그 경우를 따라, 눈치는 빨랐다.

'날, 뭐, 대접이래두 하겠다는게지…….'[14]

(3) "온, 참, 긴상두…… 아, 그렇게 내게다 신신부탁을 허구두 잊으셨우?"

"도오까시떼마쓰네. 아, 숙자 말이야, 숙자."

"아, 아. 그래 찾아냈다니, 그래, 지금 그 애가 어딨니?"

"시까시 다다쟈-"[15]

(4) "오세지쟈 나꾸, 기미 기레이다네!"

남자는 참말 그의 아리따움을 찬미하러 들었다. 그러나 여자는 흥! 하고 코웃음친다.

"옥싼도 소오단시떼까라 잇떼!"

"뇨오보난떼 나이사! 기미니데모 낫떼모라우시까!"

"마아 이께스까나이! 영자가 알면 내가슴에 칼이 들어 오라구?"

"영자?"

남자는 진정 놀라, 눈을 부릅 뜨고,

"오레노 가까아오 싯떼루 노까?"

하고, 성급하게 물었다.

---

14. 박태원, 『애경』 3회, 『문장』, 1940.3., 91~92쪽.
너 얼마 정도 가지고 있어?/ 얼마 없어./ 3엔 정도 없어?/ 있어.

15. 박태원, 『애경』 4회, 『문장』, 1940.4., 115~116쪽.
무슨일이긴요?/ 하지만 공짜면 안 돼요.

"나두 아께보노에 있어요. 쯔바끼라구 합니다. 도오조 요로시꾸!"

"오오, 노형이 숙자씨야? 성화는 많이 듣자왔죠."[16]

(5) '아에바 나야마시, 아와네바 가나시…….'

오랜 예전에 유행하던 노래의 한구절이 불현듯이 머리에 떠올라, 신호는 이번에는 흥! 하고 코웃음조차 쳤던 것이나, 다음 순간,

(중략)

'아마이 야로오다…….'[17]

위에 제시된 다섯 개의 장면 중 첫 번째 예는 여급 숙자와 중학 중퇴자인 준길이 길거리에서 나누는 대화이다. 과거의 여배우였던 숙자는 남성들과 빈번한 교제를 가지는 인물로, 태석, 준길, 수길, 그리고 수진까지 작품 속에서 네 명의 남성과 단독으로 대면한다. 그녀의 자유분방함과 개방적인 성격은 수진의 표현대로 "원체가 배우노릇허든 여자라"(358)그런 것인지도 모른다. 그러므로 이 장면은 남녀 사이에서 벌어지는 수작의 장면에서 일본어가 사용되는 것을 보여준다.

두 번째 예는 여급인 영자와 그의 남편인 수길이 어머니 앞에서 비밀대화를 나누는 장면이다. 어머니를 대접하기 위해 아내에게 돈이 있는지를 묻는 수길은 일본어를 사용한다. 이것은 어머니께서 무안해하

16. 박태원, 『애경』 6회, 『문장』, 1940.7., 162쪽.
빈말이 아니야. 너 예쁜데./ 부인의 허락이나 받고 말해보시지./ 마누라 따윈 없어. 너라도 삼아 버릴까./ 나 참, 헛소리는 집어치워!/ 내 아내를 알고 있어?/ 잘 부탁합니다.

17. 박태원, 『애경』 8회, 『문장』, 1940.11., 84~85쪽.
만나면 고민하고 만나지 않으면 슬프다./ 약한 놈이다.

실 것을 배려한 행동이다. 그리고 아내 역시 일본어로 대답함으로써 대접을 받을 어머니가 부담을 느끼시지 않게 배려한다. 이 장면은 대화의 청중을 배려하기 위해서 혹은 대화 내용을 차단하기 위해서 일본어를 통한 정보의 통제뿐만 아니라 일본어 가능 세대와 그렇지 않은 세대의 문제를 포함한다.[18]

세 번째 장면은 권투 선수 태석과 구두 닦는 아이 사이에서 벌어진 상황이다. 이 장면은 일상 속에서 일본어를 자유롭게 사용하는 이들이 교육받은 계층일 것이라는 편견을 깨준다. 권투 선수인 태석과 구두 닦는 아이 사이에 오가는 이 대화는 대외적인 활동을 하는 당대 대부분의 사람들이 조선어와 일본어를 일상적으로 섞어서 사용하는 모습을 보여준다.

그 다음으로 제시된 것은 처음 만난 숙자와 수길이 나누는 대화이다. 이 장면에서 특이한 것은 숙자와 수길은 처음에는 주로 일본어로 대화를 나누다가 숙자가 수길의 아내인 영자를 안다고 얘기하는 순간부터 조선어 사용이 증가한다는 점이다. 상대에 대한 정보량의 차이에 따라서 언어의 종류가 달라진다. 정보량이 증가한다는 것은 친밀감의 형성과 관계되기 때문에 둘 사이가 데면데면할 때는 일본어로 대화를 나누다가 공통의 화제가 생기면서 이들은 조선어를 사용하게 된다. 이것을 역으로 설명하면 대외적인 거리를 유지해야 할 때, 혹은 거리감을 느낄 때 일본어가 더 많이 사용되었음을 추측할 수 있다.

---

18. 박태원은 「투도」에서 아이들 앞에서 부부싸움을 할 때 일본어를 구사하는 장면을 보여주었다. 「투도」의 장면과 『애경』의 이 장면은 미취학 아동과 노인들은 일본어를 자유롭게 구사하지 못했음을 알게 해준다. 즉 일제시대에는 학교 교육을 받았거나, 그 시대에 성장하여 사회적인 활동을 했던 이들이 일본어와 보다 밀접한 관계를 맺고 있었음을 짐작케 한다.

마지막 장면은 8회 '저회'에 등장하는 신호의 독백이다. 일본어로 된 두 개의 문장 중 첫 문장은 '만나면 고민하고 만나지 않으면 슬프다'라는 뜻의 유행가 가사로 기생 옥화를 찾아다니는 자신의 상념을 고백한 것이다. 그리고 두 번째 독백은 신호가 자기 자신을 '약한 놈'으로 규정하는 부분이다. 인물들 간의 대화가 아니라 독백이 일본어로 이루어지는 장면은 당대인들의 생활 속에서 일본어 사용이 일제의 강압에 의해 시작되긴 하였으나, 시간이 지나면서 일본어가 조선인들이 무의식적으로 사용하는 언어가 되었음을 알게 해준다.

다섯 개의 예들이 보여주듯이 당대의 일본어가 공적 영역에서만 사용되었다고 보기는 어렵다. 이중언어는 교육받은 계층뿐 아니라 서비스업에 종사하는 여급이나 구두 닦는 아이들까지 구사하였다. 후대의 독자들에게 『애경』의 일본어 쓰기 방식은 독특한 사례이지만, 이것이 당대의 젊은이들이 사용하던 언어에서 크게 벗어나지는 않았을 것이다. 최정희가 박태원의 일본어 표현을 "國語對활 싯구리 오게 썼"다고 평가한 것이 이를 증명한다.[19]

인물들의 일본어 발화는 치밀하고도 정교하게 계산된 문체를 탐구하는 박태원의 특징을 보여주고 있다. 이것을 '순수한 조선어'에 '잡스런 일본어'가 침투한 것으로, 아니면 '제국주의의 언어'가 '식민지의 언어'를 지배한 결과로 보는 것은 학교에서 조선어보다 일본어로 읽고 쓰는 법을 더 많이 배운 이 시대 사람들을 이해할 수 있는 길을 막는다.

19. 최정희 외, 「女流詩人과 小說家의 『文學, 映畵』를 말하는 座談會」, 『삼천리』, 1940.9., 414쪽.
싯구리(しっくり : 멋지게, 잘 어울리게)

박태원은 조선어 문장의 맛과 결을 창조하기 위해 노심초사[20]하였을 뿐 아니라, 조선어와 일본어가 무의식 속에서 함께 작동하는 이 시기 조선인들의 자화상을 문체의 측면에서 재현한다.

그러므로 중요한 것은 이 시기에 일본어가 사용되는 발화 맥락이기보다는 조선어가 일본어를 받아 적고 있다는 사실이다. 이것은 제국의 일본어가 온전한 형태를 보존하지 못하고 부서짐과 동시에 조선어가 제국의 언어를 받아 적는 도구로 전락했음을 보여주기 때문이다. 부서진 일본어의 사용은 제국의 언어를 정확히 재현할 수 없기 때문에 균열을 가져오고, 식민지의 언어가 제국을 받아쓰는 하나의 수단으로 가시화되는 사건이기도 하다. 제국 일본이 총동원령을 내려 조선을 전쟁의 수단으로 사용하는 방식과 박태원이 재현한 부서진 일본어의 사용은 구조적으로 유사성을 지니기에 이것은 정치적 징후의 하나로도 읽을 수 있을 것이다.[21]

알레고리와 두 겹의 목소리

박태원이 거짓말과 부서진 일본어를 통해서 식민지 말기의 시대적 상황들을 효과적으로 제시했다면, 김남천은 알레고리와 상반되는 두 가지의 의미로 해석 가능한 문장을 통해서 지식인이자 소설가인 주인

20. 김철, 「'한국어'의 근대 - 근대 한국어 글쓰기의 '외래성'에 대한 한 단상」, 『새국어생활』 제14권 제4호, 2004.겨울., 136~142쪽.
21. 황지영, 「박태원의 『애경(愛經)』 연구」. 『한국문학이론과 비평』 59, 2013, 4장.

공의 이율배반적인 내면을 형상화한다. 「등불」의 서술자인 '나(장유성)'는 자신이 "지나가는 떠떠방의 장작을 잘못 샀던 일"[22]로 인해 회사를 대표해 순사 앞에 서서 열심히 용서해 달라고 빌었던 일화를 소개한다. 그리고 그로 인해 파출소를 나오면서 문득 회한에 젖었다고 말한다. 이 순간 나는 자신이 그토록 경멸하던 "저급한 장사치"에 가까워졌음을 느끼고, 이렇게 변하는데 그다지 오랜 시일이 필요치 않았음도 새삼 깨닫는다.

> '나는 언제부터 이렇게 아무 잡념 없이 빌어 모시는 데 철저해질 수 있었는가' 하는 의문에 붙들렸습니다. 그것은 나를 놀라게 하기에도, 적막하게 만들기에도 충분한 의문이었습니다. 오륙 년 전까지도 나는 나 자신의 소행의 탓으로 가끔 경관 앞에 취조를 받은 일이 있었는데, 그때에는 한 번도 지금과 같은 태도를 취하지 않았기 때문입니다.[23]

그리고 이러한 변화 속에서 다시 한 번 '놀라움'과 '적막'을 느낀다. 오륙 년 전 서술자가 경관 앞에선 이유는 사상관계였을 것으로 추정되는데, 그는 자신의 행동에 대해 자부심이 있었기 때문에 한 번도 경관 앞에서 용서를 빌지 않았다. 하지만 지금은 소신보다는 생계 유지가 목적인 삶을 살다 보니 경관과의 마찰은 가급적이면 피하고 싶은 것이 되

---

22. 이상열, 「일제 식민지 시대 하에서의 한국경찰사에 관한 역사적 고찰」, 『한국행정사학지』 제20호, 2007, 85쪽. 식민지 시기의 경제 경찰은 납세독촉, 국경 세관업무, 밀수입 단속, 국고금 및 공금 경호, 부업 · 농사 · 산림 · 광업 등의 단속을 시행하였다.
23. 김남천, 「등불」, 『한국근대단편소설대계 4』, 태학사, 1988, 468쪽.

었다. 만약 이 장면에서 주인공이 '적막'이 아니라 '수치심'을 느꼈다면 그것은 자신의 행동을 개선할 수 있는 의지로 이어질 수 있었을 것이다. 그러나 그는 의지와 희망이 부재하는 상황 속에서 '적막'을 절감한다.

이처럼 '나'는 전향을 한 후에 자신의 몸에 배어버린 생활인의 비굴함을 감지한다. 그리고 잡지사를 운영하는 문우 신형을 만나 조선의 작가들이 소설을 쓰지 않아서 "국어(일본어) 원고에 비해서 조선어 원고가 얻기" 힘든 현실을 알게 된다. 그는 조선어로 작품을 쓰는 작가들은 주로 어떤 내용을 다루는지 질문하고 다음과 같은 답을 듣는다.

> "소극적인 인생태도를 가지고 오던 분은 역시 애조나 실의(失意)나 쇠멸의 정조 같은 것을 그전처럼 취급하고 있지만 그것으로 어느 때까지 쓸 수 있을런지오, 또 시대적인 감각을 가졌다는 분들은 모두 시국편승이라고 욕먹어 마땅할 천박한 테마로 일시를 호도하는 현상이지오. 가장 딱한 것은 내선일체의 이념을 작품화한다고 곧 내선인간의 애정문제나 결혼문제를 취급하는 태돕니다. 이런 주제는 퍽 흔합니다, 되려 일상생활에서 출발하는 편이 자연스럽고 시국으로 보아도 좋을 것인데. 그러니까 아직 시대와 겨누어서 하나의 확고한 작품세계를 발견했다고 볼 작가는 없는 셈이지요."[24]

"시대와 겨누어서 하나의 확고한 작품세계를 발견"한 작가가 부재하는 상황 속에서 잡지사를 운영해야 하는 신형을 보면서, 장유성은 그

---

24. 김남천(1988), 앞의 글, 470쪽.

가 지금 "정신적으론 깊은 고독" 속에 살고 있다고 생각한다. 잡지를 통해 공적 영역을 구성하고, 또 현실과 접속해야 하는 신형이 느끼는 '깊은 고독'은 자신과 세계를 공유하는 사람들이 부재하는 데서 기인한다. 고독은 "타인과의 '객관적' 관계와 이 관계들에 의해 보장되는 현실성이 박탈된 상태"에서 탄생[25]하기 때문이다.

게다가 장유성은 "오랫동안 잡지에 나는 동료들의 작품을 구경하지 못한" 상태였다. 그는 절필뿐 아니라 독서도 멈춘 상태[絶讀]로 생활세계에 정착하였다. 무엇을 읽었는지 감시 받고, 어떻게 썼는지 검열받는 시국 속에서 작가이자 독자인 장유성은 아무것도 '하지 않음'으로 대응한다. 글을 읽는다는 것과 글을 쓴다는 것은 밥을 먹고 일을 하고 가정을 돌보는 개인적 차원의 삶과는 다른 것이다. 독서를 통해 현재의 세계를 파악하고, 집필을 통해서는 시대와 겨눌 만한 세계를 창조할 수 있기 때문이다.

이처럼 이 작품은 소설가인 내가 자신이 일 년 동안 소설을 쓰지 못한 이유와 지금 자신이 쓰고 있는 이 작품이 소설 같지 않은 소설인 이유를 해명하는 구조로 되어 있다. 그래서 이 작품 속에는 정치적 행위와 연결되는, 소설쓰기를 포기한 작가의 피로와 회한이 고스란히 담겨 있다. 나는 자신이 생활의 중요성을 깨달았다고 생각한 촉탁보호사의 얼굴에 "안도의 빛"이 비치는 것을 보고는 "공복과 가벼운 피로"를 느끼며 집으로 돌아온다. 그러면서 "자신이 이제는 가족을 위하여 희생되어야 할 차례라는 깊은 각오"를 한다.

25. 한나 아렌트, 『인간의 조건』, 이정우 역, 한길사, 1995, 112쪽.

집으로 돌아온 나는 이야기를 해달라고 조르는 아이에게 다음과 같은 이야기를 들려준다.

> 하느님은 여태껏 하느님한테 쫓겨나서 쓸없지 않은 일 같은 데 엄벙부려 뒹구는 바른 팔을 부르시었다. 쫓겨났던 하느님의 바른 팔은 어서 가봐야겠다고 덤비면서 하느님 보좌 앞에 엎드렸다. 하느님은 인제야 나의 죄를 용서하실 게라고 바른 팔은 생각했던 것이다. 아름답고 젊고 힘이 있는 바른 팔을 무릎 앞에 보셨을 때, 하느님은 바른 팔을 용서해주시려고 생각했었다. 그러나 이내 옛날 일을 다시 생각하고 그편으론 얼굴도 돌리지 않은 채 이렇게 명령하였다.
>
> "지상으로 내려가거라. 네가 본 인간의 모양 그대로, 내가 충분히 관찰할 수 있도록 발가숭인 채 산 위에 서는 거다." (……)
>
> 그렇게 하려면, 지상에 이르자 아무개나 젊은 여자가 있는 곳으로 가서 이렇게 말하라. 나직한 귓속말로,
>
> "나는 살고 싶다."[26]

최재서는 「국민문학의 작가들」[27]에서 김남천의 「등불」과 「어떤 아침」에 주목한다. 그 이유는 최재서가 이 작품들에는 파국을 예감하면서도 전쟁에서 물러설 수 없는 상황, 그리고 그 안에서 정치적 신념보다는 생존의 문제가 압도적인 무게로 다가올 때 현실 속에서 지식인이 택

26. 김남천(1988), 앞의 글, 478~479쪽.
27. 최재서, 「국민문학의 작가들」, 『전환기의 조선문학』, 1943, 165~167쪽.

할 수 있는 최선에 대한 성찰이 담겨 있다고 판단했기 때문이다.

특히 「등불」의 마지막에 실린 이 이야기는 하나의 알레고리로 기능하면서 지식인의 복잡한 내면 모습을 추정케 한다. 알레고리는 의미의 결정불가능성이라는 문제에 상응하는 형상으로 존재하며, 자신이 아닌 것과 미리 결정되지 않은 관계성 속에서 스스로를 전달하는 잠재성의 형식으로 존재한다. 따라서 알레고리의 잠재적 의미를 확정하기 위해서는 초월적인 심급을 설정해야 한다.[28]

「등불」에 등장하는 알레고리와 "나직한 귓속말"로 전달해야 하는 "나는 살고 싶다"라는 구절에 의미를 부여하기 위해서는 지식인과 당대의 통치권력과의 관계를 초월적 심급으로 설정해야 한다. 그렇게 되면 이 이야기는 한편에서는 생활인으로서의 삶을 선택한 자신에 대한 옹호로, 다른 한편에서는 신념을 포기한 채 살아가는 자신의 죽음 같은 삶 속에서 벗어나고자 하는 외침으로 해석된다. 김남천이 이 시기에 체제에 협력했음을 주장하는 논자들은 전자의 논리를 따르고, 위장을 통해서 체제에 계속해서 저항했음을 강조하는 논자들은 후자의 논리를 취하여 자신들의 주장을 펼쳐 나간다.

그러나 이 구절은 하나의 목소리로 회수될 수 있는 것이 아니라 두 개의 목소리가 공존하는 것으로 보아야 한다. 생활인으로 살 수밖에 없는 자신의 처지에 대한 자조와 더불어 이러한 삶을 잘 살아내 보고자 하는 의지의 표현이 함께 녹아들어 있는 것이 바로 이 문장인 것이다. 직접 소리칠 수 없어서 복화술로라도 말해야 했던 외침. 글을 쓰지 않

28. 김수림, 「식민지 시학의 알레고리 - 백석 · 임화 · 최재서에게 있어서의 결정불가능성의 문제」, 고려대학교 박사학위논문, 2011, 8~10쪽.

을 수도 없고 제대로 된 글을 쓸 수도 없는 진퇴양난의 상황에서 자조와 절규를 섞어 두 겹의 소리로 "나는 살고 싶다"를 외치는 것이 주인공, 더 나아가 작가 김남천의 진심일 것이다.

이처럼 두 겹의 목소리를 통해서라도 자신의 내면을 밝히는 것이야말로 이 시기 작가들에게 요구되었던 모랄이며, 지식인의 책무였다. 그리고 이 문장은 복화술마저 불가능해져 침묵의 무게만이 가득할 세상을 직감한 소설가가 세상에 던졌던 최후의 외침이었다.[29] 이 외침을 가슴에 품고 나는 오래 전에 소설을 써달라는 청탁에 응답하기 위해, 편지와 일화를 중심에 배치한 글을 자그마한 '등불' 아래에서 써내려간다. 생활 세계에서 느끼는 타성에 젖어 있을 때 그는 어둠 속을 걷는 듯하였다. 하지만 그가 글을 쓰는 동안에는 '등불'만큼의 빛이 그를 에워싼다. 시국의 문제 때문에 전향을 하고 고요하지만 의미도 없는 삶을 살던 그가 다시 삶의 '등불' 같은 글쓰기를 시작한 것이다. 미약하게 나마 읽기와 쓰기에 대한 실천이 다시 시작될 때 개인을 억압하는 시대와의 대결은 새로운 국면을 열 수 있는 가능성을 지니게 된다.

---

29. 황지영, 「식민지 말기 소설의 권력담론 연구」, 이화여자대학교 박사학위논문, 2014, 55~57쪽.

에필로그
말들의 잔치와 타자의 정치

n+1 : 식민지의 타자성들

식민지 시기의 단편소설 중 가장 인지도가 높은 작품인 현진건의 「운수 좋은 날」(1924)에서는 이 시대가 타자들을 생산했던 다수의 기준들을 발견할 수 있다. 우선 '하층민의 타자화'가 나타난다. 신분제도가 공식적으로 폐지된 후에도 상민에 대한 하대는 여전히 남아 있었고, 근대화의 물결 속에서 공적 공간이 재편성되면서 '날품팔이'에 대한 하대도 등장하였다. 이 작품의 주인공인 김첨지는 동소문 안의 인력거꾼인데, 김첨지는 나이 어린 손님에게 '합쇼'체를 사용하는 반면, 손님은 그에게 '하오'체로 말한다. 김첨지와 손님 사이에서 오가는 말투의 교환은 나이에 상관없이 하층민인 김첨지가 손님보다 위계상 아래에 있음을 보여준다.[1]

---

1. 김현경, 『사람 장소 환대』, 문학과지성사, 2015, 133~134쪽.

그리고 운수가 좋은 하루 동안 김첨지가 인력거에 태운 사람들과의 관계 속에서 김첨지는 다양한 타자의 자리를 경험한다. 그가 처음으로 태운 손님은 문안에 들어가겠다는 '앞집 마마님'이었다. 반상의 위계는 제도상 이미 사라졌고 인력거꾼인 주인공 역시 '첨지'라는 양반의 칭호를 달고 있다. 하지만 김첨지가 사용하는 '마마'라는 호칭은 단순히 손님을 높이는 표현에 그치지 않고, 김첨지가 벼슬로 대변되는 봉건적인 신분제도 안에서도 '상민'이라는 타자의 자리에 놓임을 추측케 한다.

김첨지가 두 번째와 세 번째로 태운 손님은 동광학교의 '교원'인 듯 보이는 양복쟁이와 '코꾸라 양복'을 입은 학생이었다. 근대적 제도를 대표하는 '학교'라는 공간과 그곳에서 생활하는 '교원'이나 '학생'이라는 지위는 새로운 시공간을 건설하는 주체의 자리에 놓일 수 있다. 그러나 근대적 제도의 외부에 존재하는 김첨지는 '근대성'을 기준으로 적용할 때에도 타자의 자리를 부여받는다. 그가 학교와 관계를 맺는 방식은 교원을 학교 앞까지 태워다 주거나 학교 앞에서 학생을 태워 정류장에 내려줄 때뿐이다. 그는 학교 언저리를 맴돌 뿐 학교 안으로는 들어가지 못한다.

정거장에 도착한 후 김첨지는 빈 인력거를 끌고 돌아가기가 싫어서 태울 사람이 있는지 주변을 둘러본다. 그러다가 "양머리에 뒤축 높은 구두를 신고 망토까지 두른 기생 퇴물인 듯, 난봉 여학생인 듯한 여편네"에게 다가가 인력거를 타라고 권한다. 하지만 그녀는 추근거리는 김첨지에게 벽력 같이 소리를 지르고는 돌아선다. 작품 속에서 이 여인의 신분은 정확하게 밝혀지지 않지만 한 가지 확실한 것은 그녀의 차림을 통해서 추측할 수 있듯이, 그녀가 김첨지보다는 경제적으로 우위에 있다는 사실이다. 그래서 그녀는 '거지' 같아 보이는 김첨지가 말을 걸자 그에게 화를 낸다. '조밥'도 매일 먹을 수 없는 김첨지는 '경제'적 측면에서도 타자인 빈자(貧者)의 자리를 차지한다.

그런데 이 작품에서 더 문제가 되는 것은 봉건적 신분제도, 근대성, 경제력 등에서 타자인 김첨지보다 더 타자의 위치를 차지하는 인물이 있다는 사실이다. 남성과 여성을 가르는 가부장제, 그리고 건강과 질병이라고 하는 기준에서도 타자의 자리를 점해야 하는 김첨지의 아내가 바로 그 주인공이다. 그녀는 조밥을 먹고 체한 후 김첨지에게 뺨을 맞아야 하는 '여성'이고, 체한 뒤 며칠 째 제대로 움직이지를 못하는 '병든 육체'의 소유자이다. 그녀는 남편에게 저항할 생각조차 하지 않으며, 자신의 죽음을 예감한 날에도 일을 나가는 남편을 막지 못한다. 그리고 등을 대고 눕지도 못할 만큼 아프지만 제대로 된 약 한 번을 써보지 못하고, 그렇게 먹고 싶어 하던 설렁탕도 먹어 보지 못한 채 '나무등걸'과 같은 모습으로 죽고 만다.

> 하여간 김첨지는 방문을 왈칵 열었다. 구역을 나게 하는 추기, 떨어진 삿자리 밑에서 올라온 먼짓내, 빨지 않은 기저귀에서 나는 똥내와 오줌내, 가지각색 때가 켜켜이 앉은 옷내, 병인의 땀 썩은 내가 섞인 추기가 무딘 김첨지의 코를 찔렀다.[2]

그래서 작가는 그녀가 죽어 있는 자리, 다시 말해 타자의 자리를 인

---

2. 현진건, 「운수 좋은 날」, 『20세기 한국소설03』, 창비, 2005, 110쪽.

용문과 같이 묘사한다. 김첨지의 코를 자극하는 냄새들은 그녀가 가난하고 병들었으며 더 이상 아이를 돌볼 수 없는 주검의 상태임을 단적으로 제시한다. 근대적인 위생이나 청결과는 거리가 먼 이 냄새들을 흡입한 후 김첨지는 아내의 죽음이라는 사건을 감지한다. 중층의 타자성을 지닌 아내가 죽으면서 남겨놓은 냄새들은 방안에 가득 차 있지만, 시간이 지나면 모두 사라져 버릴 것들이다. 타자들은 죽음 후에도 자신만의 자리를 부여받지 못한다.

어느 시대를 막론하고 사람들의 수만큼이나 다양한 타자성이 존재한다. 그런데 「운수 좋은 날」을 비롯해서 식민지 시기에 창작된 소설들 속에는 'n'개의 타자성에 '1'개의 타자성이 더해진다. 이 시기의 작품들은 '식민지'라는 '타자성' 한 개를 이미 전제한 채 존재한다. 그러므로 식민지의 타자성은 'n+1'이라고 표시할 수 있을 것이다. '무수함'을 뜻하는 'n'에 '식민지'라는 '1'이 더해진 방식으로 말이다.

일그러진 '조선의 얼굴'

앞에서 살펴본 것처럼 타자는 다양한 형상을 하고 우리에게 다가온다. 타자는 내가 모르는 비밀을 지닌 자, 나를 유혹하는 자, 나와는 다른 욕망을 지닌 자, 지옥에서 온 자, 고통 속에 빠져 있는 자[3] 등으로 상정된다. 그래서 우리는 음산하고 위험하고 우울한 타자와 대면하기를

3. 한병철, 『타자의 추방』, 이재영 옮김, 문학과지성사, 2017, 7쪽.

꺼린다. 그는 우리의 관념 속에서 이미 정형화되었기 때문에 그가 지닌 실체적 진실은 크게 문제가 되지 않는다. 이런 상황 속에서 타자와의 접촉을 피하려는 행동은 정당화된다.

식민지 시기에도 타자의 형상이나 낯선 타자를 대하는 태도들은 지금과 크게 다르지 않았다. 눈에 띄게 다른 것이 하나 있다면 그것은 바로 '식민지 조선' 자체가 '타자'의 형상을 띠고 있었다는 점이다. 제국 일본의 침략을 받은 후 근대 사회로 진입하기 위해 고군분투하는 식민지 조선의 모습은 그래서 안정되기보다는 일그러진 형태도 제시된다. 그리고 그 안에서 살아가는 사람들 역시 계속해서 타자화의 과정을 겪는다. 매순간마다 주체와 타자를 나누는 기준선들은 각각의 상황에서 상대적으로 열등한 존재들을 타자로 만들어낸다.

현진건의 「고향」(1926)은 식민지 시기의 조선 혹은 식민지 조선인의 초상을 효과적으로 제시한 작품이라는 점에서 주목할 만하다. 이 소설의 서두에서 지식인으로 추정되는 서술자 '나'는 대구에서 서울로 올라오는 기차 안에서 만난 '그'를 흥미롭게 바라본다. 그 이유는 조선, 중국, 일본의 옷을 모두 겹쳐 입은 그의 옷차림과 옆에 탄 일본인에게는 일본어로, 중국인에게는 중국어로 말을 거는 그의 독특한 태도 때문이었다.

> 대구에서 서울로 올라오는 차중에서 생긴 일이다. 나는 나와 마주 앉은 그를 매우 흥미있게 바라보고 또 바라보았다. 두루마기 격으로 기모노를 둘렀고, 그 안에서 옥양목 저고리가 내어 보이며 아랫도리엔 중국식 바지를 입었다. 그것은 그네들이 흔히 입는 유지

모양으로 번질번질한 암갈색 피륙으로 지은 것이었다. 그리고 발은 감발을 하였는데 짚신을 신었고, 고무가리로 깎은 머리엔 모자도 쓰지 않았다. 우연히 이따금 기묘한 모임을 꾸민 것이다. 우리가 자리를 잡은 찻간에는 공교롭게 세 나라 사람이 다 모였으니, 내 옆에는 중국 사람이 기대었다. 그의 옆에는 일본 사람이 앉아 있었다. 그는 동양 삼국옷을 한 몸에 감은 보람이 있어 일본말도 곧잘 철철 대이거니와 중국말에도 그리 서툴지 않은 모양이었다.[4]

그는 일본인에게는 "고꼬마데 오이데 데스까?(어디까지 가십니까?)"라고 말을 건네고, 중국인에게는 "니상나열취……"라고 덤벼 보지만 일본인도 중국인도 별로 대구를 해주지 않는다. 그러자 그는 나를 보면서 웃고, 그 후 나와 그는 대화를 나누기 시작한다. 그는 일자리를 찾아서 고향에서 서울로 가는 길이라고 했다. 군데군데 찢어진 눈썹, 양미간에 잡힌 여러 가닥의 주름, 쪽 빨아든 두 볼, 왼편으로 삐뚤어지게 찢어 올라간 입. 나는 이런 그의 얼굴을 보고 그의 얼굴은 "웃기보다 찡그리기에 가장 적당한 얼굴"라고 생각한다.

식민지가 된 후 평화로운 농촌이었던 그의 고향 땅은 전부 "동양 척식 회사의 소유"가 되고 회사와 중간 소작인에게 이중으로 바쳐야 하는 소작료로 인해서 그의 가족을 비롯한 농민들은 죽어라 농사를 지어도 남는 것이 없게 되었다. 그래서 그는 살기 좋다는 소문을 듣고 서간도로 이사를 갔지만 그곳에서도 온갖 고생을 하였고, 부모님이 모두 돌

4. 현진건, 「운수 좋은 날」, 『20세기 한국소설03』, 창비, 2005, 120쪽.

아가시자 일자리를 찾아 떠돌이 생활을 한다. 한중일 삼국의 옷을 겹쳐 입게 된 내역 역시 이러한 생활과 관련이 있다. 그는 서간도에서 "신의주로, 안동현으로 품을 팔다가 일본으로 또 벌이를 찾아가게 되었다. 규슈 탄광에 있어도 보고, 오사까 철공장에도 몸을 담아 보았다."

이렇게 한중일을 떠돌던 그가 고국산천이 그리워 고향에 들렀다가 보게 된 것은 폐허에 가까운 살풍경이었다. 백여 호 살던 동네는 거의 사라진 상태였고, 그곳에서 만난 예전 약혼녀는 유곽으로 팔려갔다가 지금은 병이 들어 풀려난 후에 일본인 집에서 일을 하고 있었다. 젊고 건강하던 모양은 간 데 없고 지금은 병들고 지친 모습만 남아 있었다. 이런 이야기를 하면서 눈물을 흘리는 그의 얼굴에서 나는 "음산하고 비참한 조선의 얼굴"을 본다.

'그'가 밟아온 삶의 여정은 고통과 슬픔으로 점철되어 있다. 떠밀리듯 고국과 고향을 떠나고 낯선 타지에서 부모를 잃고 먹기 살기 위해 이 나라 저 나라를 떠돌아다니는 삶. 이 과정에서 얻게 된 세 나라의 옷과 세 나라의 말, 그리고 외로움에서 기인한 소통 욕망은 그를 더욱 기이해 보이게 만든다. 그래서 그의 이야기를 듣던 나 역시 "너무도 참혹한 사람살이"를 듣다가 쓸쓸함을 느낀다.

사실 그를 처음 보았을 때 내가 보여준 태도는 낯설고 기괴한 것에 대한 호기심에 지나지 않았다. 그래서 그의 외양과 행동을 눈여겨봤던 것이다. 하지만 그의 이야기를 들을수록 나는 그에게서 '웃기'로 대변되는 기쁜 일보다 '찡그리기'로 제시되는 고통스러운 일이 많은 '조선의 얼굴'을 발견한다. '타자'라고 생각했던 그와 그가 살아온 고난의 삶은 이제 남의 일이 아니라 우리 '조선'의 모습과 오버랩되는 것이다.

마지막 장면에서 그는 볏섬이나 나는 전토는 신작로가 되고, 말마디나 하는 친구는 감옥소로, 담뱃대나 떠는 노인은 공동묘지로, 인물이나 좋은 계집은 유곽으로 갔음을 노래한다. 그와 동시에 나는 이 노래가 과거에 "우리가 멋모르고 부르던 노래"였음을 기억해낸다. 이 노래 가사를 통해 폐허가 된 고향과 고향을 떠난 사람들뿐 아니라 식민지 조선의 상황 역시도 간접적으로 제시된다. 그러므로 이 노래를 들으며 내가 그에게 건네는 술잔은 이미 망해버린 나라인 '조선', 그리고 그 안에서 살고 있는 그와 나에게 건네는 애도의 술잔이라고 할 수 있다.

이야기하기(story-telling)의 가능성

이 책에서는 식민지 시기에 발표된 소설들을 중심으로 당대의 문화와 당대인들의 인식, 그리고 현대의 독자들이 교감할 수 있는 지점들에 대해서 살펴보았다. 타자성이 중첩되어 있었던 이 시기의 소설들은 타자의 고통을 이해하고 낯선 타자들에게 보다 수월하게 다가갈 수 있게 만드는 중요한 열쇠이다. 하지만 어느 시대의 소설이건 소설은 기껏해야 거짓말일 뿐이라고 생각하는 사람들도 있을 것이다. 작가라는 특정 개인이 상상 속에서 지어낸 이야기, 그것이 뭐 그리 대단한 것이냐고 질문하는 사람도 있을 수 있다.

앞에서 살펴본 박태원의 「골목안」에 등장하는 집주릅 영감의 거짓말은 아렌트의 '이야기하기(story-telling)'를 떠오르게 만든다. 아렌트에게 언어의 본질적 기능이란 단순한 의사전달 수단이 아니라 복수의 인간들이 목소리를 낼 가능성을 뜻한다. 진리에 무게 중심을 둔 기존의 철학자들에게 중요한 것은 늘 '단수로서의 인간(Man)'이었다. 그러나 아렌트는 어떤 상황을 경험하고 그 경험에 대해 서로 이야기를 하는 가운데 자신과 남의 경험을 의미 있게 만들고 새로운 가치를 생산하는 것은 항상 '복수로서의 인간(men)'이라고 주장한다. 언어는 이러한 복수로서의 인간을 가시적으로 만든다.

언어에 대한 아렌트의 태도는 언어를 매개로 이루어지는 행위, 다시 말해 '이야기하기(story-telling)'에 대한 문제제기로 이어질 수 있다. 사적 이익과 생존의 문제가 공적 문제를 압도하는 순간에도 공적 영역의 확보를 위한 투쟁을 주장하는 아렌트는 '이야기하기'을 통해 근대사회에 내재한 인간 소멸의 가능성에 대한 대안을 모색한다. 문학을 창작하는 행위와도 연결되는 이야기하기는 사유를 구체화할 수 있는 활동이며, 자기소외와 세계소외[5]가 동시에 발생한 상황에서 이를 복원하기 위한 노력의 일환으로 작용할 수 있다.

또한 '이야기하기'는 인간 존재의 독특하고 변별적 정체성에 대한 이해를 돕고, 역사적 객관성과 필연성을 공평성으로 전환시킨다. 그리고 주변부의 현상을 중심으로 끌어들여서 인간의 다원성을 발현시키는 언어행위를 창출한다. 아렌트는 개별적 인간과 인간이 구성되는 공동체, 그리고 세계와의 관계를 절대적인 '진리'를 주장하는 패권적인 철학이 아니라 이야기하기를 통해 그려나가고자 한다.

---

5. 아렌트가 자주 사용하는 '무세계성' 또는 '세계소외'라는 개념은 공적 영역으로서의 공적 세계 또는 공동세계에 대한 애착이 배타적인 자기중심의 사고 또는 빈곤을 위시한 경제 문제로 대체된 상태를 의미한다. 그러므로 무세계성은 현실적으로 정치의 조건인 공동세계의 쇠퇴 또는 상실을 의미하는 만큼 근본적으로 정치적 위기와 연결된다.

아렌트가 이야기하기에 주목한 근본적인 이유는 기존의 이론과 철학으로는 설명할 수 없는 전체주의적 체제를 설명하기 위해서였다. 전체주의의 본질을 이해하기 위해서는 사건들을 개별적으로 주의 깊게 다루어야 하기 때문이다. 이야기하기는 그 이야기를 듣는 사람들의 다양한 세계관과 이야기가 지닌 열린 결말, 그리고 상이한 해석의 가능성을 향해 열려 있다.

또한 이야기하기는 이해하거나 상상하기 어려운 공포스럽고 혼란스러운 사건들을 마주할 때, 특히 그러한 사건들을 이전에는 겪지 않았던 사람들에게 유용하다. 그래서 이야기하기는 비극과 역사적 트라우마에 대처하는 유용한 도구가 될 수 있다. 아렌트는 이자크 디네센의 표현을 인용하여 "모든 슬픔을 이야기로 만들거나 이에 대한 이야기를 말로 할 수 있을 경우, 여러분은 모든 고통을 참을 수 있다"[6]고 말한다.[7] 이야기하기가 공포와 슬픔의 역사에 대처하는 힘일 수 있다고 판단한 것이다.[8]

이러한 아렌트의 관점을 빌려 박태원의 「골목안」에 등장하는 집주름 영감의 거짓말을 분석하면, 그의 거짓말 역시 현실 속에서 벌어진 비극에 대처하고 고통을 견디게 만든다는 점에서 이야기하기의 일종이라고 볼 수 있다. 그리고 집주름 영감의 거짓말에서 한걸음 더 나아가, 박태원의 소설 창작 역시 '언어'를 매개로 해서 세계와 관계를 맺고 삶을 회복하기 위한 적극적 행위, 즉 이야기하기라고 평가할 수 있다.[9] 전

6. 한나 아렌트, 『어두운 시대의 사람들』, 홍원표 역, 인간사랑, 2010, 160쪽.
7. 사이먼 스위프트, 『스토리텔링 한나 아렌트』, 이부순 역, 앨피, 2010, 13-17쪽.
8. 황지영, 「식민지 말기 소설의 권력담론 연구」, 이화여자대학교 박사학위논문, 2014, 22-24쪽.
9. 필립 한센, 『한나 아렌트의 정치이론과 정치철학』, 김인순 역, 삼우사, 2008.

시총동원체제가 시작된 이후 박태원을 비롯한 작가들은 이 시기를 힘겹게 버텨나가는 식민지 조선인들의 일상을 문학적으로 구현하면서, 그들의 상처가 치유되고 삶이 회복되기를 바라는 소망이 담긴 이야기하기를 멈추지 않았다.[10]

타자의 고통에 다가가기

문학은 사회의 금기를 넘어 '욕망'을 감싸 안게 만들고, 갈 곳 없는 영혼에게 안식처를 제공하며, 나를 찾아 떠나는 여행의 동반자가 되어 주기도 한다. 때로는 '죽음'으로 삶을 가르치고, 인간이 아닌 생물이나 사물과도 교감할 수 있음을 알려준다. 또한 문학은 타자의 슬픔과 고통에 공명하게 만든다.[11] 그래서 우리는 오늘도 문학을 읽고, 막힌 골목과도 같은 삶을 헤쳐 나갈 수 있는 힘을 문학에서 찾으려고 한다.

이 책에서는 문학의 기능 중에서 가장 중요한 것은 타자의 슬픔과 고통에 공명하는 것이라는 관점을 중심으로 이야기를 진행해 나갔다. 문학을 매개로 하면 직접 겪어 보지 않았기에 알 수 없었던 영역, 다시 말해 새로운 삶의 가능성이 나의 삶 속으로 들어올 수 있다. 문학을 통해 다양한 삶의 양상들에 다가갈 때 그 중심에 기쁨과 행복이 있다면 그것도 물론 의미 있는 일일 것이다. 그러나 함께 웃고 금방 잊을 수 있는 행복보다는 상처처럼 오래도록 마음에 남는 슬픔이 좀 더 음미해 볼

10. 황지영, 「박태원의 『애경(愛經)』 연구」, 『한국문학이론과 비평』 59, 2013, 268쪽.
11. 정여울, 『정여울의 문학 멘토링』, 메멘토, 2013.

가치가 있는 것인지도 모른다.

타자와의 관계를 형성하는 것이 갈수록 어려워지고 개개인의 고립도가 갈수록 높아지는 오늘날, 우리는 너무 많은 시각매체들이 타자의 슬픔을 실어다 주어서 그것들을 소비한 후에 돌아서면 잊어버린다. 손탁의 표현처럼 타자의 고통을 휘발시키는 시각매체의 즉물성과 달리, 문학은 고통 받는 개개인에게 이름을 부여하고 그들의 고통을 한 편의 이야기로 꾸려낸다.[12] 타자의 고통이 담긴 서사를 따라가면서 우리는 그 고통의 시간을 공유하게 되고, 그 시간은 뇌리에 남아 '사유'를 지속시키는 힘으로 작동한다.

> 살구나무 그늘로 얼굴을 가리고, 병원 뒤뜰에 누워, 젊은 여자가 흰옷 아래로 하얀 다리를 드러내 놓고 일광욕을 한다. 한나절이 기울도록 가슴을 앓는다는 이 여자를 찾아오는 이, 나비 한 마리도 없다. 슬프지도 않은 살구나무 가지에는 바람조차 없다.
>
> 나도 모를 아픔을 오래 참다. 처음으로 이곳에 찾아 왔다. 그러나 나의 늙은 의사는 젊은이의 병을 모른다. 나한테는 병이 없다고 한다. 이 지나친 시련, 이 지나친 피로, 나는 성내서는 안 된다.
>
> 여자는 자리에서 일어나 옷깃을 여미고 화단에서 금잔화 한 포기를 따 가슴에 꽂고 병실 안으로 사라진다. 나는 그 여자의 건강이

12. 수잔 손탁, 『타인의 고통』, 이재원 역, 이후, 2004.

아니 내 건강도 속히 회복되기를 바라며 그가 누웠던 자리에 누워 본다.[13]

(윤동주, 「병원」)

소설은 아니지만 서사적 흐름을 지니고 있는 윤동주의 시 「병원」에서는 타자의 고통을 대면했을 때 우리가 취할 수 있는 가장 윤리적인 태도가 제시되어 있다. 병원에서 "가슴을 앓는다는" 여자를 본 화자는 그 여자 곁에 생명의 움직임이라고 할 만한 사람도 나비도 바람도 없음을 감지한다. 진흙으로 빚은 푸시케의 입 속으로 나비 한 마리가 들어가서 인간이 되듯이, 문학 속에서 '나비'는 '꽃'과 더불어 생명과 영혼을 상징한다. 그러니 나비가 찾아오지 않는 여자의 생명은 미약한 것일 수밖에 없다. 그런 그녀는 3연에서 금잔화를 가슴에 꽂음으로써 생명의 기운을 조금이나마 갖게 된다.

병이 없어도 앓아야 하는 사람이 문학가라면, 그 천명에 대해 누구보다 처연하게 노래한 이는 윤동주이다. 21세기를 사는 대부분의 사람들은 문학이라는 천명을 삶 속에서 고민해본 적이 없음은 물론, "사소한 것에만 분개하는" 것이 '비겁한 일'이라는 사실조차 인식하지 못하는 경우가 많다. 하지만 윤동주는 이 시에서 폐병을 앓고 있는 여자가 누웠던 자리에 가서 따라 누워보는 화자를 등장시킨다. 이 화자가 보여주는 무언의 행동, 즉 타자의 고통을 이해하기 위해 타자와 자신을 포개보는 그 행동이 바로 문학을 통해 타자의 고통에 다가가는 윤리적인

---

13. 윤동주, 「병원(病院)」, 『하늘과 바람과 별과 시(詩)』, 미래사, 1994, 16쪽.

방법이다.[14]

그러므로 이 책에서 궁극적으로 말하고 싶었던 것은 문학이란 "타자의 고통에 다가가기 위한 노력"이라는 것이었다. 그리고 이 전제를 기반으로 수많은 타자들의 형상이 만들어졌던 식민지 시기의 소설들을 살펴보았다. 문학 작품을 분석하는 일은 영화 〈매트릭스〉에 등장하는 '키메이커(key-maker)'처럼 하나의 방문을 열기 위해 열쇠꾸러미의 온갖 열쇠를 열쇠 구멍에 하나씩 꽂아서 돌려보는 일과 유사하다. 수많은 타자들에게 다가가는 문을 열기 위해, 그리고 타자들의 마음의 문을 열기 위해 타자들의 숫자보다 더 많은 수의 열쇠를 준비해야만 할 것이다. 이 작업이 식민지 시기를 살았던 사람들에 대한 이해뿐 아니라 우리가 살고 있는 지금 이 시공간에서도 타자들과 만날 수 있는 장소를 발견할 수 있게 도와주길 희망한다.

---

14. 신형철, 「그가 누웠던 자리 - 윤동주의 「병원」과 서정시의 윤리학」, 『몰락의 에티카』, 문학동네, 2008.

참고문헌

1. 1차자료

『동아일보』, 『매일신보』, 『조선일보』, 『조선중앙일보』

『국민문학』, 『문장』, 『비판』, 『삼천리』, 『인문평론』, 『조광』, 『조선총독부』, 『춘추』

창비 편, 『20세기 한국소설』, 창비, 2005.

권영민 외 편, 『한국근대단편소설대계』, 태학사, 1988.

______ 외 편, 『한국근대장편소설대계』, 태학사, 1988.

박영희, 『박영희 전집』, 영남대학교 출판부, 1997.

염상섭, 『염상섭 전집』, 민음사, 1987.

이상, 『이상문학전집』, 소명출판, 2009.

이혜령 · 한기형 편, 『염상섭 문장 전집』, 소명출판, 2013.

채만식, 『채만식 전집』, 창작과비평, 1989.

박태원, 『여인성장』, 깊은샘, 1989.

이기영, 『고향』, 풀빛, 1989.

______, 『신개지』, 풀빛, 1989.

2. 논문

강명숙, 「일제시대 제1차 조선교육령 제정과 학제 개편」, 『한국교육사학』 제31권 제1호, 2009.4.

권명아, 「총력전과 젠더 : 총동원 체제하 부인 담론과 『군국의 어머니』를 중심으로」, 『성평등연구』 Vol. 8, 2004.

김명훈, 「염상섭 초기소설의 창작기법 연구 - 『진주는 주엇스나』와 『햄릿』비교를 중심으로」, 『한국현대문학연구』 39, 2013.

김부용, 「권력의 행사방식 논의에 대한 푸코의 비판과 보완」, 『철학사상』 제38호, 2010.11.

김수림, 「식민지 시학의 알레고리 - 백석 · 임화 · 최재서에게 있어서의 결정불가능성의 문제」, 고려대학교 박사학위논문, 2011.

김외곤, 「자의식의 과도와 현실의 왜곡」, 『한설야 단편선집Ⅲ - 귀향』, 태학사, 1989.

김종균, 「염상섭 소설의 연대적 고찰」, 『국어국문학』 36, 1967.5.

김철, 「'한국어'의 근대 - 근대 한국어 글쓰기의 '외래성'에 대한 한 단상」, 『새국어생활』 제14권 제4호, 2004.겨울.

다카시 후지타니, 「죽일 권리와 살릴 권리: 2차 대전 동안 미국인으로 살았던 일본인과 일본인으로 살았던 조선인들」, 『아세아연구』 제51권 2호, 2008.

박경수, 「근대 철도를 통해 본 '식민지 조선' 만들기 : '문명'과 '동화'라는 키워드를 중심으로」, 『일본어문학』 Vol. 53, 2012.

박광현, 「경성제국대학의 문예사적 연구를 위한 시론」, 『한국문학연구』 제21집, 1999.

______, 「식민지 '학지'의 경합과 형성 양상」, 『이동의 텍스트 횡단하는 제국』, 동국대학교출판부, 2011.

박혜진, 「1910 · 1920년대 공립보통학교 교원의 업무와 지위」, 숙명여자대학교 석사학위논문, 2001.

배개화, 「문장지 시절의 박태원 - 신체제 대응 양상을 중심으로」, 『우리말글』 제44

집, 2008.12.
이경훈, 「이후(以後)의 풍속」, 문학과사상연구회 편, 『한설야 문학의 재인식』, 소명출판, 2000.
이만영, 「염상섭의 『진주는 주었으나』론」, 『어문연구』 43(1), 2015.
이상열, 「일제 식민지 시대 하에서의 한국경찰사에 관한 역사적 고찰」, 『한국행정사학지』 제20호, 2007.
임병권, 「고백을 통해 본 내면성의 정착과 주체의 형성」, 민족문학사 연구소 기초학문연구단 편, 『한국근대문학의 형성과 문학 장의 재발견 - 제도로서의 한국근대문학과 탈식민성』, 소명출판, 2004.
임화, 「현대소설의 귀추: 창작 32인집을 중심으로」, 『조선일보』, 1939.7.19.~7.28.
전봉관, 「옛날 잡지를 보러가다 - 경성제대 입시소동」, 『신동아』, 2005.
정은경, 「저항 혹은 투항의 책략으로서의 웃음 - 조각난 '웃음'에 관한 '조각난' 이야기」, 『오늘의 문예비평』, 2008.11.
주요섭, 「사랑손님과 어머니」, 『20세기 한국소설 09』, 창비, 2005.
최규진, 「종두정책을 통해 본 일제의 식민 통치」, 서울대학교 박사학위논문, 2014.
최재서, 「국민문학의 작가들」, 『전환기의 조선문학』, 1943.
최정희 외, 「女流詩人과 小說家의 『文學, 映畵』를 말하는 座談會」, 『삼천리』, 1940.9.
카와사키 아키라, 「식민지 말기 일본어 보급 정책」, 『일제 식민지 시기 새로 읽기 』, 혜안, 2007.
한수영, 「전후세대의 문학과 언어적 정체성 - 전후세대의 이중언어적 상황을 중심으로」, 『대동문화연구』, 2007.
현진건, 「운수 좋은 날」, 『20세기 한국소설03』, 창비, 2005.
황지영, 「박태원의 『애경(愛經)』 연구」. 『한국문학이론과 비평』 59, 2013.
______, 「식민권력의 외연(外緣)과 소문의 정치 - 이기영의 신개지(新開地)를 중심으로」, 『국제어문』 제57집, 2013.
______, 「식민지 말기의 권력 담론 연구」, 이화여자대학교 박사학위논문, 2014.
______, 「김남천 소설의 통치성 대응 양상 - 전시 총동원 체제와 정치적 내면의 형

성을 중심으로」, 『어문연구』 제43권 제2호 통권 제166호, 2015.
______, 「한설야 소설에 나타난 통치성 연구 - 중일전쟁 이후의 단편소설들을 중심으로」, 『한국문학이론과 비평』 19(1), 2015.
______, 「염상섭의 〈진주는 주었으나〉에 나타난 권력관계 연구」, 『현대소설연구』 62, 2016.
______, 「골목안의 사정(事情)과 치유의 거짓말」, 『한국문학이론과 비평』 21(2), 2017.
______, 「학교라는 장치와 웃음의 역학 - 염상섭의 「지선생」, 『현대소설연구』 제66호, 2017.

3. 단행본

권은, 『경성 모더니즘: 식민지 도시 경성과 박태원 문학』, 일조각, 2018.
김경자 · 김민경 · 김인전 · 이경진, 『한국 근대초등교육의 좌절 - 일제강점기 초등교육』, 교육과학사, 2005.
김영미, 『해방 전후 서울의 주민사회사 - 동원과 저항』, 푸른역사, 2009.
김윤식, 『최재서의 국민문학과 사토 기요시 교수』, 역락, 2009.
김진균 · 정근식 편, 『근대주체와 식민지 규율권력』, 문화과학사, 1997.
김현경, 『사람 장소 환대』, 문학과지성사, 2015.
데버러 럽턴, 『감정적 자아』, 박형신 역, 한울아카데미, 2016.
류종영, 『웃음의 미학』, 유로, 2005.
마리아 베테티니, 『거짓말에 관한 작은 역사』, 장충섭 역, 가람기획, 2006.
마사 누스바움, 『감정의 격동2: 연민』, 조형준 역, 새물결, 2015.
문강형준, 『파국의 지형학』, 자음과모음, 2011.
미셸 푸코, 『감시와 처벌』, 오생근 역, 나남출판, 2005.
______, 『안전, 영토, 인구』, 오트르망 역, 난장, 2011.
미하일 바흐찐, 『프랑수아 라블레의 작품과 중세 및 르네상스의 민중문화』, 이덕형

· 최건영 역, 아카넷, 2001.
사이먼 스위프트, 『스토리텔링 한나 아렌트』, 이부순 역, 앨피, 2010.
손정목, 『일제 강점기 도시화 과정연구』, 일지사, 1996.
송이랑, 『日帝의 韓國 植民地 統治 方式』, 세종출판사, 1999.
수잔 손탁, 『타인의 고통』, 이재원 역, 이후, 2004.
신형철, 『몰락의 에티카』, 문학동네, 2008.
알랭 바디우, 『사랑 예찬』, 조재룡 역, 도서출판 길, 2010.
앙리 베르그송, 『웃음-희극성의 의미에 관한 시론』, 정연복 역, 세계사, 1992.
에드워드 렐프, 『장소와 장소상실』, 김덕현 외 역, 논형, 2005.
윤구병, 『철학을 다시 쓰다 - 있음과 없음에서 함과 됨까지』, 보리, 2013.
윤동주, 『하늘과 바람과 별과 시(詩)』, 미래사, 1994.
이보영, 『난세의 문학』, 예림기획, 2001.
이수영, 『권력이란 무엇인가』, 그린비, 2009.
이승원, 『소리가 만들어낸 근대의 풍경』, 살림, 2005.
______, 『학교의 탄생』, 휴머니스트, 2005.
이준식, 『일제강점기 사회와 문화: '식민지' 조선의 삶과 근대』, 역사비평사, 2014.
임화, 『문학의 논리』, 소명출판, 2009.
정여울, 『정여울의 문학 멘토링』, 메멘토, 2013.
조남현, 『한국 현대소설사1』, 문학과지성사, 2012.
조동걸, 『한국계몽주의와 민족교육』, 역사공간, 2010.
조이담, 『구보씨와 더불어 경성을 가다』, 바람구두, 2009.
조해옥, 『이상 시의 근대성 연구』, 소명출판, 2001.
콜린 고든 편, 『권력과 지식』, 홍성민 역, 나남출판, 1991.
필립 한센, 『한나 아렌트의 정치이론과 정치철학』, 김인순 역, 삼우사, 2008.
한나 아렌트, 『인간의 조건』, 이진우 · 태정호 역, 한길사, 1996.
______, 『어두운 시대의 사람들』, 홍원표 역, 인간사랑, 2010.
한병철, 『타자의 추방』, 이재영 역, 문학과지성사, 2017.
황호덕, 「천황제 국가와 증여의 신화」, 『벌레와 제국』, 새물결, 2011.

4. 인터넷 자료

두산백과 : http://www.doopedia.co.kr/

한국 근대문학 해제집 I - 단행본

한국민족문화대백과사전 : http://encykorea.aks.ac.kr/

한국현대문학대사전 : http://www.krpia.co.kr/product/main?plctId=PLCT00004652

한국현대장편소설사전 1917-1950

작가 및 작품 정리

프롤로그-1. 주요섭(1902~1972)

주요섭은 1902년 평양에서 태어나 목사인 아버지 밑에서 자랐다. 1918년 아버지를 따라 일본으로 건너가 중학교를 다니다가, 1919년 3 · 1운동이 일어나자 귀국하여 지하신문을 발간하고 출판법 위반으로 10개월의 형을 받았다. 1920년에는 중국으로 가 중학교를 다녔고 1927년에는 후장대학 교육학과를 졸업했다. 1928년 미국으로 가서 스탠포드대학원에서 교육심리학을 전공한 뒤 1929년 귀국했다. 1931년 동아일보사에 입사하여 일하였고 1934년 중국의 베이징 푸렌대학[輔仁大學] 교수로 취임하였다. 1943년 일본의 대륙 침략에 협조하지 않는다는 이유로 추방되어 귀국했다. 해방 후에는 출판사 주간, 신문 주필, 대학 교수 등을 역임했다. 초기 작품에서는 하층계급의 비참한 생활상을 사실적으로 묘사하였으나 1930년대가 되면 남녀 간의 애정을 소박하게 표현하는 소설을 창작하였다. 대표작은 「인력거꾼」과 「사랑손님과 어머니」이다.

프롤로그-2. 주요섭, 「사랑손님과 어머니」, 『조광』, 1935. 11.

1935년 11월 『조광(朝光)』 창간호에 발표된 이 소설은 사랑손님과 어머니의 사랑

이야기를 여섯 살인 옥희의 시선으로 전개하여 서정성을 획득한 작품이다. 나(옥희)는 홀로 된 어머니와 단둘이 살고 있는데, 옥희네 집에 이 동리 학교 교사로 오게 된 아버지의 친구가 하숙을 하게 된다. 아버지가 쓰던 사랑에 아저씨가 기거하게 되면서 나와 아저씨는 금세 친해지고 나는 아저씨가 아버지였으면 좋겠다는 생각을 한다. 사실 나의 어머니와 사랑 아저씨는 서로에게 호감을 갖고 있는 상태였지만, 과부의 재혼을 허용하지 않는 당대의 인습 때문에 둘의 사랑은 결실을 맺지 못하고 아저씨가 옥희네 집을 나가면서 소설은 끝이 난다.

프롤로그-3. 채만식(1902~1950)

채만식은 1902년 전북에서 태어나 중앙고보를 거쳐 일본 와세다대학(早稻田大學) 예과를 다녔다. 사립학교 교사, 동아일보 기자, 개벽사 편집인 등을 역임했다. 1924년 『조선문단』에 발표한 단편 「세 길로」로 문단에 등단한 후 1933년 『조선일보』에 연재한 장편소설 『인형의 집을 찾아서』를 계기로 본격적인 창작활동을 시작하였고, 1936년부터는 전업 작가의 길을 걸었다. 사회에 대한 날카로운 비판과 풍자의 정신을 담은 「레디메이드 인생」(1934), 「치숙」(1938), 「탁류」(1937~1938), 「태평천하」(1938) 등이 대표작이다. 식민지 말기에는 일제에 협력을 하여 해방 후에 자기반성을 담은 「민족의 죄인」(1948)을 창작하기도 하였다. 식민지 시기에 집중적으로 창작을 한 그의 문학세계는 '풍자적 리얼리즘'이라는 말로 정리할 수 있다.

프롤로그-4. 채만식, 「치숙」, 『동아일보』, 1938.3.7.~14.

1938년 3월 7일부터 14일까지 『동아일보』에 연재된 「치숙」은 식민지 시기에 지식인이 겪었던 고난과 그 고난에 대응하는 방식을 보여주는 작품이다. 이 소설의 주인공은 사회주의 운동을 하다가 감옥에 갔다 온 지식인이다. 감옥에서 폐병에 걸린 그는 젊은 시절에 버렸던 조강지처를 찾아오고, 이 아내의 오촌 조카인 '나'가 주인공에 대한 비판을 쏟아놓는 방식으로 소설이 전개된다. 역사에 대한 인식보다는 개인의 안위를 우선적으로 생각하는 '나'는 식민지가 된 조선에서 일본인처럼 살고 싶어 한다. 그런 그의 눈에 대학까지 나와서 사회주의운동을 한다며 인생을 낭비했던 아저씨는 어리석게 보일 뿐이다. 이 작품에서는 역사의식이 없는 '나'가 아저씨를 어리석다고 표현하는 반어적 표현을 사용하여 소설적 재미를 더한다.

프롤로그-5. 김남천(1911~1953)

김남천은 1911년 평안남도 성천(成川)에서 태어났으며 본명은 김효식(金孝植)이다. 1929년 평양고등보통학교를 졸업하고 일본으로 건너가 도쿄의 호세이대학[法政大學] 예과에 입학하였다. 대학에 다니면서 조선프롤레타리아예술동맹(KAPF) 동경지회(支會)에 가입하여 활동하다가 1931년에 임화 등과 귀국하였고, 1931년 10월 카프 제1차 검거 때 카프 문인 중 유일하게 기소되어 2년의 실형을 언도받았다. 1935년 임화, 김기진과 협의하여 카프가 경기도 경찰국에 해산계(解散屆)를 낼 때까지 카프에 성실히 참여하면서 사회주의적 리얼리즘을 추구하였다. 1930년 평양고무공장 노동자 총파업에 참여한 경험을 바탕으로 창작한 소설들과 전향자들의 내면을 담은 소설, 전작 장편소설인 『대하』 등을 창작하였다. 해방 후에는 임화와 함께 좌익 문학단체에서 활동하다가 월북하였고, 1953년 남로당 계열의 박헌영 세력이 제거될 때 같이 숙청되었다.

프롤로그-6. 김남천, 「맥(麥)」, 『춘추』, 1941. 2.

보리의 한자어가 제목인 「맥(麥)」은 미완의 장편소설인 『낭비』(『인문평론』, 1940.2.~41.2.)와 단편소설인 「경영」(『문장』, 1940.10.)과 연작관계에 있는 중편소설이다. 경성제대 강사 임용에 실패한 이관형과 전향 사회주의자인 오시형의 연인이었으나 지금은 홀로 남겨진 아파트 여사무원 최무경을 중심으로 오시형이 떠난 후 8개월 뒤에 일어나는 이야기이다. 시형도 떠나고 어머니도 재혼을 한 후 무경은 집을 팔고 야마토 아파트에 거주하면서 낮에는 아파트의 사무를 보고 밤에는 시형이 놓고 간 철학 책들을 읽으며 공부를 한다. 시대적 상황 때문에 허무에 젖은 관형과 달리 무경은 희망을 버리지 않고 흙 속에 묻혀 꽃을 피워보고자 한다.

프롤로그-7. 김사량(1914~1950)

김사량은 1914년 평안남도 평양에서 출생했으며 본명은 김시창이다. 1931년 평양고보 5학년 때 광주학생운동에 자극받아 일본군 배속장교 배척운동을 하다가 동맹휴업 주동자로 퇴교를 당했다. 일본으로 건너가 도쿄제국대학 독문학과를 졸업했다. 일본의 제국주의에 반대하는 작품을 꾸준히 창작하였고, 1940년 「빛 속으로」가 아쿠타가와상[芥川賞] 후보에 올라 『문예춘추』에 실리기도 했다. 1943년에 귀국하여 일본군 보도반원으로 중국에 파견되었으나, 연안으로 탈출하여 의용군 기자로 활동하다가 광복 후 귀국했다. 광복 후에는 북한에서 활동했으며 한국전쟁이 발발하자 인민군 종군작가로 참전하였고, 1950년에 사망하였다.

프롤로그-8. 염상섭(1897~1963)

염상섭은 1897년 서울에서 태어나 보성소학교를 거쳐 일본 게이오대학(慶應大學) 문학부에서 수학하였다. 1920년에 『동아일보』가 창간되자 기자 생활을 시작하였고, 『폐허』의 동인으로 활동하였다. 염상섭은 당시 문단에서 양대 세력을 형성하고 있던 민족주의와 사회주의 사이에서 중립적인 노선을 견지하고자 노력했다. 1936년에 만주로 건너가 『만선일보』의 편집국장으로 활동하였고 해방 후 귀국하여 『경향신문』 편집국장이 되었다. 한국전쟁에 참전하였고 1963년에 암으로 사망하였다. 한국을 대표하는 작가로 40년 가까이 창작활동을 계속하였다. 대표작으로는 「표본실의 청개구리」(1921), 「만세전」(1924), 『삼대』(1931), 「두 파산」(1949), 『취우』

(1952~1953) 등이 있다.

프롤로그-9. 염상섭, 「만세전(萬歲前)」(1922년 작인 「묘지」를 개작), 『시대일보』, 1924.4.6~6.1.

이 소설은 주인공인 나(이인화)가 동경에서 경성으로 향하는 과정을 중심으로 서사가 진행되는 가운데 비참한 식민지 조선의 현실이 폭로된다. 그리고 비참한 조국의 현실을 목도한 지식인 이인화의 내면 서술이 덧붙여지면서 작품성이 확보된다. 도쿄 W대학 문과에 재학 중인 나는 아내가 위독하다는 전보를 받고 도쿄[東京], 고베[神戸], 시모노세키[下關], 부산, 김천, 대전을 거쳐 서울에 도착한다. 그는 이 과정에서 이발을 하고, 술을 마시고, 형사의 심문을 받고, 김천 형님의 몰락을 목격한다. 서울에 도착해 아내가 죽자 그는 초상을 치르자마자 다시 도쿄로 떠난다.

프롤로그-10. 현진건(1900~1943)

현진건은 1900년에 대구에서 태어났으며 호는 빙허(憑虛)이다. 1912년 일본의 세이조중학(成城中學)에 입학하여 1917년에 졸업하였고, 1918년 상해에 있는 둘째 형 정건(鼎健)을 찾아가 호강대학에서 수학하였다. 1920년에는 『백조』 동인으로 참가하였고, 1921년 조선일보사에 입사한 것을 계기로 『동명』, 『시대일보』를 거쳐, 『동아일보』 기자로 활동하다가 1936년 일장기말소사건으로 1년간 투옥되었다. 해방을 보지 못한 채 1943년 4월 25일 사망하였다. 대표작으로는 「빈처」(1921), 「술 권하는 사회」(1921), 「할머니의 죽음」(1923), 「운수좋은 날」(1924), 「B사감과 러브레타」(1925), 「고향」(1926)과 『적도』(1933~1934), 『무영탑』(1938~1939) 등이 있다.

프롤로그-11. 현진건, 「B사감과 러브레터」, 『조선문단』, 1925. 2.

주인공인 B사감은 여학교 기숙사에서 근무하는 독신주의자에 독실한 기독교 신자이고, 못 생긴 외모와 까다로운 성격의 소유자이다. 이런 B사감이 가장 싫어하는 것은 기숙사로 학생들의 러브 레터가 오는 것이다. 그래서 러브 레터가 도착을 하면 그것을 받은 학생을 불러서 문초를 한다. 어느 날 밤 기숙사에서 남녀가 수작하는 소리가 들리자 세 학생이 그 소리의 근원지를 찾게 되고, 그곳이 B사감의 방임이 밝혀진다. 학생들에게 러브 레터가 오는 것을 그토록 싫어했던 B사감이 그 편지들을 사랑에 빠진 남자와 여자의 목소리로 읽는 것을 본 학생들이 놀라면서 소설은 끝이 난다.

1장-1. 이기영(1895~1984)

이기영은 1895년 충청남도 아산에서 태어났으며 호는 민촌(民村)이다. 1907년 사립영진학교에 입학하여 1910년에 졸업하였고, 1918년 논산 영화여자고등학교에서 교편을 잡았다. 그리고 1922년에는 일본으로 건너가 도쿄세이소쿠영어학교[東京正則英語學校]를 다녔다. 1924년 『개벽』 현상 모집에 단편소설 「오빠의 비밀편지」가 당선된 후, 1925년에 카프에 가입하여 활동하였다. 해방 후 조선프롤레타리아예술연맹의 창립에 주도적 역할을 하였으며, 월북 후에도 많은 작품을 창작하였다. 대표작으로는 「서화(鼠火)」(1933), 『고향』(1933) 등 식민지 농촌의 현실을 사실적으로 그린 작품들과 북한에서 발표한 『땅』(1948~1949)과 『두만강』(1954~1961) 등이 있다.

1장-2. 이기영, 『신개지(新開地)』, 『동아일보』, 1938. 1. 19. ~9. 8.

이기영의 대표작인 『고향』과 더불어 근대화가 진행되는 농촌의 현실을 실감나게 그린 작품이다. 공간적 배경으로 등장하는 달내골에 철도가 개통되면서 장터 삼거리는 점차 쇠퇴한다. 달내골에서는 청년은 감옥에 가고, 처녀는 서울로 가 기생이 되고, '돈'을 가진 하 감역 부자가 마을의 최고 권력자가 되고, 양반은 몰락하는 일들이 벌어진다. 이러한 과정은 변화하는 식민지 농촌의 모습을 사실적으로 제시한다. 출소한 후 윤수가 마을의 청년의 지도자로 거듭 나고 하 감역의 손녀가 윤수와 뜻을 같이 하지만 이들의 노력은 달내골이 점점 궁핍해지는 것을 막지는 못한다.

1장-3. 이기영, 『고향(故鄕)』, 『조선일보』, 1933.11.15.~1934.9.21.

김희준은 도쿄에서 법대를 마치고 5년 만에 고향인 원터마을에 돌아온다. 그 사이 마을에는 철도가 놓이고 제사공장이 들어섰으나 여전히 마을 사람들은 가난하다. 그래서 희준은 소작농이 되어 농사를 짓는 한편 농민들을 계몽하기 위해 야학을 열고 조합을 만든다. 이 과정에서 소작인을 대표하는 희준과 마름인 안승학이 대결한다. 마을에 수재가 들었지만 소작료를 감면해 주지 않는, 지주보다 더 악랄한 안승학으로 인해서 농민들은 고통을 받는다. 결국 희준은 안승학의 딸이자 희준에게 동지애를 느끼는 갑숙의 도움으로 안승학과의 담판에서 농민들에게 유리한 결과를 얻어낸다.

1장-4. 염상섭, 「전화」, 『조선문단』, 1925.2.

이주사는 추첨을 받아 집에 전화를 놓았는데 첫 번째로 걸려온 전화가 기생 채홍이의 전화여서 아내의 추궁을 받는다. 이주사는 아내의 마음을 풀어주기 위해 선물을 하지만, 며칠 뒤 술에 취해 아내 앞에서 채홍이 김장 걱정을 한 것 때문에 장인의 환갑빔을 해내라는 아내의 요구를 받는다. 이런 상황에서 직장 동료인 김주사는 이주사에게 전화를 오백 원에 팔라고 제안한다. 삼백 원에 놓은 전화를 오백 원에 팔면 이익이기 때문에 이주사는 이를 수락한다. 그런데 김주사가 자기 아버지에게 전화를 칠백 원에 넘긴 것을 알고 이주사의 아내는 김주사의 아버지를 찾아가 이백 원을 더 받아온 후 유쾌해 한다. 소설은 이주사의 아내가 이주사에게 전화를 또 놓을 수 있는지 묻는 장면에서 끝이 난다.

1장-5. 채만식, 『태평천하』(1938년 작인 『천하태평춘(天下泰平春)』을 수정), 『조광』, 1938.1.~1938.9.

지주이자 고리대금업자인 윤직원 영감은 시대와 역사에 대한 의식은 지니지 못한 채 가문의 영달만을 추구하는 인물이다. 그는 아버지가 화적떼에게 죽음을 당한 날, "나만 빼고 다 망해라."라고 외치며 앞으로 자신과 가문만을 위해 살기로 결심한다. 그래서 이익을 위해서라면 친일도 마다하지 않는다. 윤직원 영감은 미천한 가문을 다시 세우기 위해서 두 명의 손자를 경찰서장과 군수를 만들려고 한다. 하지만 아들 창식처럼 큰 손자 종수는 주색에 빠져 방탕한 삶을 살고, 가장 기대했던 둘째 손자 종학이가 일본에서 사회주의 활동을 하다가 체포된다. 윤직원 영감은 그 소식이 담긴 전보를 받고는 오열한다.

2장-1. 나혜석(1896~1948)

나혜석은 1896년 경기도 수원에서 태어났으며 호는 정월(晶月)이다. 군수를 역임한 부친 밑에서 비교적 부유한 성장기를 보냈다. 1913년 진명여자고등보통학교를 최우등으로 졸업한 후 일본으로 건너가 도쿄여자미술전문학교 유화과에 입학했다. 일본 유학 중임에도 1919년 3.1운동에 적극 가담하여 옥고를 치렀다. 1921년 조선 여성으로는 처음으로 유화 개인전을 개최하여 성공을 거두었다. 오빠 나경석의 소개로 최승구를 만났으나 최승구가 폐병으로 사망한 후 1926년 김우영과 결혼하였다. 후에 최린과 불륜 관계로 발전하여 이혼하고 1948년에 사망하였다. 대표작으로는 단편소설 「경희」(1918), 「정순」(1918)과 회화 「나부」(1928), 「선죽교」(1933)

등이 있다.

2장-2. 나혜석, 「경희」, 『여자계』, 1918. 3.

일본 유학 중인 경희는 방학을 맞아 집으로 돌아와서 오라버니 댁과 시월이에게 일본 이야기를 들려준다. 경희의 어머니를 만나러 온 사돈 마님은 그런 경희에게 공부는 그만 하고 어서 시집을 가라고 권한다. 경희는 학교에서 배운 지식을 바탕으로 집안일을 훌륭하게 해냄에도 사돈 마님이나 아버지는 여자는 결혼만 잘 하면 된다는 생각을 강요한다. 경희는 배움이 있어야 진정한 사람이 될 수 있다고 생각하기 때문에 아버지가 유학을 포기하고 결혼을 하라고 하자, 자신의 주인은 자신이기 때문에 있는 힘을 다해 일하며 스스로 살겠다는 다짐을 한다.

2장-3. 염상섭, 「이선생(E先生)」, 『동명』, 1922. 9. 10.~12. 10.

도쿄에서 대학을 마친 E선생은 귀국하여 잡지를 만들다가 교육이 더 중요하는 것을 깨닫고 ××중학교에서 교편을 잡는다. 하지만 E선생이 학생들에게 신망이 두터운 것을 안 다른 선생들은 E선생을 시기 질투한다. 어느 날 운동부 학생들이 체조 선생의 사주로 학교 근처 채소밭을 짓밟고, 이를 안 E선생은 기도 시간에 식물까지 존중하는 생명존중사상에 대해 설파한다. 이 일이 있은 후 체조선생은 학교를 그만두고, E선생은 주임이 된다. 하지만 작문 시험 때 '시험'에 대해 서술하게 한 후 시험 폐지를 주장하는 학생에게도 점수를 준 것이 문제가 되어 학교를 그만둔다.

3장-1. 박태원(1910~1986)

박태원은 1910년 서울에서 태어났으며 호는 구보(仇甫/丘甫)이다. 경성사범부속

보통학교를 거쳐 1929년 경성제일공립고등보통학교를 졸업하였다. 1930년 일본 호세이대학(法政大學) 예과에 입학하였으나 중퇴하였다. 이상과 더불어 1930년대 대표적인 모더니스트로 평가받는 박태원은 1933년 구인회(九人會)에 가입하면서 작가로서 자리를 잡았다. 1939년 이후에는 신변소설을 창작하면서 중국의 역사소설을 번역하였다. 해방 후 조선문학가동맹의 중앙집행위원이 되었고, 한국전쟁 중에 월북하였다. 대표작으로는 중편소설 「소설가 구보 씨의 일일」(1934), 「골목안」(1939), 장편소설 『천변풍경』(1936~1937), 『여인성장』(1941~1942) 등이 있으며, 월북 후에 역사소설 『계명산천은 밝았느냐』(1963~1964), 『갑오농민전쟁』(1977~1984) 등을 집필하였다.

3장-2. 박태원, 「악마」, 『조광』, 1936.3.~1936.4.

회사원인 학주는 친구가 경영하는 약국에서 임질환자가 '노보루'라는 성병 약을 사는 것을 보고 비웃었는데, 임질이 심해지면 임란성 결막염이 생겨 실명할 수도 있다는 친구의 설명을 듣고 웃음을 멈춘다. 아내가 시골에 간 사이에 회사 동료와 함께 유곽에 다녀온 학주는 자신이 임질에 걸릴지도 모른다는 공포를 느낀다. 그리고 며칠 뒤 자신이 임질에 걸린 것을 확인한 그는 몸을 자주 씻고, '노보루'를 복용한다. 그러면서 타인이 병균을 옮기는 악마라고 생각한다. 그런데 정작 아내에게 성병을 옮긴 것은 학주였다. 아내마저 성병에 걸린 후 같이 치료를 받던 학주는 아내의 눈에서 농즙이 나오자 아내에게 가려는 아이들을 막는다.

4장-1. 김남천의 『사랑의 수족관』, 『조선일보』, 1939.8.1.~1940. 3.3.

제국대학을 졸업한 토목기사 김광호는 자신의 직업에 충실한 인물이고, 재벌의 딸인 이경희는 사회사업을 하고 싶어 하는 적극적인 성격의 소유자이다. 소설은 이 둘이 처음 만나는 장면에서 시작하여 연인이 되고 오해를 하고 다시 재결합을 하기까지의 과정을 담고 있다. 탁아소를 설립해서 여성 노동자를 돕고자 하는 이경희와 사회사업에 대해 회의적인 김광호, 이렇게 성격이 다른 둘 사이에 이경희의 서모와 이경희와 결혼하려는 송현도가 개입하면서 오해가 불거진다. 그래서 모함에 빠진 김광호는 이유를 알지 못한 채 만주로 떠나고 김광호의 도덕성에 대한 이경희의 오해는 깊어진다. 결국 탁아소를 함께 운영하려던 강현순의 도움으로 이경희는 오해를 풀고 조선으로 돌아온 김광호와 다시 만난다.

4장-2. 김남천의 『낭비』, 『인문평론』, 1940. 2.~1941. 2. (11회 미완)

「경영」, 「맥」과 연작 관계에 있는 작품으로, 「맥」의 앞부분에 해당하는 이야기이다. 경성제국대학 대학원에서 영문학을 전공한 이관형은 강사 임용을 앞두고 논문을 쓰기 위해 원산 피서지에 있는 별장에 머문다. 헨리 제임스로 논문을 준비 중인 이관형은 이곳에서 경제적으로 여유 있지만 도덕성은 부족한 사람들과 시간을 보내다가 논문이 진척되지 않자 원산을 떠나 양덕으로 향한다. 논문을 제출하고 심사를 기다리면서 관형은 일본인 심리학과 교수로부터 논문에 제국 일본에 대한 저항 의식이 내재되어 있는 것은 아닌지 의심을 받는다. 이런 관형을 위로하기 위해 일본인 지도 교수는 그를 자신의 집에 초대해 위로를 해준다.

4장-3. 김남천, 「T일보사」, 『인문평론』, 1939. 11.

평안남도에서 은행을 다니던 김광세는 출세하겠다는 야망을 품고 상경한다. 그는 친구의 추천으로 T일보사에 취직한 후 신문사 간부들이 자신을 멸시하는 것을 느끼자 거금을 들여 고급 옷과 소품들을 구입한다. 얼마 후 T일보사의 자금원인 부사장이 자본금을 가지고 물러나자, 광세는 자신의 돈으로 자금난에 빠진 신문사를 구하고 편집국 지방부장으로 승진한다. 여기에 만족하지 못한 광세는 일본에서 들어왔지만 조선에 공개해서는 안 되는 호외를 듣고, 자신이 가지고 있던 모든 돈을 주식에 투자해 거액을 번다. 그리고 그 돈으로 T일보사를 인수해서 부사장의 자리에 오른다.

5장-1. 강경애(1907~1943)

강경애는 1907년에 황해도에서 태어나서 자라다가 7살 때 장연으로 이주하였다. 1925년 평양 숭의여학교에 입학했으나 중퇴하고, 서울의 동덕여학교에 편입하여 약 1년을 다녔다. 1931년에 장하일(張河一)과 결혼하여 간도(間島)에 가서 살면서 조선일보 간도지국장을 역임했다. 건강이 나빠져 1942년 남편과 함께 간도에서 귀국하여 요양하던 중 사망하였다. 혹독한 가난과 여성의 고난에 초점을 맞춘 작품들을 많이 창작하였다. 대표작으로는 장편소설 『어머니와 딸』(1931), 『인간문제』(1934), 중편소설 「소금」(1934), 단편소설 「원고료 이백원」(1935), 「지하촌」(1936) 등이 있다.

5장-2. 강경애, 「소금」, 『신가정』, 1934. 5.~10.

빚 때문에 고향을 떠나 간도로 간 봉염이네 가족은 간도에서도 힘겨운 삶을 이어간다. 어느 날 봉염 아버지는 자×단에 쫓겨 용정에 있는 지주 팡둥을 만나러 갔다가 공산당에게 살해된다. 남편이 죽고 장남 봉식을 찾아 용정으로 간 봉염 모녀는 팡둥의 집에 머무르며 일을 거들다, 봉염 어머니는 팡둥에게 겁탈을 당해 그의 아이까지 임신한다. 하지만 팡둥은 봉식이가 공산당으로 처형되는 것을 보았다며 봉염 모녀를 내쫓는다. 봉염 어머니는 헛간에서 해산을 한 뒤 남의 집 유모가 되어 생계를 이어가지만 정작 자신의 아이들을 제대로 돌보지 못하여 봉염이와 갓난아기를 잃는다. 그 후 유모 자리마저 잃게 된 봉염 어머니는 살기 위해서 소금 밀수를 하다 순사에게 잡힌다. 그녀는 밀수 도중 만난 한 공산당원을 통해 공산당이 자신과 같은 사람의 편임을 알게 된다.

5장-3. 최서해(1901~1932)

최서해는 1901년 함경북도에서 태어났으며 본명은 최학송이다. 가난해서 소학교도 제대로 다니지 못했지만 독학으로 문학을 공부하여 잡지에 투고를 하였다. 1918년 간도 등지를 유랑하면서 극한의 가난을 경험하였고, 1924년 이광수의 추천으로 『조선문단』에 「고국」을 발표했다. 1925년 조선문단사에 입사한 후 창작 활동을 이어가다가 1929년에 카프를 탈퇴하고 1932년에 사망하였다. 그의 소설은 가난했던 간도에서의 체험이 녹아든 것으로, 결말에서 하층민의 분노가 살인과 방화의 형태로 표출되는 작품이 많다. 대표작으로는 단편소설 「탈출기」(1925), 「박돌의 죽음」(1925), 「기아와 살육」(1925), 「홍염」(1927) 등이 있다.

5장-4. 최서해, 「탈출기」, 『조선문단(朝鮮文壇)』, 1925. 3.

조선에서의 삶을 견디다 못한 '박'은 가족을 데리고 간도로 떠난다. 간도에서는 경제적으로 어렵지 않게 살 수 있다는 소문이 조선에 만연했지만 실상은 소문과 달랐다. 간도에서도 배고픔과 추위는 계속되었고, 가족들이 매달려 온갖 일을 했지만 형편은 좀처럼 나아지지 않았다. 그러던 어느 날 임신한 아내가 뭔가를 몰래 먹다가 그에게 들켜 아궁이에 던지는 것을 발견했는데, 아내가 먹던 것은 길에서 주운 귤 껍질이었다. 이 사건으로 그는 가난의 원인이 개인에게 있는 것이 아니라 사회와 제도의 문제임을 깨닫고 집을 나가 ××단에 가입한다.

5장-5. 박태원, 『여인성장』, 『매일신보』, 1940. 8. 1.~1942. 2. 9.

소설가인 김철수는 누이동생 명숙의 소개로 만난 이숙자와 사랑하는 사이이다. 그런데 숙자는 은행 두취인 최종석의 맏아들 상호에게 겁탈 당해 임신을 한 후 이유를 말하지 않고 철수와 헤어지고 상호와 결혼한다. 한편 철수는 옛 스승인 강우식을 돕기 위해 상호의 부친인 종석을 찾아가고, 상호의 누이동생인 숙경은 철수에게 호감을 표시한다. 그러다 숙경은 숙자와 철수가 과거 연인 사이였음을 알고는 두 사람의 관계를 의심한다. 하지만 상호의 고백으로 모든 사실이 밝혀지고 오해도 풀린다. 그 후 숙자는 자신을 진심으로 아끼는 상호를 남편으로 인정하고, 숙경은 경솔했던 행동을 뉘우치고 철수와 약혼한다.

6장-1. 박태원, 「소설가 구보 씨의 일일」, 『조선중앙일보』, 1934. 8.1.~9.19.

스물여섯 살에 미혼인 소설가 구보는 집을 나오면 하루 종일 경성의 이곳저곳을 돌아다니다 밤이 깊어야 집으로 돌아간다. 집을 나선 구보는 종로에 있는 화신백화점을 기웃거리고, 전차에서 맞선 본 여자를 우연히 만나 곁눈질을 한다. 그러다 다방에 들려서 음악을 듣고 길거리에서 보통학교 때 동창을 만나기도 한다. 또 경성역 삼등 대합실에서 군중 속 고독을 느끼고, 다방에서 친구를 만나 자신이 쓴 소설에 대한 평을 듣는다. 친구와 카페에 가서 여급들과 시간을 보내기도 하지만 이 모든 것이 구보의 마음을 채워주지는 못한다. 결국 구보는 자신보다 어머니의 행복을 생각하면서 이제는 어머니가 원하는 대로 생활을 하리라는 다짐을 하며 집으로 향한다.

6장-2. 박태원, 『애경』, 『문장』, 1940.1.~9,11(8회 미완)

소설가인 최신호는 숙명여고를 우등으로 졸업한 정숙과 결혼하지만 둘은 경제적 어려움 속에서 차츰 지쳐간다. 정숙은 여고 다닐 때는 자신보다 못했던 친구들이 경제적으로도 정서적으로도 안정된 삶을 사는 것을 보고는 더 힘들어하고, 신호는 그런 아내를 보면서 자신의 무능함을 확인한다. 그러다 신호는 정숙이 자신이 좋아하지 않는 큰처남에게 경제적 지원을 받은 사실을 알게 되고 모욕감을 느낀다. 모욕을 느낀 그날 신호는 기생방에 놀러 갔다가 옥화라는 기생을 알게 되고 그녀와 연애를 시작한다. 결국 정숙은 집을 나가고 신호는 아내의 변심에 괴로워한다.

7장-1. 염상섭, 『진주는 주었으나』, 『동아일보』, 1925.10.17.~1926.1.17.

경성제국대학에 재학 중인 김효범은 매형인 진형식의 집에 살면서 형식이 전처의 조카인 조인숙을 농락하는 것을 알게 된다. 게다가 형식은 사업 자금이 부족해지자 인숙을 인천의 미두장이인 리근영에게 돈 이만 원을 받고 넘기려 한다. 이것을 알게 된 효범은 인숙을 돕지만 결국 이 일로 인해서 효범은 위기에 처하고 인숙은 근영과 결혼식을 올린다. 이 일 이후 효범은 학교도 그만 두고 집에서도 쫓겨나 누나의 친구인 문자의 도움을 받으며 근근이 살아가다가 월미도에서 문자와 동반 자살을 기도한다. 이들은 바로 구조되지만 효범은 끝내 깨어나지 못한다.

8장-1. 이상(1910~1937)

이상은 1910년 서울에서 태어났으며 본명은 김해경(金海卿)이다. 1921년 신명학교(新明學校)를 거쳐 1926년 동광학교, 1929년 경성고등공업학교 건축과를 졸업하였다. 같은 해 총독부 건축기사가 되었고, 조선건축회지 『조선과 건축』의 표지도안 현상모집에 당선되기도 하였다. 1933년 각혈이 시작되어 총독부를 그만 두고 황해도 배천(白川) 온천에 요양 갔다가 돌아와 다방 '제비'를 차렸다. 1934년에 구인회(九人會)에 가입하여 박태원과 친하게 지냈다. 1936년 변동림(卞東琳)과 혼인한 뒤 곧 도쿄로 건너갔으나 1937년 사상불온혐의로 구속되었다. 이로 인해 건강이 악화되어 그 해 4월에 사망하였다. 이상은 1930년대를 이끈 대표적인 모더니스트로 평가되며, 대표작으로는 장편소설 『12월 12일』(1930), 단편소설 「날개」(1936), 「지주회시(蜘蛛會豕)」(1936), 「동해(童骸)」(1937), 시 「이상한 가역반응」(1931), 「오감도(烏瞰圖)」(1934) 등이 있다.

8장-2. 이상, 「동해(童骸)」, 『조광』, 1937. 2.

하루 동안의 일을 담고 있는 「동해」는 '촉각(觸角)', '패배(敗北) 시작(始作)', '걸인(乞人) 반대(反對)', '명시(明示)', 'TEXT', '전질(顚跌)' 등 여섯 개의 서사 단락으로 구성되어 있다. 어느 날 '윤(尹)'이라는 사내와 살고 있던 '임(姙)'이라는 여인이 '나'를 찾아온다. 그 후 이 세 사람은 위태로운 삼각관계에 휘말리고, 소설 속에는 나의 불안한 내면이 중점적으로 그려진다. 작품의 제목이 어린아이를 뜻하는 '동해(童孩)'가 아니라 아이의 해골을 의미하는 '동해(童骸)'여서 소설의 제목과 내용을 수수께끼처럼 풀어나간 다양한 해석들이 존재한다.

9장-1. 한설야(1901~미상)

한설야는 1901년 함경남도에서 태어났으며 본명은 한병도(秉道)이다. 1919년 함흥고등보통학교를 졸업하고, 1924년 니혼대학(日本大學) 사회학과를 졸업하였다. 귀국 후 북청사립중학교에서 강사로 일했으며 1925년부터 작가로 활동, 1927년 카프에 가담하였다. 1934년 '신건설사' 사건으로 투옥되었다가 집행유예로 석방되었고, 해방 후 조선프롤레타리아예술동맹을 조직하였다. 1946년부터 북한공산당에서 예술계의 주도적인 역할을 담당했으나, 김일성 반대 세력에 동조하다가 1960년대 초에 숙청된 것으로 추정된다. 농촌의 근대화와 노동자의 삶을 주제로 다수의 작품을 창작하였다. 대표작으로는 장편소설 『황혼』(1936), 『탑』(1940~1941), 『설봉산』(1956), 단편소설 「과도기」(1929), 「귀향」(1939), 「이녕」(1939) 등이 있다.

9장-2. 한설야, 「임금」, 『신동아』, 1936. 3.

1936년 6월에 발표한 「철로교차점」의 전편에 해당하는 작품으로, 룸펜 지식인 경수를 중심으로 그의 가족 이야기를 담고 있다. 생활력 있는 아내는 제대로 일을 하지 않는 남편 경수를 못마땅해 한다. 그러던 어느 날 막내 길호가 철로교차점에서 사과를 주워 먹다가 교통 방해로 역무원에게 붙들린다. 경수는 길호를 데려오면서 사과를 사주는데 길호의 좋아하는 모습을 보며 그는 앞으로 잘 살아보겠다는 다짐을 한다.

9장-3. 한설야, 「철로교차점」, 『조광』, 1936.6.

「임금(林檎)」의 속편으로 경수가 현실을 바꿔 나가는 이야기이다. 마음을 잡은 경수는 S강 제방공사장에 나가 일을 하고, 월급을 받아 집으로 돌아가는 길에 다섯 살배기 아이가 죽었다는 소식을 듣고 혹시 자신의 아이가 아닐까 걱정한다. 죽은 아이가 경수의 아이는 아니었지만 경수는 하루빨리 철도교차점에 '후미끼리방[건널목지기]'을 설치해야겠다고 생각한다. 경수의 주도 하에 주민들이 힘을 합쳐 철도회사에 이 문제를 제기하고 얼마 후 철도교차점에 후미끼리방이 설치된다.

9장-4. 한설야, 「종두」, 『문장』, 1939.8.

경구의 아내는 무능한 남편을 좋아하지 않고 경구는 아내의 외모를 마음에 들어하지 않는다. 이 부부에게는 세 아들이 있는데 그 중 형섭이와 이섭이는 쌍둥이이다. 세 아들 중 이섭이가 가장 똑똑하지만 이섭이는 홍역 후유증으로 왼쪽 눈이 보이지 않는 상태이다. 그래서 경구는 이섭을 안쓰러워 하는데, 이제 의무교육이 시작되면 이섭이도 학교에 갈 수 있을 것이라며 안심한다. 여섯 살인 형섭이와 이섭이는 학교에 가서 종두 접종을 하지만, 함부로 행동하는 동네의 철이라는 아이가 이섭이에게 넌 외눈박이라 학교에 갈 수 없다고 말해서 이섭이와 싸운다. 방관적인 경구와 달리 경구의 아내는 이 일을 알고는 철이네 집에 따지러 간다.

10장-1. 염상섭 「지선생」, 『신취미』, 1930.5.

중학교에서 한문을 가르치는 지선생은 15년 근속 후 퇴임을 앞두고 있다. 그는 수시로 교실 바닥에 침을 뱉고, 일본인 교무주임의 감시를 두려워하면서도 수업 시간에 술을 마신 후 졸기를 반복하는 인물이다. 그는 이 학교의 터줏대감이며, 학교에 단 한 분 남은 조선인 선생이기 때문에 학생들의 연민과 사랑을 받는다. 그러던 어느 날 학생들이 지선생이 조는 사이에 장난으로 교실의 시계를 돌려놓는다. 수업이 끝났다고 생각한 지선생은 교실에서 나가 소사 아이 대신에 학교의 종을 치고는, 아직 하학 시간이 되지 않았다는 소사 아이의 짜증 섞인 말을 듣는다.

11장-1. 한설야, 「이녕」, 『문장』, 1939.5.

문인인 민우는 4년 동안 감옥에 있다가 출옥을 하지만 취직을 하지 못해서 그의 가족의 생활은 계속 어렵기만 하다. 그런 민우에게 아내는 일을 하라고 부탁하지만 일거리를 구하기는 쉽지 않다. 그래서 민우가 출옥한 후에도 민우의 가족은 생활력이 강한 민우의 아내가 닭을 키워서 얻는 수입으로 근근이 살아간다. 그런데 민우네 닭이 족제비에게 물리는 사건이 벌어지자 무기력했던 민우는 대책을 세우기 위해 노력한다.

11장-2. 김남천, 「처를 때리고」, 『조선문학』, 1937.6.

아내 정숙은 남수가 없는 동안 남수의 후배인 준호가 찾아와 함께 저녁을 먹고 산책한 일을 남수에게 숨긴다. 그런데 이 일을 남수가 알게 되면서 정숙과 남수는 싸움을 한다. 결국 남수는 정숙을 때리고 화가 난 정숙은 남수가 함께 출판 사업을 하려고 하는 변호사 허창훈이 자신을 희롱했던 것을 폭로하며, 그와 남수가 서로를 이용하려는 것이라고 비판한다. 다음날 아침 남수는 정숙에게 미안한 마음을 느끼지만, 마침 그때 함께 출판 사업을 준비하던 준호가 신문사에 취직해서 사업에서 손을 떼겠다며 찾아온다. 남수는 준호와 시간을 보낸 아내를 때리고 싶다는 생각을 다시 한다. 하지만 남수는 정숙을 향한 분노가 결국 자기 자신에게 돌아오는 것임을 모르지 않는다.

11장-3. 채만식, 「소망」, 『조광』, 1938. 10.

'나'는 도쿄에서 대학에 다니던 남편과 결혼을 하고, 3년 후 남편은 귀국하여 서울에 있는 신문사에 취직을 하였다. 그런데 2년 뒤 남편은 신문 기자 노릇은 하기 어렵다며 일을 그만둔다. 일을 그만 둔 남편은 누워서 책, 신문, 잡지 등을 보며 시간을 보내고 가끔 화동에 서씨를 찾아간다. 하루는 나의 친정어머니가 여름에 해변에 와서 쉬라고 편지를 해서 나는 가고 싶어 하지만 남편은 거절한다. 아들을 데리고 수영장에 가자고 하면 나를 속물이라고 욕하는 남편은 한여름에도 건넛방에 틀어박혀 자기는 자기를 괴롭히는 더위와 싸운다고 말한다. 무더운 날 겨울 양복과 모자를 쓰고 외출에서 돌아온 남편을 보고, 나는 언니와 의사인 형부에게 남편의 정신병 치료에 대해 의논한다.

12장-1. 박태원, 「골목안」, 『문장』, 1939. 7.

정동 골목 안에 사는 순이네 가족은 복덕방을 하는 아버지와 불단집의 허드렛일을 도와주는 어머니, 그리고 다섯 남매로 이루어져 있다. 집주름 영감은 경제적 어려움 외에도 제대로 된 삶을 살지 못하는 자식들 때문에 마음이 무겁다. 집 나간 맏아들, 권투선수인 둘째 아들, 중학교 입학에 실패한 셋째 아들, 여급인 큰 딸, 연애 중인 여학생 둘째 딸로 인해 마음 편할 날이 없는 것이다. 그래서 집주름 영감은 자신을 아는 사람이 없는, 막내아들이 입학한 고등소학교 학부모회에 가서 자신의 큰 아들은 의사이고 둘째 아들은 광산기수라고 거짓말을 한다. 그 거짓말로 인해 그는 훌륭한 자식을 둔 노인으로 둔갑되어 다른 학부모들의 선망의 대상이 된다.

12장-2. 김남천, 「등불」, 『국민문학』, 1942. 3.

작가이자 사회주의자였던 나는 과거에 사상관계로 경관 앞에 섰을 때는 전혀 굽힘이 없던 인물이었다. 하지만 회사에 다니는 지금은 작은 실수 때문에 순사 앞에서 용서를 비는 것이 어색하지 않은 상태이다. 나는 이런 변화를 깨닫고 회한에 젖기도 한다. 한편 나는 조선어로 소설을 쓰는 작가들이 많지 않아서 작품을 얻기 어렵다는 문우의 이야기를 듣고 작품을 하나 써주기로 한 상태이다. 그래서 나는 자신의 경험담을 녹여서 소설 같기도 하고 소설 같지 않기도 한 작품을 등불 아래에서 써내려간다.

에필로그-1. 현진건, 「운수 좋은 날」, 『개벽』, 1924. 6.

동소문 안에서 인력거꾼을 하는 김첨지는 아픈 아내가 오늘은 일을 나가지 말라고 말리는 것을 뿌리치고 일을 나온다. 열흘 동안 돈 구경을 하지 못했는데 이 날은 비가 내려서 그런지 손님이 많은 운수가 좋은 날이었다. 하루 종일 서울 시내를 오가며 돈을 번 김첨지는 친구 치삼이를 만나 선술집에서 술을 한 잔 하고, 아내가 먹고 싶다고 했던 설렁탕을 사 가지고 집으로 돌아온다. 하지만 아내는 이미 죽어 있었고, 빈 젖을 빨던 젖먹이 개똥이마저 울다가 지쳐서 탈진해 있었다.

에필로그-2. 현진건, 「고향」, 『조선의 얼굴』, 1926.

나는 서울행 기차 안에서 옆에 앉은 기이한 얼굴의 그와 이야기를 나누게 된다. 우리 주변에는 일본인, 중국인, 조선인 등 국적이 다른 사람들이 앉아 있었다. 그는 각국의 사람들에게 말을 걸었지만 다들 반응이 시큰둥 하자 나와 이야기를 시작한다. 그는 특이하게도 한중일 옷을 겹쳐서 입고 있었는데 그 이유는 그가 세 나라를 오가며 노동을 했기 때문이었다. 나는 그의 사연을 듣고는 연민을 느껴서 기차 안에서 술까지 함께 마신다. 그러면서 그의 얼굴에서 '조선의 얼굴'을 보고, 그와 그의 옛 연인, 그리고 그의 고향 이야기에 갈수록 살기 어렵게 변해가는 조선의 모습이 담겨있는 것을 깨닫고 괴로워한다.

색인

1. 작가명 및 작품명

작가

강경애 21 113 115 300

김남천 12 21 22 94 95 97 101 102 104 105 107 109 110 122 123 125 126 146 162 240 242 244 245 249 251 262 263 264 266 267

김사랑 292

나혜석 21 60 61 63 296 297

박태원 21 81 83 85 87 89 90 111 120 121 122 131 133 134 136 137 138 140 142 143 145 146 147 182 251 252 254 255 256 257 258 259 260 261 262 276 278 279 283 284 285 286 297 298 301 302 303 307

염상섭 13 16 20 21 22 42 44 45 60 63 64 66 69 76 78 79 151 159 160 162 163 170 171 172 173 213 216 217 219 223 225 226 229 230 283 284 285 286 292 293 295 297 303 306

이기영 22 28 29 30 33 35 36 37 40 44 283 294 295

이상(李箱) 22 175 176 177 178 179 180 181 182 185 186 187 188 189 190 191 192 283 287 303 304

주요섭 7 8 285 289

채만식 13 17 20 47 49 246 247 249 256 283 290 296 307

최서해 21 117 118 301

한설야 22 193 194 195 196 197 198 199 201 203 204 205 209 210 234 236 237 238 239 249 284 285 286 304 305 306

현진건 19 20 269 271 273 274 285 293 294 308

단편소설

현진건, 「B사감과 러브레터」 19 294

염상섭, 「E선생」 21 60 64 66 219 229

김남천, 「T일보사」 95 105 107 108 109 299

나혜석, 「경희」 21 60 63 296 297

현진건, 「고향」 273 293 308

박태원, 「골목안」 136 137 251 252 254 255 276 307

염상섭, 「만세전」 16 17 292 293

김남천, 「맥」 13 22 100 101 291 299

주요섭, 「사랑손님과 어머니」 7 8 285 289

강경애, 「소금」 21 113 115 300

채만식, 「소망」 22 246 247 249 307

박태원, 「소설가 구보 씨의 일일」 132 134 298 302

박태원, 「악마」 21 81 83 90 111 298

현진건, 「운수 좋은 날」 267 271 272 274 285 308

한설야, 「이녕」 22 237 238 239 304 306

한설야, 「임금」 197 198 304 305

염상섭, 「전화」 42 45 46 295

한설야, 「종두」 22 203 204 205 305

염상섭, 「지선생」 22 213 216 217 218 224 225 229 230 232 286 306

한설야, 「철로교차점」 197 200 201 304 305

채만식, 「치숙」 13 290

최서해, 「탈출기」 21 117 118 301

장편소설

이기영, 『고향』 37 38 40 44 283 294 295

김남천, 『낭비』 95 100 101 291 299

김남천, 『사랑의 수족관』 95 97 99 102 122 123 125 298

이기영, 『신개지』 28 29 35 283 294

박태원, 『애경』 21 131 134 135 137 138 139 143 145 146 147 251 255 256 257 258 259 260 261 262 279 285 302

박태원, 『여인성장』 21 120 121 122 283 298 301

염상섭, 『진주는 주었으나』 151 152 153 158 160 162 165 169 173 285 286 302
채만식, 『태평천하』 47 49 296

2. 핵심어

가시/비가시 15 46 47 76 78 82 86 90 97 117 164 178 202 226 277
거짓말 49 157 244 251 252 253 254 255 262 278 286 307
경성제대 128 159 160 161 162 163 164 166 169 173 285 291
고통 11 14 20 22 94 113 114 115 116 117 226 255 272 275 276 278 279 280 281 282 287 295
공간 10 11 15 16 21 23 27 28 29 30 31 32 33 35 36 38 41 42 50 51 52 55 56 57 58 59 60 62 63 67 70 76 77 79 84 95 107 114 115 117 131 134 135 136 138 139 143 145 158 159 162 164 175 178 181 184 195 201 220 230 232 234 240 269 270
교육 13 14 18 56 58 59 60 61 63 65 67 68 69 70 71 78 79 113 141 160 202 203 204 207 209 213 214 215 218 222 223 224 226 228 229 231 256 260 261 284 286 287 289 297 305
권력 10 12 17 22 28 29 30 31 36 37 49 52 55 56 59 60 75 83 112 124 141 142 144 151 152 153 154 155 156 157 158 159 160 161 165 168 169 170 172 173 182 184 195 199 201 202 204 205 206 207 208 209 210 213 214 215 219 220 221 224 230 233 240 267 268 278 284 285 286 287 295
규율 21 30 51 52 53 54 55 56 57 58 59 63 70 71 72 153 179 182 205 206 213 214 215 216 220 221 222 229 230 231 232 286
균질공간 27 28 29 30 31 36 50 201
근대 11 19 21 22 27 31 32 33 34 35 37 38 39 40 41 42 43 44 45 46 47 50 51 52 53 54 55 56 57 59 60 61 63 66 67 70 71 72 76 77 78 79 80 81 83 86 90 93 95 112 131 132 133 135 136 145 152 153 154 156 159 172 177 179 180 184 185 187 194 197 198 201 204 205 213 214 215 216 217 218 219 220 221 224 232 235 238 242 245 255 262 263 269 270 271 272 273 277 283 284 285 286 287 288 294 304
기술/기술자 18 27 32 33 35 36 206
냉소 16 67 71 229
노동자 35 38 59 71 94 291 299 304
노래 19 129 176 181 182 183 184 185 186 190 259 276 281
독서 191 265
만세 16 17 221 222 224 225 227 292 293
문화자본 21 111 122 127

민족 11 23 103 160 193 194 195 202 213 222 225 226 227 228 234 242 256 285 287 288 290 292

복종 55 59 60 72 219 221

분노 10 94 184 210 244 301 307

비밀 45 76 169 180 246 249 272 294

생활 12 14 27 31 34 36 38 46 57 59 63 68 84 97 104 122 123 127 131 135 140 143 144 146 147 170 172 178 195 234 235 240 241 246 254 256 261 262 264 265 267 268 270 275 284 289 292 302 304 306

시공간 11 21 23 27 28 36 38 41 50 62 77 79 139 158 181 270 282

식민지 7 11 12 13 14 15 16 17 18 19 20 22 27 28 29 31 33 34 36 38 41 42 46 47 49 50 59 60 68 70 71 72 77 78 79 81 83 93 94 95 96 97 102 103 105 107 111 112 113 117 122 124 125 126 127 128 129 131 132 135 136 144 145 151 152 153 154 157 158 159 160 162 164 172 173 193 195 196 197 202 203 207 209 213 214 215 216 224 227 229 233 236 241 242 256 261 262 263 267 269 272 273 274 276 278 279 282 284 285 286 287 290 291 293 294 295

양가성 159 160 162 163 173

연설 63 65 67

욕망 13 14 22 55 77 101 107 139 140 143 157 177 180 183 190 254 272 275 279

위계 34 36 56 58 59 108 193 194 206 223 224 256 269 270

위반 88 219 221 289

의식/무의식 32 47 58 95 131 142 178 179 185 195 261 262

자본주의 12 41 52 56 71 93 94 95 107 151 155 242

저항 17 22 88 141 162 164 173 202 216 229 230 249 250 267 271 285 286 299

전근대 31 33 34 35 132 136

정치 12 17 22 36 51 113 141 144 145 147 157 158 164 193 196 204 205 206 207 208 209 210 213 224 239 251 255 262 265 266 269 277 278 285 287

조선 11 12 15 16 17 18 22 27 28 31 36 38 42 46 47 50 60 64 65 67 70 71 72 77 78 83 94 95 97 98 103 107 113 121 122 123 124 125 127 128 129 131 132 144 154 155 157 158 160 161 162 164 175 177 193 194 195 197 202 204 205 206 207 208 209 210 213 214 215 216 217 218 221 222 224 225 226 227 228 229 230 233 251 255 256 260 261 262 264 272 273 275 276 279 283 284 285 287 290 291 293 294 295 296 297 298 299 300 301 302 303 304 306 308 309

죽음 15 16 21 22 79 80 116 117 165 166 167 168 169 176 177 180 181 182 184 186 187 190 191 192 193 197 202 207 208 209 236 267 272 279 293 296

지식 12 17 18 36 56 59 60 62 63 73 75 76 77 78 79 80 81 83 88 89 90 96 108 112 124 157 159 162 215 235 236 237 242 243 244 245 262 267 268 273 287 290 293 297 304

취향 46 47 49 50 98 111 120 122 123 124 126 127

치유 251 252 253 255 279 286

타자/타자성 7 11 15 19 20 21 22 23 42 66 87 88 90 146 168 176 184 186 240 269 270 271 272 273 274 275 276 279 280 281 282 287

프로문학 94

학교 10 14 18 19 51 55 56 57 58 59 60 61 62 63 64 65 66 67 68 69 70 71 72 76 77 79 104 142 151 161 163 165 203 204 205 213 214 215 216 217 218 219 220 221 222 223 224 226 227 229 230 231 232 245 248 252 253 256 261 270 286 287 289 290 294 297 298 302 303 305 306 307

혼종 113 124